YANCONG LI DE
XIONGDI

烟囱里的兄弟

时代出版传媒股份有限公司
安徽文艺出版社

安 勇 ◎ 著

安勇,一九七一年生,中国作协会员,国家一级作家,辽宁作协全委会委员。曾获第八届、第九届、第十一届辽宁文学奖等奖项。短篇小说《铁屑》入选2019年中国小说学会排行榜。曾出版小说集《一次失败的劫持》《一种假设》。

YANCONG LI DE
XIONGDI

烟囱里的兄弟

安　勇◎著

时代出版传媒股份有限公司
安徽文艺出版社

图书在版编目（CIP）数据

烟囱里的兄弟 / 安勇著. -- 合肥：安徽文艺出版社，2025.1
ISBN 978-7-5396-7938-9

Ⅰ．①烟… Ⅱ．①安… Ⅲ．①短篇小说－小说集－中国－当代 Ⅳ．①I247.7

中国国家版本馆 CIP 数据核字(2024)第 026494 号

出 版 人：姚 巍			
责任编辑：张 磊		装帧设计：张诚鑫	

出版发行：安徽文艺出版社　www.awpub.com
地　　址：合肥市翡翠路 1118 号　邮政编码：230071
营 销 部：(0551)63533889
印　　制：安徽联众印刷有限公司　(0551)65661327

开本：880×1230　1/32　印张：9　字数：200 千字
版次：2025 年 1 月第 1 版
印次：2025 年 1 月第 1 次印刷
定价：45.00 元

（如发现印装质量问题，影响阅读，请与出版社联系调换）

版权所有，侵权必究

目 录

从漂泊出发的挣扎与追问　周景雷 / 1

做伴儿 / 1

烟囱里的兄弟 / 17

蚂蚁戏 / 30

老刘的厕所 / 44

蟑螂 / 55

有凤来仪 / 69

青苔 / 82

油锤灌顶 / 104

钥匙 / 115

诺洁斑马线 / 130

枕头 / 144

舌头 / 161

雅格达 / 182

603 寝室失窃事件 / 203

迷宫 / 224

汉娜小姐 / 251

后记 / 272

从漂泊出发的挣扎与追问
——安勇小说论

周景雷

一

从文学批评的角度而言,研究一个作家的全部创作可以有很多个方面,每一个方面都可以延伸出对作家创作的深刻认识。这些方面综合在一起,不仅阐释和还原了作家创作的全部内涵,也在很大程度上延伸了包括读者在内的对文学及社会的认知,于是文学创作及研究的意义便得以呈现。客观地说,小说作为一种综合性极强的艺术形式,在作家由诸种材料进行综合并向艺术转化的时候,作家的选择至关重要。这种选择不仅凸显了作家创作的心理倾向,也由此折射出作家的选择与时代之间的关系,在这样一种状态下,作家的创作也变成了作家与时代之间的互动。具体而言,有三个层面是在我们研究作家创作时要仔细考量的。一是能否从作家的全部创作中提炼出作家的创作底色。这种底色往往构成作家创作的恒定的心理倾向。比如,鲁迅的创作底色几乎全部来自于小时的家庭变故和留学时期的"幻灯片事件",所以对旧制度的讨伐和一以贯之的"立人"立场构成了鲁迅全部创作的基础。莫言的创作底色也几乎全部来自于童年的饥饿创伤,他不仅在他的创作中予以充分表达,还在诸多的演讲中予以强化,这构成了他的稳定的创作心理倾向。应该说,不同的心理倾向或创作底色会使作品呈现出不同的样貌。二是能否从作家的全部创作中把握时代的跃动。时代不仅赋予作家创作的环境,更主要的是为作家的创作提供经验和材料。作家稳定的心理倾向只有对时代进行深刻思考,才有可能使作家富有个性的创作得以完成。三是能否从作家的创作中体悟到作家独特的表达方式以及此种方式的重要意义。应该说,今天的作家所面临的现实是一样的,甚至现实世界所提供的生活表象已经超过了作家的想象,如何表达才能使之更加具有文学意义、更富有艺术张力确实是考量作家成熟与否的重要标志。上述三个层面并不是我们考察作家创作的全部,但至少我认为构成了我们认识作家和阐释其创作的重要基础。

以上诸点是我为论述安勇的小说创作搭建的一个基本架构。70后作家的标签在安勇的身上仍然是适用的。这一代作家大多从散淡的、微末的日常生活介入文学,经过十几年的奋力开掘,都各自经营着不小的文学天地。有的逐渐拉长了文学视野,能够从历史的深处来审视现实的焦虑;有的在城乡之间转换视角,在城乡的夹缝中看待人生与现实;有的不断向内挖掘,专注内心的寻微探幽,试图在有物与无物之间寻找人的生存本相。而安勇的创作当属后者。

在安勇的一百多万字的创作中,60多个短篇小说占据着绝对的优势,有少许的小小说,但我以为更具特色的还是中篇。在这些创作中,他反复向我们展示了他的文学地理和精神故乡,只不过他的文学地理在确定与游移之间。"八间房"是他的出发地,后来出现的这座城市或那座城市都是他断断续续的漂泊之地,这种漂泊之地有的是确定的、物性的,有的是虚构的、感性的。他很多小说都是从"八间房"出发,然后向外辐射,或者从某一座城市出发,然后勾连着"八间房",但很难说"八间房"就是他的核心。安勇的这种地理格局也是他的心里格局,他依此营造了他小说人物不同的栖居地。当然,这些栖居地有的是诗意的,有的是非诗意的。不过,非诗意的栖居地显然占了绝大多数。这表明,也许"八间房"并没有给他留下美好的回忆,如同后来他所寄居的城市一样。"八间房"是不变的,但安勇笔下的城市是变动的,有小城,有省城,当然更有大都市。我以为,安勇笔下城市规模的大小是有不同寓意的,至少能让读者感受到其中的差别。比如《烟囱里的兄弟》《LUCKY》讲的是对大都市的隔阂和恐惧,而《揭皮》《猪鼻龟》讲的则是尊严和命运,而安勇笔下大多数的城市讲的是选择和两难,如《青苔》《木僵》等。这些串联在一起,我们看到的就是虚弱无力的漂泊以及无处不在的流浪(比如《LUCKY》中的陈牧和流浪猫之间的同构关系,她们合在一起,既是流浪、漂泊的,也是恐惧、隔阂的)。在我看来,这种意识几乎占据了安勇小说创作的主体部分。这种意识的产生,可能来自于他的职业经历,也可能来自于他的成长历程。多年的地质测量生涯,居无定所且又每天面对具体的山川地理,使他的方位感和层次感总是在变化,这在很大程度上影响了他对世界的看法以及由此产生的通过文学来表达人生的看法。因此,从这个意义上来说,安勇笔下的精神故乡是不鲜明的,他的精神故乡在他的内心而未必存在于具体的空间方位。这些均构成了安勇小说的底色,也就是安勇小说创作的一种恒定的心理倾向。

二

因着上述背景，我看到了安勇小说在创作立意上的执着性。十几年的创作，七八十篇（部）的中短篇，安勇小说始终围绕着成长与情感两个方面来写。当然，安勇的成长小说并不是不写情感，而是指在这类小说中，成长是更为明确的主题。《孽障》《杀死杨伟大》《一九八五：性也》《油锤灌顶》《告密者》等都属于成长小说。这些小说将个人际遇与历史阶段相结合，通过个人成长的视角来审视个人与时代的关系。比如阅读《一九八五：性也》很容易联想到王刚的《英格力士》和刘庆的《长势喜人》（后两者是长篇小说），这一个60后作家和70后作家都感兴趣的话题，但显然前者对此发挥的余地更大。食和色显然构成了人的生存过程中极其重要的主题，这在形而下层面为生存状态提供了基本保障，这种保障如不能达成，则一切或可几近于零。值得注意的是，《英格力士》和《长势喜人》的故事发生在特殊的年代，烙上了特殊年代的印记，而《一九八五：性也》则是20世纪80年代中期的事情，彼时已经阳光明媚，一群中学生正在努力拼搏高考，但"食、色"成了他们的生活中心，足见历史的惯性仍然强大。强大的惯性叠加在成长故事当中，往往会对成长产生伤害，因此，成长小说往往就成了伤痕式的写作。我曾将这种小说称为新伤痕小说。新伤痕小说不专注于描摹意识形态对人的钳制，也并不把逼仄的现实空间加之于人，而是通过人物的成长历程来寻获历史陈迹，探问人在成长过程中诸种历史因素对人所造成的伤害。这种伤害，从眼前来讲是现实的动作，从长远来说则是一种文化行为。

安勇的写作把这种行为推向了极致,推向了久远。比如《603寝室失窃事件》就是典型的代表。一所中专学校的一个宿舍中,老大丢了三十元钱,大家在没有证据支持的情况下指认老四偷了这些钱,老四为自证清白几近疯癫,直到二十五年后仍执着于此。在成长过程中,身体的伤害是眼前的,而心理的伤害一旦变为历史、变为某种潜在的局部的文化,则是持久的和无法摆脱的。安勇通过他的小说挖掘了这种伤痕的文化性和历史性。

专注于人与人之间深邃而幽微的情感表达是安勇全部小说创作中的第二种类型。这样的小说主要有《立方体》《青苔》《天使》《枕头》《钟点房》《钥匙》《野猫》《做伴儿》《我们的悲悯》《蓝莲花》等。在这些小说当中,有的是表现亲情伦理,有的是表现男欢女爱。但不管是哪一种,能够被依靠和串联起来的均是情感。所以如何进行情感表达则成了安勇在这些小说里最为关键的内容之一。在我看来,有两个方面值得注意。一方面是在这种类型的小说创作中,安勇在很多时候将中年女性作为描写对象,这是一个很有意思的选择。也许,在这些描写主体当中,中年女性成熟的身心和与之身心并不匹配的情感之间充满了张力,这种不协调的关系更加有利于写作者的审视和对局部情感的挖掘。这些女性有着丰富的生活经验以及对异性和家庭的认识,由她们的视角去观察情感世界会更加细致和意蕴丰富。在《钥匙》中,"她"一直游移在是否说出老公公调戏自己的真相的矛盾纠葛中,内心有巨大的波澜,也有无边的恐惧,既有细微感知,也有故意的漠视,这是有关伦理的情感纠葛。在《蓝莲花》中,杀人犯董小桃在是否配合律师辩护的冷漠、淡然表象之下却隐含着对生的渴望,这是有关希望的情感纠葛。在《钟点房》中,覃晓雅在异地出轨、回家后向丈夫坦白却未得到回应,这是有关爱欲与家庭之间关系的情感纠葛。凡此种种,每一种情感类型,安勇都用自己的理解通过女性的思维予以深刻挖掘。当然,在安勇的全部创作中,有关爱欲情仇的情感纠葛写得更加富有冲击力。另一方面,我也注意到,安勇的情感写作,特别是都市情感写作是封闭的、幽微的,或者几近于冥思苦想,或者了无痕迹。前者如《猪鼻龟》《枕头》《仙人掌》,后者如《天使》《钟点房》等。这些写作要么向内心回撤很深很彻底,几乎脱离物质存在,要么弥漫在日常生活的尘埃中,在空中飘浮。安勇曾说:"我期待自己的小说能不断向人物的内心深处掘进。我渴望走进隐秘幽微的世界,渴望听到被隐藏被遮蔽的声音,渴望用自己的笔呈现出无法看到的悲伤、困境、疼痛、焦虑、无奈、惶恐以及诸多无法言说的内容。"(《没有人是真正的幸运儿——关于小说〈LUCKY〉的创作谈》,《小说月报》微信公众号 2016 年 7 月 10 日推出)我认为,安勇对自己创作的认识是实事求是的。

在情感类的小说中,安勇也给温暖和温情留了位置,尽管此类作品所占比例并不大,却有燃灯之效,它给人以引领和温暖。这样作品主要有《做伴儿》《诺洁斑马线》《那个人的痕迹》《我们的悲悯》《蓝莲花》等。在我们这样一个时代,描写温情的作品并不少见,尤其在女性作家的笔下,温暖和温情的表达与重塑甚至成为主流。市场经济下的现代社会对利益和金钱的追逐使人与人之间、人与社会之间,甚至人与自然之间变得陌生、冷漠。在这种情况下,温暖和温情便成为我们这时代的黏合剂。在这一点上,安勇有关温暖和温情的叙事并无特别之处。令我们刮目之处则在于,他笔下的温暖与温情常常伴随着创伤性体验。创伤性体验是一种很沉痛的情感,在安勇的笔下,它往往与某种死亡联系在一起,因为某种死亡而唤醒沉睡在内心深处的良知,于是温暖便弥漫开来。《做伴儿》《诺洁斑马线》是这样的,《那个人的痕迹》《蓝莲花》也是这样的。而《我们的悲悯》可能稍显例外,这部中篇讲述了一个"我们一家人"救助一个患病濒死的远房亲戚,在给了这位亲戚生的希望的时候,又因财力有限而不得不放弃的故事。这个故事把我们的温情置于两难境地,并用"我们的悲悯"这种命名来检视温暖与温情的可靠性。安勇对温暖与温情的处理方式,显然有着自己独特的思考:温暖与温情是一种沉重的情感,这种沉重并不因为其稀少而显得珍贵,而可能因为温暖与温情的滥用常常被人轻视。所以在处理起这类创作时,安勇显得格外慎重。

当然,正如成长小说与历史同步生成一样,安勇的情感类小说大多设置在当下的现实社会中,特别是设置在当下的都市社会中。当代城市生活的开放性和文化观念的多样性以及人际交往的复杂性为情感纠葛、情感异化提供了可能。安勇在一种确定的心理倾向引导下,不断地辨识和深耕着这些情感,并保持着与时代的紧密的互动。从这个意义上说,我们似乎又可以通过安勇笔下的情感还原出时代的本色。

三

如果说安勇小说的底色充满了漂泊和流浪精神,并通过成长的伤痕和情感的伤痛来予以表现的话,那么由此产生的主题意蕴则是分裂与挣扎。分裂既指客观的物质世界,也指向主观的内心世界。

而挣扎则指的是人物的生存状态或生存境况。分裂与挣扎是我阅读安勇全部小说后的最深刻的感受。

安勇的笔下几乎没有出现过和谐完整的世界,每一篇(部)小说所营造的氛围都是非圆满的,都是令人不安和焦虑的。比如《木僵》里的社会充斥着尔虞我诈、相互利用和迫不得已的出卖,《有凤来仪》中同胞姐妹站在城乡对立立场上的明争暗夺最终酿成悲剧,《枕头》中追求男欢女爱而不得竟以一只枕头隔出两重世界,《LUCKY》中底层与有钱者之间的"身体拍卖"式的戏谑空间,《舌头》中山区老妇与陌生城市之间的无法言说的真相等,都是这种分裂的表现。让我们具体分析几篇作品。在《仙人掌》中,裴果欺骗自己的妻子项晓丽,以到外地看望濒死的兰姨为名与情人康红私会。康红的丈夫患病卧床,丧失了意识。康红与裴果在其家中疯狂做爱,但裴果始终感觉到康红丈夫翘在床上的双脚就像两株仙人掌,心存异样,始终未能达到高潮。这篇小说在一万多字的篇幅中建构了两个分裂的世界,一个是由裴果、项晓丽和兰姨三个人构成的,另一个是由裴果、康红和康红的丈夫三人组成的。这两个世界,要么是由欺骗构成的,要么是由非正常情感组成的。但不管是哪一种,总有一极是濒死的(兰姨、康红丈夫)。这是两个严重倾斜和撕裂的世界,置身于这样的世界中,人的存在总是不真实的,乃至荒诞的。这篇小说有着浓重的隐喻色彩,折射出了写作者对这个世界某种真切的认知。而《立方体》则是安勇笔下分裂世界的另外一种形式——因陌生和漠不关心而导致的分裂。在这篇小说中,主人公仍然叫裴果,是一名造价师,因柔弱不堪而被"有主见"的妻子主导了命运。在一次公司组织的野外拓展训练中,他被遗忘在野外。小说中多次写到的空无一物的补给点和反复萦绕在裴果头脑中的立方体都成为他与这个世界隔绝的深刻隐喻。补给点和立方体之间的对应关系正折射了世界的自我纠缠性。其实,这种因分裂而带来的无力感在裴果的自述中已经有了先验的说明。小说中写道:"他一度以为那个小山村就是自己的故乡,后来才渐渐明白,他其实并不属于那里。他们兄妹是异类,不管精神还是肉体,都和村里的孩子格格不入。多年来他一直想找到一个让自己有归属感的地方,直到最近才终于醒悟,其实根本就没有那样一个地方。从当年父亲离开城市那一刻起,他和妹妹就已经成了无家可归的人……这座城市也一样。它是他妻子的老家,虽然已经在这里生活了二十几年,他心里始终有一种隐隐约约的抗拒,觉得自己只是一个客人。"(《立方体》,《山花》2018年第2期)其实,即便是颇具温情的小说中,安勇也同样看到了世界的分裂性。比如《诺洁斑马线》就是这样的作品——由残疾人所组成的世界和常人世界之间的对抗。

从一定程度上来说,倾斜和分裂的社会为生活于其中的人的生存制造了障碍,每个人的成长和发展都是不顺畅的。换句话来说,人生活在分裂的社会中(包括内心世界)是不可能自洽的,必然表现出动荡不安的生存境遇,于是挣扎和选择的两难成为安勇小说中各色人物身上最为鲜明的存在状态。安勇从体验式的角度出发,从内心对外界的苦思冥想的角度出发,要么把挣扎写得惊心动魄、声嘶力竭,要么把这种挣扎写得波澜不惊、不动声色。前者有《仙人掌》中的裴果、《猪鼻龟》中的惠敏、《LUCKY》中的陈牧、《木僵》中的振民、《黑标》中的老彭,后者有《立方体》中的裴果、《杀死杨伟大》中的杨伟大、《钟点房》中的覃晓雅、《钥匙》中的妻子、《青苔》中的莫丽雅以及《舌头》中的小玉等。这些人物尽管有各自的生活内容和不同的情感诉求,尽管有不同的生活体认和人生经历,但他们在分裂的社会中所面临的生存境遇是一致的,由此而深达内心的挣扎式体验是一致的。实事求是地说,安勇的小说大都描写日常生活,而日常生活的矛盾性和流动性总是那样常态性存在,很多不适、逼仄和冲撞都在不经意间从我们的眼前流过并随风飘散。但安勇却从其特有的敏感和敏锐出发,捕捉了这些挣扎的物性和变动不居的轨迹,把日常生活中隐秘的真相清晰地表达出来。我以为在这一点上,安勇表现了其执着的心理品质和特立独行的文学品质,这是他的小说创作又一重大特征。当然,分裂世界中的挣扎常常以悲剧告终,因此悲剧意蕴也总是伴随着人物的挣扎而流布在安勇的小说中(但如何设置和表达悲剧是一个需要认真思考的问题,比如在《告密者》中,如果把告密者指向霍军,那么其悲剧性可能就是另外的样子)。

在前文中,虽然我指出了安勇小说底色中的漂泊和流浪意识,但这并不意味着必然带来分裂式的认知和挣扎式的体验。那么,安勇小说中的这种主题意蕴到底来自何方?我认为,主要有三个方面值得考虑:一是来自于潜藏在内心深处的人生经验,虽然目前笔者无法确定安勇的人生轨迹,但我认为通过一个作家的全部创作是可以向作家的人生经历进行还原的,这也是作家的创作底色使然。二是来自于作家的文学认知。尽管文学作为反映世界的一种艺术形式总是有其确定的质的规定性,总是有其呈现文学性的基本原则,但每一个作家在具体适用和表达自己的文学想象的时候总是要表现出自己独特的文学倾向和能力。安勇是一位喜欢向内心回缩并展开玄思冥想的作家,他的艺术真实不在外在的客观世界,而在经过了内心搏斗的心理真实。因此,不经意间捕捉到的分裂和挣扎便会在心灵深处得到艺术性的演绎和放大。三是来自于作家对人与世界关系的哲学式反思,这一点可能更为重要。文学是人学的观念在今天已经深入人心,没有人的文学是不存在的,所有表现了人与世界之间关系的小说都应在形而上层面获得意义。这些形而上的意义有时是通过作品的结构、情节的推进和人物形象设置来实现的,它常常表现出对某种价值、某种精神的寻找。安勇笔下那些人物的挣扎,大多数是源于寻找,或者寻找内心的慰藉,或者寻找内心的平衡。寻找和追问是相伴生的,寻找的过程也是追问的过程。在一些作品中,安勇直接表达了对社会、对世界和对人自身的追问。比如《杀死杨伟大》就是对杨伟大的身份与存在之间关系的质疑,由此出发,也顺便质疑了我们所看到的一切所谓真实的事物。再比如《告密者》,我虽将其定义为成长小说,但更是一篇追问之作。就像《603寝室失窃事件》一样,追问真相是安勇创作中永不停歇的笔触。《孽障》追问的是我们来自何处、《舌头》追问的是我们能否用舌头说出真相、《雅格达》追问的是虚拟和现实的关系、《蟑螂》追问的是我们能否来叙说现实、《迷宫》追问的是我们能否到达彼岸……总体而言,安勇小说中的追问大致表现出两种倾向,一是我们所自何来,又到哪里去;二是我们能否看到并说出世界的真相。此二者其实就是哲学上原始而永恒的话题。安勇通过他的小说展开了对世界和宇宙的沉思。

四

安勇出生于1971年,创作历程并不是很长。早期小说创作虽有些精雕细刻,但总体上感觉因用力未得全法而显得些许稚嫩。2010年前后,特别是2012年以来,安勇的写作全面成熟起来,无论是在文学思考上还是在对社会的理解上,都表现出了良好的品质。那些有着广泛影响的作品,比如《青苔》《钟点房》《603寝室失窃事件》《LUCKY》《舌头》《我们的悲悯》《一九八五:性也》《告密者》《蓝莲花》等均创作于此后。安勇的语言在平实中糅进了狡黠和幽默,这使整个叙述变得灵动和活泼;思辨式的叙事策略在更好地配合了表达主题的同时,加大了作品的阐释张力。尤其值得指出的是,安勇善于使用环境营造、场景描写来渲染人物的心理变化和精神状态,通过人物与环境的一体化叙述来增加作品的感染力。这种传统的叙事方式本无必要格外提出,但因时下常常被边缘化而显得非常珍贵。不可否认的是,安勇的写作仍然有其局限性,比如视野还不够开阔,题材和立意略显狭仄,叙述上透气性不足,阳光普照不够,特别是文学写作的文化意识还有待进一步延伸。安勇是一位反省意识很强的作家,相信这些局限会在今后的创作中不断得到调整。

(本文原发《鸭绿江》杂志。周景雷:辽宁省作家协会党组书记、主席,评论家。)

做伴儿

孩子是被早晨的阳光吵醒的。阳光像一群觅食的麻雀,闹哄哄地从窗外飞进来,跳着叫着,轮番用硬硬的小尖嘴啄孩子的眼睛。孩子把脑袋转到另一侧,阳光又弯成了调皮的猫爪子,从他的后脑勺挠到脖子窝,弄得孩子痒痒的,难受。孩子把一只小手背到身后,想把那只猫爪子赶开,阳光却死皮赖脸地不肯走,孩子就睡不着了,一赌气把眼睛睁开。

姥姥的笑容就闯进了他的视线里。

孩子有些惊奇地发现,姥姥突然变了番模样:戴一副自己从未见过的黑框眼镜,镜片后面的眼睛很大,很有神;波浪式的头发很黑,很密,披散在肩膀上;脸上也没有那么多的皱纹,两边腮帮上还各有一个椭圆形的酒窝;还有,姥姥竟然挂在了墙壁上。孩子疑惑地喊了声姥姥。姥姥像没听着似的,只顾看着他笑。孩子就有些不高兴,一只手向姥姥伸出去,提高音量又喊了一声。姥姥仍然不理他,拿他的话当耳边风。孩子就来了小脾气,一骨碌身子跳到地板上,光着两只小脚冲姥姥跑过去,身后留下一串嫩鹿茸似的小脚印,就像他拖着的一条大尾巴。

孩子跑到姥姥面前,伸出小手摸姥姥的脸,没想到,姥姥的脸竟然冷冰冰的,是一个硬硬的光滑的平面。孩子先是吃了一惊,然后嘴角就慢慢抽搐起来,频率越来越快,就扯下了两行委屈的眼泪。

烟囱里的兄弟

　　孩子觉得姥姥是故意躲进了那里面,不愿意搭理他。他记得,有一次自己光顾着玩不肯吃饭,姥姥就板着脸说过,他要是再不听话,她就扔下他不管,去给别的小孩儿当姥姥。孩子的手在姥姥脸上又抓又拍,哭着哀求:"姥姥,别走,你听话,好好,吃饭。"

　　孩子还不太会说话,气息使用不好,说得断断续续的,不时还打嗝,"你"和"我"也分不清,常常犯指代不明的错误。

　　不管他怎么喊,姥姥始终不肯出来,倒是家里的大花猫听到动静,"喵"的一声,从卧室的门缝儿挤进来。这两天,大花猫也觉出了不对劲儿。本来这阵子它一直忙着准备生小猫的事儿,选好了产房,有条不紊地进行着布置,突然就发现家里变了样,先是一下子乱起来,来了很多人,还有很多人的哭声,然后它又突然发觉,每天给自己喂饭的女主人不知躲到哪里去了,一直不肯露面。它屋里屋外地找了好多圈,楼下喷水池边的那条长椅子,柳树底下那座白色的凉亭,楼门口高高的台阶上……这些原来女主人最喜欢待的地方,都没有那个熟悉的身影。大花猫就跑回屋子里,屋子里到处都能嗅到女主人的味道,却怎么也找不到她。大花猫就想不通了,开始吃不下睡不香,时不时地就忧伤地"喵呜"叫一声。

　　大花猫见孩子正伤心地哭着,就把身子弯成一张弓,安慰般地一下一下蹭他的小腿肚。孩子看见猫,好像见了亲人似的,干脆一屁股坐在地板上,把猫搂在怀里,哭得更伤心了。

　　听到孩子的哭声时,老人正在厨房里忙着。以往,做饭也是他的任务,但他做饭时,老伴儿从来不愿闲着,总喜欢在旁边当指挥,搬一只小板凳坐在厨房门口,随时监督着老人的一举一动。油放多少,盐放多少,菜炖到什么火候上,都要由她严格把关。关把得太严

做伴儿

时,老人就会假装发脾气,板起脸,把手里的家什重重地放下说:"要不你做,我还真就做够了呢!"话是这么说,实际上老人从来没有撂过挑子。而且,这么多年他早就养成了习惯,油瓶子拧开盖就问一句:"你妈,倒多少?"小勺子伸进盐罐子里,也要征求意见:"你妈,放多少?"菜出锅之前当然也要请示一下:"你妈,烂糊没烂糊?"

　　如今呢,老人手上忙着,到了一些关键时刻,还会习惯性地向老伴儿讨主意。问了第一遍不见回答,就提高声音问第二遍,仍然听不到回答,老人火气就有些上来了,心里想,这些事明明都是你说了算的,现在咋还故意装作听不着呢?灶上的火还烧着,锅也冒起了烟,老人手举着油瓶子,又问了第三次,这次声音更大,充满了警告的意味。可还是没等到老伴儿的回答。老人的火就腾地烧起来,"啪"的一声关掉煤气灶,一张老脸板得像把青铜打造的古刀,猛然间回转过去,向身后的门口看——平时,老伴儿总是坐在那里的,往往手上还做着毛线活,用钩针织毛袜子、线手套啥的。但现在门口却空空如也,既没有老伴儿,也没有她的那只小板凳。老人一时间就有些纳闷儿,搞不清老伴儿去了哪里,忽然间想起来了,老人的心就一抖,好像被硬生生地剜掉一块肉,不仅一揪一扯地疼,还空落落地现出了一个大窟窿。老人叹口气,回过头来打开煤气灶继续做饭,过会儿没提防,嘴里又会不由自主地问一句:"你妈,味素放多少?"老人问了几次,结果都一样,没等到老伴儿的回答。后来就听到了孩子的哭声,他赶忙放下手里的家伙,一溜小跑地奔向卧室。

　　孩子先是听到一串脚步声,然后发现门被推开,心里满以为是姥姥来哄他了,看见来的是姥爷,非常失望。平时他都是和姥姥待着,很少和姥爷在一起。他不是平白无故这样,是姥爷有几件事让

3

烟囱里的兄弟

他不开心。一是姥爷喜欢拉二胡,每天弄出一串吱吱嘎嘎磨锯齿似的声音,割得他耳朵疼;二是姥爷每天都喝酒,一出气嘴里就有股酒味,熏得他脑袋疼;三是姥爷总是喜欢拿下巴蹭他的脸,胡楂儿扎得他的脸蛋儿疼。所以呢,孩子就对姥爷不太友好,仗着有姥姥撑腰,也不太尊重姥爷。姥爷吐痰前总要先打拾半天嗓子,嗓子眼儿里发出"咔咔"声,他就给起了个绰号叫"咔姥爷",叫的时候后面那个"爷"字从来不出口,就变成了"咔姥",好像连性别也给改变了。有时候,姥姥和姥爷闹了小别扭,姥姥也会让他给自己出气,支使他过去踢姥爷一脚,或者是搗上一拳头。这样一来呢,孩子在心里就总拿姥爷当敌人看待,时刻警惕着准备出击。

姥爷的手刚伸过来,孩子就把它拨拉到一边去,两只小脚在地板上直踢蹬,吵着要姥姥。老人的心就一颤,脸憋得通红,好半天才找到一句话:"你姥她出远门了。"孩子心里琢磨,看来自己想得对,姥姥确实扔下他,去给别的小孩儿当姥姥了。孩子就开始不讲理起来,撒泼打滚地哭闹,立逼着要姥姥回来。老人哄了一会儿,没有什么效果,被孩子哭得发烦,一巴掌拍在他屁股蛋儿上。这一下把孩子打愣了,好半天没想清楚发生了什么事,等到屁股一跳一跳地疼起来,才明白自己挨了姥爷的打,哭得就更凶,两只小手抹着眼泪,叫姥爷"大坏蛋"。

老人的巴掌落下去,自己就后悔了,但想收已经来不及了,"啪"的一声就好像落在自己的心上,心就一颤一颤地疼。看孩子哭得更凶了,他赶忙赔不是,把腮帮子鼓起来学蛤蟆叫,两只手立到脑袋顶上,一蹦一跳地装兔子。以往,碰到孩子不高兴时,老伴儿就是命令他这样哄逗的。

做伴儿

　　孩子本来是想把姥姥哭回来,但一直不见人影,劲头就小了不少,偷着看一眼姥爷,板不住就笑出了声。老人看一天的云彩散了,想起锅里还炖着菜,就急三火四地奔向厨房。

　　孩子见姥爷走了,大花猫也走了,姥姥还一直没露面,觉得小屁股在地板上拔得冰凉,就想着站起来,但两条小腿已经坐麻了,咋也用不上劲儿。孩子晃着身子,就想起姥姥给他唱过的儿歌《拔萝卜》,想着老婆婆、小妹妹、小花猫、小耗子都站在他身后面,将他当一只大萝卜往起拔。小花猫就是家里的大花猫,老婆婆呢,当然就是姥姥。孩子的身上就有了劲,晃悠悠地从地板上站了起来,嘴里学着姥姥的话夸奖自己:"你是个,好孩子,听话,不哭,自己的事,自己干。"这么说着时,孩子就觉得身后有一双眼睛正在看着他,他走到哪,眼睛就跟到哪,那当然是姥姥的眼睛。孩子就背着姥姥的目光,走进厕所里去撒尿。以往撒尿时,他在前面走,姥姥就在后面跟着,他站到坐便旁边,姥姥的一双手就伸了过来,绕到他身后去,把他的裤子褪掉。那个时候,姥姥的胸脯就在他的嘴前面,他就故意仰起下巴,像一头小猪似的,隔着衣服拱姥姥干瘪的乳房,一股熟悉的味道钻进他的鼻孔里,他心里一直叫它"姥姥味"。

　　孩子自己把裤子褪掉,像姥姥那样对自己发布命令:"好孩子,坐好,不乱动。"坐在坐便器上,嘴里就开始数"一、二、三……"这是姥姥教给他的方法,怕他尿不净,让他数完十个数再起来。孩子顺利地尿完了,却忘记了洗手,嘴里夸着自己是好孩子,就往门外走。

　　老人做好了饭菜,又摆好了碗筷,摆的是三副——他、老伴儿,再加上孩子。在端起碗到电饭锅里盛饭时,他扭过头冲卧室的方向喊着问:"你妈,你是现在吃还是等一会儿吃?"老伴儿是多年的糖尿

5

病,每顿饭前都要注射胰岛素,都是她自己打,使用一种特殊的笔,老人下不去那个手。注射胰岛素后要等半个小时左右才能吃饭,所以,每次盛饭前老人都要问一问,看看间隔时间是不是够了。老人等了一会儿不见回应,就又喊着说:"你妈,你现在吃不吃饭?"仍然没等到老伴儿的回答,只有孩子蹒跚着从厕所里走出来,这才突然反应过来,自己是又糊涂了。

老人就给自己和孩子盛了饭。老伴儿的饭碗空着,也没有端走,依旧在餐桌上摆着,碗上还横着一双筷子。老人和孩子就开始吃起来。老伴儿是个好挑剔的人,以往吃饭时,每道菜都要评判一番,咸了、淡了、生了、熟了,指出的总是不足之处。老人一般都装作听不着,不予理会,该咋吃还咋吃。老伴儿得不到回应,有时候就会发脾气,把筷子往桌子上一摔说:"这菜做的,打死卖盐的了,吃完了能变燕巴虎。"老人就硬撅撅地回一句:"你又不是耗子,吃多少咸盐也变不成燕巴虎。"如今,餐桌上少了老伴儿的点评,老人就觉得空落落的,好像少了点儿什么,吃着饭,不时地就会冲空出来的那个位置看一眼,好像老伴儿仍旧坐在那里似的。

孩子以往吃饭时,姥姥总会在旁边忙活着,吃鱼帮他摘刺,吃虾帮他剥壳,吃排骨就帮他剔肉。孩子等了一会儿,不见姥姥把虾肉放进自己碗里,孩子就把筷子伸向一只虾,学着姥姥的样子鼓励自己:"你是大,孩子,自己能,吃饭。"孩子将虾嚼得乱七八糟的,肉到底也没吃到多少,只品到了一点滋味,好肉和壳子搅在一起,最后都被他吐进了猫食碗里。

以往,大花猫是吃不到这些好东西的,女主人放进猫食碗里的,它都有些看不上眼,一到吃饭时,它就"喵喵"叫着,绕着餐桌转圈子,盼着主人们能给些额外的赏赐。一直等不到,冷不丁,它就纵身一跃跳到女主人的大腿上,伸出一只爪子抢她筷子上的食物。女主人往往会喊着把它赶走,但随后就从菜碗里挑出一些,给它放进猫食碗里。大花猫没想到,这次没等它要,好东西就主动来了。它就琢磨,大概是因为自己怀了孕,女主人才格外关照,它恍惚记得,第一次怀孕时,好像也有过这样的优待。

或许是在地板上坐的时间长了,有些着凉,孩子吃着饭,先是觉着肚子里像结葡萄似的,生出了一嘟噜的气,这些气在肚子里转来转去,四处乱撞,后来有一批就从小屁眼儿里跑了出来,像吹海螺似的,发出一串"嘟嘟"的响声。孩子就感觉肚子里舒服多了,但欠起身子时才发现,小裤裆里黏黏糊糊的一片,一股子臭味也冲进了鼻孔里,孩子就觉得有些不对劲儿,紧张地喊一声"姥姥"。

老人正把酒杯端起来,忽然就闻到一股臭味,四处转着找了一圈儿,最后就把"肇事者"锁定到孩子头上,却没想起来要动手收拾,帮着孩子喊老伴儿:"你姥,孩子拉屎了。"他对老伴儿的称呼是会随时改变的,一般情况下,都叫"你妈",但如果孩子在旁边,就喊"你姥"。不见老伴儿过来,老人就又急着喊"你妈"。但不管是"你姥"还是"你妈",都一样不肯露面,老人就突然又明白过来了,只好自己动手,帮孩子收拾。老人给孩子洗了屁股,又洗裤子,最后再把椅子擦洗干净。这样忙完一气,菜也就凉得差不多了,老人就没了喝酒的兴致,胡乱吃上一口了事。

孩子是有些不好意思的,刚刚还夸自己是好孩子呢,没想到就丢了这么大的人,小脸儿涨得通红,眼睛里含着两圈儿羞愧的泪水,在心里想,以往这样时,姥姥就会板起脸,一只手举得老高,轻飘飘

烟囱里的兄弟

地落在他的屁股上,说:"臭臭,不嫌羞,下次再这样,就把屁股打开花。"孩子这样想着,就觉得该向姥姥说点什么,刚一开口,憋了半天的眼泪就流下来了,顺着脸颊落到胸脯上,抽抽搭搭地说:"你错了,不是,好孩子。"

往常吃过饭后,老人都要拉一会儿二胡,家里人,包括大花猫在内,都不太欢迎他拉这东西。看见他拿琴盒子,孩子就赶紧捂耳朵,大花猫慌张地去找老伴儿,求她开门放自己到外面去,老伴儿则是连讽刺带挖苦:"又摆弄你要大饼子的家伙什了!"对这些反对意见,老人从前一概不予理睬,该咋拉还咋拉,拉到高兴的地方,还会眉飞色舞摇头晃脑的。如今,老人刚拿起二胡,就想起了老伴儿的话,心里顿时一酸,拉了一曲《二泉映月》,两行老泪就绷不住下来了,噼里啪啦滴到弦上。

孩子已经不哭了,坐在沙发上发了一会儿呆,反省自己拉裤兜里的错误,不知不觉就把这事给忘在了脑后,抓起遥控器,把电视打开。以往这个时间,他都是和姥姥看《还珠格格》。剧情他还看不太明白,只记住了几个人物,五阿哥、小燕子、尔康,只要他们一出场,孩子就会兴奋地直喊。姥姥呢,情绪是紧随着剧情走的,有时笑,有时叹气,还有时干脆就抹起眼泪来。孩子拿着遥控器比画半天,说什么也找不到是哪个台,姥爷又不肯帮忙,孩子就无可奈何地把电视关掉,走进大卧室里摆弄积木。

过去,孩子摆积木时,姥姥都是在旁边协助的,哪一块该挨着哪一块,不时帮他出谋划策。孩子拿起一块积木时,就习惯性地要等待姥姥的意见,现在孩子就自己扮演姥姥,指挥起自己来,嘴里叨咕着:"长条的,放边上,弧形的,放顶上……"摆着摆着,"哗啦"一声就

做伴儿

倒了,孩子就批评自己:"告诉你放这个,你偏放,那个,看倒了吧?"重新摆。摆着摆着,脑袋一歪,他就躺在地板上睡着了。

老人收了二胡,听卧室里没动静,就悄悄推开门往里看,见孩子窝在地板上睡着了,就赶忙走进屋,把孩子抱到床上去,再给他盖好被子。孩子睡醒时,闻到了晚饭的香味,一老一小坐在餐桌上吃饭,都不太说话,饭也吃得没有什么味道。

晚上睡觉之前,孩子又闹了一气,哭着要找姥姥。以往这时候,姥姥总要给他念几页故事书的,虽然那些故事的内容孩子已经记得滚瓜烂熟,但还是每天晚上要求姥姥念给他听。现在,他怎么要求,姥姥都不肯回来。孩子就学姥姥的样子,在心里讲给自己听,就好像是姥姥在讲一样。

> 从前啊,森林里住着三只熊。大个子,是熊爸爸;中个子,是熊妈妈;小个子,是熊宝宝。一天早晨,熊妈妈煮了一锅香喷喷的麦片粥。她给熊爸爸盛了一大碗,给自己盛了一中碗,给熊宝宝盛了一小碗。刚刚煮好的麦片粥太烫了,三只熊只好先到森林里去散步,过了一会儿,一只流浪的小花猫看到屋门开着,就好奇地走进来……

不知不觉地,孩子就像往日一样,在姥姥的故事里睡着了。

凌晨一点多钟时,老人从睡梦中醒过来,含糊不清地喊一声"你妈",一只手习惯性地向身边摸过去,另一只手抬起来,遮在眼睛上方。半夜里突然打开的灯长着牙齿,不这么提防一下,眼睛就会被灯光狠狠咬上一口,好一会儿恢复不了视觉。以往这时候,黑暗里

9

烟囱里的兄弟

就会传来"咔嗒"一声开关响,还有老伴儿嘟嘟囔囔的抱怨。老人早已经习惯了老伴儿的抗议,把那些话当成耳边风,不辩解,也不做什么回应,顶天是咳嗽一声以示警告,自顾自地起身,找拖鞋去卫生间。老人的小便不顺畅,断断续续的,似乎总也没有尽头,最后,还总会有几滴落在坐便器的外圈上。这都是前列腺捣的鬼。艰苦卓绝的小便结束时,卧室里传来老伴儿的喊声,吩咐他等一等,不要冲水。老人嘴上应着,手却已经按了下去,等老伴儿走进厕所,水流刚好变成漏斗形的旋涡。老伴儿自然还要埋怨一番,从电灯的开关说起,到浪费的水,再到坐便器上的尿渍,最后,便会得出四个字的结论——老年痴呆。直到老人警告的咳嗽加大了力度,成了一个硬邦邦的句号,老伴儿才识趣地停下来。老伴儿就是这样的人,总是东扯葫芦西扯瓢地没完没了。老两口一前一后走进卧室。这么折腾一出,瞌睡已经离开了身体,一时半会儿不太容易找回来了,他们就躺在床上有一句没一句地唠嗑。也没有什么固定的主题,想起啥了就随便说几句啥。说着说着,不知不觉眼皮就又合在了一起。

好多年了都是这样的。

但这天凌晨却出了些意外。老人的耳朵没有听到开关响,摸出去的那只手也没能找到身边的老伴儿。等了一小会儿,老人就有些不高兴,提高声音,又喊一声"你妈",肩膀沉下去,把胳膊伸得更长一些。这次,他的手终于有了收获,但触到的却不是老伴儿熟悉的身体,而是一截嫩藕般的小胳膊。老人就陷入了深深的困惑,搞不清是自己出了问题,还是谁和他开了一个莫名其妙的玩笑。好一会儿,他才吃力地回过味来,心里就突然一空,好像是五脏六腑被摘除了出去,空得无边无际,毫无征兆地,就有两行眼泪落下来,凉刷刷

做伴儿

地钻进衣领下的颈窝里。老人羞愧地笑笑,把脸上的泪痕抹去,没有开灯,摸着黑坐起身,用脚尖在地板上找到拖鞋,蹑手蹑脚地去厕所。从厕所回来,老人瞌睡就没了,他就在心里一问一答地和自己说话,其实都是在重复他从前和老伴儿说过的话。不知不觉间,老人又睡着了。

第二天早晨醒来时,孩子没有再找姥姥,但时时刻刻,他都觉出姥姥陪在他身边,在给他做伴儿。他起床时,是姥姥在帮他穿衣服,他听到姥姥夸他:"穿得好,是个好孩子。"他走到水池前,姥姥就帮他洗脸、洗手,他听见了姥姥念的儿歌:

> 双手拿起小毛巾,
> 平平整整放手心。
> 洗洗眼,洗洗鼻,
> 洗洗嘴,洗洗颈,
> 最后擦擦小耳朵,
> 小脸洗得真干净。

翻开故事书,他就听见姥姥在给自己讲《小猫钓鱼》《三只熊》《拔萝卜》……

老人也是一样的,再做饭时,虽然知道老伴儿没在身后坐着,但仍然会不由自主请示一下,只不过不再等老伴儿回答,而是自己回答自己,答的都是老伴儿的意见——"少盐多醋火候足,起锅前先尝一尝。"吃饭时,饭桌上还是会摆上老伴儿的碗筷,不时地也还会看过去一眼,在心里替老伴儿说着,这道菜咸了,那道菜淡了,这道菜炒老了,那道菜火候不够。老人操起二胡,刚运了几下弓,就学老伴儿的口气埋怨自己:"你又摆弄那要大饼子的家伙什了!"一天里,他们说话最多的时候,就是凌晨老人从厕所回来之后,常常就会把好多年前的对话重演一遍,有时候,老人还会和自己争论起来。他说:"你妈,这事是你记错了,老王家的小五是个哑巴,咋可能说话呢?"老伴儿就说:"你爸,你才记错了,老刘家的小五才是哑巴呢,你咋乱安呢?"

老伴儿头七这天早晨,老人接到女儿的电话,说单位里的事儿实在太忙了,没办法赶回来。老人答应着,没说什么。女儿又问孩子在干什么,老人就把电话交给了孩子。孩子喊了一声妈,说刚刚正和姥姥一起搭积木。电话那端的女儿愣一下,嘱咐说一两天准保来接孩子回家。孩子就提出抗议,说不回家,要和姥姥在一起待着。女儿喊了声孩子的小名,好像要说什么,但到底没有说出口,沉默了片刻,告诉孩子听姥爷话,就挂断了电话。孩子还拿着话筒,听着里面的忙音:"你不想,听姥爷的话,你听,姥姥的话。"

这一整天,老人都在默默准备晚上要用的东西。眼看要秋天了,一日比一日地凉起来,老人就收拾了一些衣服,准备给老伴儿烧去。摆弄那些衣服时,老人拿起一件来,就会想起老伴儿从前穿它时的样子,老伴儿穿着它时说过的那些话、做过的那些事儿,也会从衣服上升腾起来。放下这件衣服,拿起另一件,又会勾起另一番回忆。老人知道,在穿衣服这方面,老伴儿也是个挺挑剔的人,所以,他不时就会在心里问一句:"你妈,你看这件行不行?"或者是:"你妈,还是这件更合你的心吧?"老人就在回忆和自言自语里,把衣服准备好了。

做伴儿

然后,老人开始准备烧纸和金元宝、银元宝。整沓的烧纸,往往一张张挨得很紧,火不容易咬透。老人把它们分开来,三张五张地叠成一个长条。金元宝、银元宝买了些现成的,老人觉得不太够,就用买来的原料,自己动手叠。孩子看见金光闪闪、银光闪闪的,也跑过来凑热闹,吵着要帮老人叠。老人也不说什么,分出一小撂给孩子,由着他去祸祸。孩子就拿着几张纸,装模作样地摆弄来摆弄去,耳边似乎听到姥姥在告诉他,这么叠那么叠,就像从前和姥姥玩折纸一样。

他们住的小区紧临河边,出了北边的栅栏门,就是一条挺宽的大坝。天黑透了,月亮上来了,老人就带着孩子出了门。他本来没打算带孩子,想等孩子睡着后再出门,孩子却一直不肯睡,好不容易闭上了眼睛,老人刚要出门时,孩子就突然一下醒了过来,哭着要求和他一起去。老人没办法,就同意了孩子的要求。老人拎着两只塑料口袋在前面走。一只口袋里装着老伴儿的衣服,另一只口袋里装着烧纸、香烛、金元宝、银元宝。孩子左手心握着一只打火机,右手心握着一截粉笔,摇摇晃晃地在后面跟着。

大坝顶是水泥路面,周围也没有枯树枯草,不怕发生火灾什么的。老人选了一个位置,就用粉笔画了一个开口的圆圈儿,开口处加一对短横线,就像是进出的大门。老人拿出件衣服,正要点火,看见孩子正撅着屁股,用粉笔在圈儿上描。老人用打火机照了一下,发现那个地方断开了一点点,老人等孩子把断掉的地方连好了,就点火烧东西。

火烧起来,映红老人和孩子的脸。衣服烧出的灰拖着一条长尾巴,有些凝重地飞起来,像一只只黑蜻蜓。烧纸烧出的灰扇着一对

13

烟囱里的兄弟

大翅膀,轻飘飘地飞起来,像一只只黑蝴蝶。老人手里拿着一根木棍,指引着火,让它把东西都烧透,嘴里说:"你姥,天凉了,给你烧点衣服、烧点钱。衣服你愿意穿就穿,看不上眼的话,你自己再花钱买新的。"

孩子手里拿一根小木棍,不时往火里捅一下,接着姥爷的话说:"姥,买新的。"

"家里都挺好的,你也不用惦记。"老人说。

"不用,惦记。"孩子说。

"闺女还挺忙,外孙子还挺淘气,那天刚把一泡屎拉到裤裆里。"老人说。

孩子听到这话,脸就红了,小嘴嘟着,好一会儿才说:"姥,那是,大花猫,拉的。"

"你妈,今天是头七,你要腿脚乐意动,就回家来看看吧!"老人说。

"看看吧!"孩子说。

"你要是懒得动弹,那就算了,回不回来也都一样。这都随你便,反正我们守着,给你开门。"老人说。

"给你,开门。"孩子说。

东西烧完了,火光弱下去,老人带着孩子仔细检查一番,灰里再找不到火星子,两个人就下了大堤。老人看孩子有些困了,就把他驮在后背上。孩子在老人的后背上摇晃着,歪着脑袋看天上的星星,不知不觉就睡着了。但到了家,老人刚把他往沙发上一放,孩子却突然又醒过来了,然后就再也不肯睡,吵着和老人一起等。

屋子里已经布置好,镜面都蒙上了白布,电视机也遮了起来,钟

做伴儿

停了摆,门呢,也留了条窄窄的缝儿。老人把老伴儿的相片摆在五斗橱上,相框左右各点一支蜡烛,前面摆一只香炉,里面插三炷香。香快烧到头了,老人就走过去,再点上三炷新的。弥漫着香味的夜,像水一样,静静地向前流淌着。

老人和孩子偶尔互相看一眼,但谁也不说话。两个人似乎都在心里想象着,他们的亲人翻过一座座山,蹚过一条条河,走过一幢幢楼房,穿过一条条马路,正星夜兼程地往家里赶。临近午夜时,老人格外警醒起来,甚至连大气也不敢出,时刻留意着门外的动静。孩子虽然不明白什么,但也学着姥爷的样子,坐得纹丝不动全神贯注。

他们果然就听到了门响,先是一阵极轻的触碰声,然后力度就大起来,好像正使劲要把门拉开。老人从沙发上站起来,扭头看看孩子,孩子也学他的样子,满脸严肃地站起来。两个人像两棵树,栽在客厅的地面上,一高一矮,都一动不动,听着门外的动静。门外的声音停了一下,很快就又响起来。老人又看看孩子,说:"门缝子大概留小了,走,咱给你姥开门去。"

孩子接话说:"走,开门去。"

一老一小就向门口走,步子迈得小心翼翼,生怕把什么赶走,或是碰坏了似的。老人走到门边,伸出一只手,缓缓地把门推开。门外空空如也。但他仿佛看见,老伴儿已经轻飘飘地进了屋,在鞋架旁换了鞋,一路穿过客厅,坐在靠墙的大沙发上……

孩子没有看到姥姥,看到的是家里的大花猫,拖着疲惫的身子,有气无力地走进门,连叫声都显得力不从心。孩子正想把大花猫搂进怀里,问问它出了什么事,忽然看见一只很小的猫摇晃着身子从门后转过来,步履蹒跚地迈过门槛,跟着大花猫进了屋。小猫也是

15

烟囱里的兄弟

花色的,大概只有老人的一只拳头大,浑身上下的毛纠缠着打成了结。它显然对这个环境有些畏惧,站在门口的水晶脚踏上踌躇不前,茫然地四处打量。大花猫不见它跟上,回过头慈爱地看一眼,轻轻地招呼一声。但小猫仍然不敢动,可怜巴巴地叫一声"喵呜",好像是在喊"妈妈"。

孩子走过去,弯下腰把小猫捧起来,说:"小猫,不怕,进来吧!"

老人也说:"进来吧,从今往后,这里就是你的家了。"

小猫好像听懂了,在孩子的怀里轻轻叫了一声:"喵呜!"

烟囱里的兄弟

一

李小龙在测量时捡了一片红色的树叶。树叶很顽皮,在他手边翻了好几个跟头。他捡的时候,张新正在画野外草图,骂了他一句,小李子,你是个捡破烂的咋的?!李小龙笑笑,拿着反光用的棱镜紧跑两步,跟上了张新说,我有用。张新骂他,他一般都是这样笑一笑。张新是他的组长,每天带着他和李福贵在我们首都北京的大街小巷搞测绘。张新是专业学校毕业的,负责技术,白天在野外画草图,晚上根据草图在微机上编图。李小龙和李福贵是临时工。李福贵来得比李小龙早,负责操作观测仪器。现在搞测绘,观测仪器很简单,每天只是按部就班地按那几个按钮罢了。李小龙经常想,让我按,我也能按,别说我,给狗喂一块大蛋糕,训练几天,狗也能观测。但李福贵不认为他的工作狗也能完成,他觉得自己比李小龙高一个档次,他干的是技术活,李小龙干的是力工活。

李小龙负责跑尺,就是每天拿着反光镜跑来跑去,张新让他把镜子立在哪里,他就立在哪里,然后把镜面对着李福贵仪器的方向。李福贵一按按钮,仪器会发出一道肉眼看不见的红外线,红外线从镜面又反射回仪器,仪器里的电脑系统就会自动计算出李小龙立镜

17

烟囱里的兄弟

子那个点上的坐标和高程。李福贵再按一下按钮，这些数据就存在了仪器里，晚上回去用一根传输线就可以把数据传输到电脑里。传输数据的工作也是由李福贵完成的，所以李福贵又多了一个得意的资本。

张新骂李小龙的时候，李福贵在仪器里也看到了李小龙在捡东西。他也骂了李小龙一句，李小龙，你吃饱了撑的，不好好干活，捡那玩意干啥？他这句话是通过对讲机说的。为了便于测站和跑尺的取得联系，每个组都配有一套对讲机。一台对讲机拿在李福贵的手里，另一台对讲机在李小龙的衣服上挂着，李福贵的声音突然地响起来，引来了周围人一道道诧异的目光。他们看到被叫作李小龙的那个人，一米六几的个头，骨瘦如柴，右手拿着一个反光镜，左手拿着一片红枫叶，丝毫找不出他和那个已经去世的武打巨星有什么相似之处，便不再看他第二眼。一般情况下，李小龙对李福贵骂他也像张新骂他时一样，笑一笑就拉倒了。李福贵是他的亲二叔，他这个工作也是李福贵介绍的，所以一般他都只是在心里骂一句，老东西，你跟着掺和什么？他心里是很看不起这个二叔的。他们是一个村子里的，住在一条街上，而且是邻居，他对李福贵的底细一清二楚。他认为这个二叔在村子里的地位并不比他这个当侄子的高。应该说还要低一些。李福贵的老婆三年前就跟人跑了，丢尽了老李家的脸。而他李小龙却自己谈了一个长得非常漂亮的对象。从这一点上说，他就比二叔强。

但今天情况有些特殊，李小龙早上临出门之前接到了女朋友小慧的一个电话。来电话的时候李小龙正在一边系裤子一边把一个馒头往嘴里放。郑队长要求每个组早晨五点半之前必须从住地出

烟囱里的兄弟

发,像李小龙这样二十一二岁的年轻人就有点起不来。李福贵还有一个任务就是每天早晨喊大家起床。自从老婆跟别人跑了以后,李福贵就落下了神经衰弱的毛病,没想到这一点竟然派上了用场。每天早晨李福贵都是在四点半左右起床,到胡同口买回了馒头后大约是五点钟。李福贵开始每个宿舍敲窗户,边敲边喊,五点半了,快起来了。过十分钟再敲一遍,喊,六点了,再不起来晚了噢。大家差不多都是在他喊第二遍的时候极不情愿地从床上爬起来的。张新宿舍的窗户李福贵是不敢敲的。因为张新的宿舍住的都是技术人员,每天晚上编图要编到一两点钟。郑队长安排李福贵喊大家起床的第一天,李福贵敲了张新宿舍的窗户,张新骂了他一句,老李,你他妈是个神经病啊!李福贵从此就再也不敢敲他的窗户了。

电话打到了郑队长的办公室,郑队长一边把电话交给李小龙一边在他的屁股上踢了一脚,小子,业务还挺忙啊!李小龙笑笑说,烦啊,太有魅力了就是不行!小慧一直在镇上的一家饭店里当服务员,最近不知道是听谁说的北京有包饺子的工作,这次她给李小龙打电话就是告诉他,她很快就要来北京包饺子。李小龙一听小慧要来北京,火就上来了,说,隆兴镇待不下你了,干啥非要来北京?北京是你待的地方吗?小慧说,你不是也在北京吗?我去了正好咱们可以经常见面。李小龙说,你给我老老实实在家待着,敢来北京,我腿给你打折了。李小龙和小慧说话一般都是用这样的口气。他从十六岁就在外面打工,去过南京和上海,现在又来了首都,在小慧的眼里是个见多识广的人物。一般李小龙这么说,小慧就不会再坚持她的主张了,她怕李小龙真的会打断她的腿。但这次小慧非常坚决,置自己的腿于不顾地说,腿打折了我也要去。李小龙就不知道

烟囱里的兄弟

该怎么办了。他不让小慧来有两个原因:一是觉得外面是个花花世界,女孩子很容易学坏。二是希望小慧能不时地照顾一下他的父母。李小龙的父母从李小龙记事开始就经常打个不停,有时候吃着饭一句话说不好,碗和盘子就飞起来了。这两个人打架是很有特点的,气头上差不多都是想置对方于死地。有一次,两个人在院子里不知怎么吵了起来,他爸随手拎起一根大棒子打他妈,他妈回屋就抄起了一把菜刀去砍他爸。要不是李小龙从屋里冲出去,左边一绊子,撂倒了他爸,右边一绊子,撂倒了他妈,那次可能就要出人命了。所以,李小龙希望小慧能经常到他家里看看,确认一下两个人都还活着,这样他在外面也就放心了。没想到这次无论如何都说不通小慧了。这时候郑队长喊了一嗓子,大伙该出发了。李小龙"啪"的一声就把电话挂了。

李小龙今天心情不好,李福贵骂他,他忍不住就冲着对讲机喊了一句,你跟着瞎掺和啥啊!李福贵没想到李小龙会顶撞他,没有找到一句合适的话再骂回去。但接下来他一整天都没搭理李小龙,晚上回去,饭也没吃,借着怒气就出去了。其实,不生气他也想好了要出去,胡同口有一家发廊,李福贵每半个月就去一次。有两次李福贵还在发廊里遇到过张新,两个人心照不宣地点点头。

从发廊回来后,李福贵不生李小龙的气了,对张新说了一句,又来了一个新的,老嫩了,哪天去尝尝?张新说,让你他妈用过了也变成老的了。李福贵又拍了拍李小龙的肩膀说,哪天二叔带你去开开眼。李小龙正把他捡来的那片树叶放进一本书里,他想等树叶干了后寄给小慧。书是李小龙花一元钱从地摊上买的——《家畜养殖实用手册》。他一直想自己不可能打一辈子工,再干个几年回去把婚

烟囱里的兄弟

结了,然后就养上几头牛什么的。李小龙抬起头,冲李福贵笑了笑,算是对白天骂他的那句话道了歉,心里却不知怎么想到,小慧要是来北京可能也会变成发廊里的那种小姐,不由得就对李福贵一阵厌恶,心里又责怪了小慧一句,一个女的来了北京还能干什么。

小慧是三年前李小龙在一家奶牛场打工时认识的。小慧干的活是挤牛奶,李小龙干的活也是挤牛奶。两人都是隆兴镇的,住得还挺近。李小龙脑子灵,手也巧,挤牛奶的活干几遍就熟了,每天,整个奶牛场就数他挤的牛奶多。李小龙就经常帮小慧一些忙。有一次,一头牛撒欢,撞倒了小慧,李小龙及时把她从牛蹄子下救了出来。后来奶牛场黄了,李小龙就带着小慧回了家。

以往想起小慧,李小龙的心里总是甜丝丝的。他会从小慧的头想起,一直想到她的脚。虽然没结婚,但事实上小慧早就是他认定的媳妇了,他认为自己有权利想小慧的身体,并且在想象的过程中为所欲为。每天晚上临睡前他都会在脑子里肆无忌惮地想一遍,有时候甚至想得很远,一直想到他和小慧一起逗着刚出生的孩子玩,然后带着渴望进入梦乡。往往第二天早晨起来时,他就会发现自己的内裤上冰凉溜滑一片。但今天他想起小慧时心里充满了怨气,默默地说了一句,别寻思我吓唬你呢,你要真敢来,我真把你腿打折喽!然后翻个身,郁闷地睡下了。

二

郑队长的测量队伍遇到了一个大问题,前一个阶段上交的图纸有一部分精度不够,被甲方退了回来,搞不好就有被挤出北京测绘

烟囱里的兄弟

市场的危险。郑队长下了狠心,把早晨出发的时间又提前了半个小时。北京每条路上车都非常多,早点干可以错过高峰期。李福贵和张新都不敢再去发廊了。郑队长天天虎着脸,不是训这个,就是骂那个,隔三岔五就在李小龙的屁股上踢两脚,说,小李子,不好好干,明天我就把你开家去。其实,李小龙干活还是很卖力气的,每天都是跑着去立镜子。但张新不时还会骂他几句,测量有测量的规矩,不像挤牛奶那么简单。张新有时候也骂李福贵,李福贵就拿李小龙撒气,虽然不敢骂他了,但经常给他脸色看。再加上小慧要来北京的事,这样活干起来就有些不顺心,李小龙的心里就一直憋着口气。

这天,他们测量到了朝阳公园北边的一个粮油市场。市场里很乱,车来人往的,非常不利于观测。李小龙每立一次镜子,都要把连接镜子的铝合金杆举得高高的。市场里房子不多,本来张新估计一个小时就能测完,没想到折腾了两个小时还没干完。三个人的心里就都有些着急。李小龙正举着镜子,立在一个房角上,忽然听到仪器的方向吵了起来。

原来,李福贵的仪器摆在了一个路口,挡了一辆拉粮车的路。不论李福贵怎么解释,等一分钟就完活了,司机就是不听。北京的司机都挺横的,从车上跳下来,一把搬开了仪器。李福贵说,你这人怎么这样呢?司机是个和李小龙年纪相仿的年轻人,颇为自己是个首都人而自豪,外地人在他眼里差不多都是不上档次的土老帽。司机直着脖子喊,姥姥,你丫找抽了吧?李小龙就是这时候跑过来的,二话没说就给了司机一记冲天炮。接下来局面非常混乱,市场上的不少人都冲上来打李小龙,李小龙挥起了手里的棱镜杆。虽然他很勇猛,但警察赶来时,还是被打倒在了地上。一只反光用的棱镜也

烟囱里的兄弟

被摔碎了。

李小龙蹲在派出所的走廊里时有些后悔了。张新和李福贵正在屋子里接受警察的询问,他们的对话不时地传出来。李小龙的脑袋一阵阵疼起来,用手一摸,起了几个大包。李小龙忽然有些想家,想那个叫隆兴镇的地方,想小慧,也想他经常打得死去活来的父母。他想,要是在自己的镇上,他就不会这么孤单了,对方先骂的人,他才动的手,怎么说他也有理,实在不行回家吆喝一声,立马就会跑出一大群小兄弟。

李小龙被喊进屋子里时,腿已经蹲酸了,站在警察面前时,两条腿软软的,头也有些晕。警察看了看他说,说说吧,怎么回事儿?他说,是他先骂的人。警察说,他骂人不对,你打人就对了?你懂不懂法呀?李小龙说,我心情不好,再说他们也把我打了。警察说,你心情不好就可以随便打人啦?我现在心情不好,是不是就能拿电棍抽你一顿啊?心情不好就有理了咋地?李小龙低着头不敢说话了。警察说,先别说别人的事,先说你的事儿,你打算怎么办吧?李小龙糊涂了,心里想,我打算怎么办,你当警察的都不知道,我怎么知道呢?但他没敢那么说,说了一句,你看着办吧!警察说,那好,看你也没啥大事,回去该干啥干啥去吧!以后记住了,这是首都,代表着国家的形象,不是你为所欲为的地方。话说到这本来就该完事儿了,李小龙可以回去了,去想怎么赔人家棱镜的事儿了,但警察又说了一句话,北京这地儿可不是你们屯子里,想撒野就撒野。李小龙的火腾地一家伙就上来了,瞪着警察说,这事跟屯子里有什么关系?你凭什么污辱人?警察说,好家伙,你火气还挺大呢!那你就接着在外面蹲着吧!张新和李福贵都使劲瞪了李小龙一眼。

烟囱里的兄弟

后来,还是郑队长亲自出马才把李小龙领了回去。警察对郑队长说,既然你们是参加首都北京的建设来了,就更应该自觉地注意自己的形象。离这不远就是各国的大使馆,让老外看着是不是丢咱们国家的脸?郑队长点着头一迭连声地说,那是,那是。

李小龙本来以为这一次郑队长肯定会把他赶回家去了,回到住地就要收拾自己的东西。但郑队长只是训了他一顿,最后说,你小子想跑可没门儿,活你还得接着干,摔碎了一个镜子,从你的工资里慢慢扣吧!那只棱镜三千多块钱,李小龙的工资一个月是七百元,他在心里算了一下,已经过去的两个月算是白干了,接下来的一个月也白干。这一晚睡下时他就无比地郁闷,连小慧都没想就进入了梦乡。半夜时他突然醒了过来,被打的脑袋疼了起来,说什么也睡不着了。直到凌晨他才迷迷糊糊地又睡了一会儿,一转眼,李福贵就敲起了窗户。

郑队长为了防止当地人滋事,把张新的组和另一个组调换了测区。

三

国庆节之前先迎来了中秋节。测量时李小龙就看到北京的街头已经挂满了彩灯,一派节日的气氛。这天收工后,李小龙一个人走出了小胡同。他们的住地在大屯路上,出去向南一走就是奥林匹克公园。他想到公园里去看小慧的信。小慧这阵子一直没打电话来,突然地给他来了一封信。他觉得有些不妙,害怕这信里写着什么让他担心的事儿。时令已经进入了深秋,地上落着一片片黄叶。

烟囱里的兄弟

他想再过几天地里的苞米就该收了。妈一到秋冬季就犯腰疼病,也不知道今年疼得厉不厉害。

他走到大屯路上时突然听到了一阵叽叽的叫声。他停住脚步,向周围看了看,仔细听了几分钟。声音来自距他十几米处一幢楼的排油烟机烟囱里。听着听着,他不由得热泪盈眶,这声音他太熟悉了,在老家的屋檐下,在房上的瓦缝间,在思乡的梦里,他无数次地听到过这样的声音。这声音他听了二十几年,它只能属于一窝刚出生不久的麻雀。

他站在楼下的马路上,抬头看着三楼从厨房伸出的那截烟囱。他惊喜地看见,在烟囱的缝隙间挨挨挤挤地伸出三个小脑袋,小脑袋上和他猜想的一样,全都长着嫩嫩的黄嘴丫。他准确地判断出,它们出生绝对不会超过三天。李小龙知道这三个小兄弟现在还不会飞行,每天只能躲在烟囱里,等着爸爸妈妈叼回食物来喂它们。它们的父母此时一定正飞行在北京市的大街小巷里,焦急地寻找着食物。城市里没有虫子,更不可能有打谷场,它们要到哪里去给孩子们找吃的呢?

若是在农村,寻找食物就不会是个难题了,依靠它们敏捷的身手,即使是从鸡鸭的嘴边也可以轻易地夺得食物喂饱孩子们。麻雀呀麻雀,你何苦要到生存艰难的城市里来安家呢?你不知道这里是北京,是个竞争激烈的地方吗?有可能小家伙父母的父母就生活在城市里,它们已经过惯了城市的生活,适应了城市的环境,就像那个司机似的,骄傲地认为自己是只城里的麻雀。也可能小家伙的父母像他一样进城不久,首都的高楼大厦、灯红酒绿让它们充满了惊奇。它们终于决定不再飞回熟悉的农村,从今以后在城市里安家。它们

烟囱里的兄弟

大概是飞过了一条又一条大街小巷后,才在这钢筋水泥的丛林里找到了这个相对柔软、安全的地方吧。

李小龙在马路上看了很久,直到三兄弟的父母叼着食物飞回来,他才放心地离开。他向奥林匹克公园走去。公园里很幽静,一条条曲径隐藏在青松翠柏之间。不时有几位散步的老人从他面前悠然地走过,李小龙想,他们才是这个城市的主人,是首都的主人。他在树林中的一把椅子上坐了下来,拿出小慧的来信,忽然看到身后不远的地方有一对恋人正在接吻,赶忙又收起信,站起身跑开了。他想,要是现在他在家里就能把小慧搂过来亲一气了。

小慧的信并不像他想的那样令他担心。小慧只是告诉他,听他的话了,不想再来北京包饺子了,前两天已经搬到他家去住了,打算着帮他爸妈收秋。"家里一切都好,妈的腰疼病今年也不像往年那么重,就是每天挺想你的,大家都想,我也想,爸妈张罗着你一回来就给咱们办喜事儿。"看到这,李小龙的心里就一亮,小慧真是我的好媳妇啊!小慧还写着:"寄给我的那片叶子让我夹在相框里了,好看,我喜欢,每天都看上好几遍。"信的末尾写了两个字:亲你!李小龙看完信,笑了,不由自主地噘起嘴来,做了个亲嘴的动作。当他猛然发现应和他的只是一些空气时,觉得有些不好意思起来,抬手给了自己一个嘴巴子。

这天晚上,郑队长宣布聚餐,前一段时间忙过后,工作出现了转机,今天北京的甲方特意送来了月饼和葡萄对他们表示慰问,看来这块市场他们已经站稳了。郑队长很高兴,脸上有了笑容,招呼一声,带上月饼和葡萄去了门口的饭店,破天荒地在饭店包了三桌,让大家伙尽兴。

26

烟囱里的兄弟

　　李小龙心里高兴,不知不觉地就喝多了。李福贵和张新也喝多了,出了饭店就拉着李小龙的胳膊往前走。李小龙迷迷糊糊的,头重脚轻地跟着他们,不知道要去哪里。猛然清醒过来时,他发现自己已经坐在了胡同口那家发廊的椅子里。透过面前的镜子,他看见自己的头上沾满了白色的泡沫。他身后一个涂着猩红嘴唇的小姐,两只手正蛇一样在他的头发里钻来钻去。张新和李福贵都不在,不知道去了哪里。后背上感觉到软软的两团东西贴了上来,他打了个激灵,反应过来那应该是小姐的两只乳房。他吓了一跳,下意识地向前躲了一下。小姐咧开那张好看的嘴笑了,伏在他的耳边说,先生,你还是处男吗?她呼出的气把李小龙的脸弄得痒痒的,让他的思路非常混乱。搞不清躲不躲和处不处男有什么关系,但他还是机械地摇了摇头。小姐就又把那两个东西追了过来说,老公,我看你也不像处男。李小龙说,你叫我什么?她说,老公啊!有什么大惊小怪的?到这里来的客人都是我的老公。小姐说,老公,你的两个朋友已经做上了,你做不做啊?李小龙这时才意识到,在这里再待下去会发生什么事情。他忽地站起身,走出了发廊。小姐变了脸,在门口敏捷地拉住了他的胳膊说,你丫挺的懂不懂规矩呀?不给钱就想走啊?李小龙慌里慌张地掏出一张钱来扔给小姐,然后一转身,落荒而逃。

　　来到马路上时,他的心还怦怦地使劲跳着。他不知道刚才自己干的事儿是否已经对不起小慧了,心里就一阵懊恼,怪自己不该喝那么多的酒。这时他又听到了那阵熟悉的叽叽声,抬头一看,自己刚好站在住着三个麻雀兄弟的那幢楼下。他闭上眼睛,认真地听了起来,陶醉在三兄弟的叫声里,慢慢地已经能够准确地分清它们声

27

音中的微小差异了,有一只不叫,他就会心事重重。后来他听到有两只大麻雀的叫声传了过来,三只小麻雀都发出了欢快的叫声。李小龙知道,一定是三兄弟的父母们叼着食物飞回来,喂饱了它们,几个兄弟吃饱喝足了,正在好奇地打量着这个世界呢!

一阵喧闹声打断了李小龙。他看到张新和李福贵正从不远处胡同口的发廊里低着头走出来,身后跟着几个警察。

四

张新和李福贵每人被罚了两千元钱,灰溜溜地从派出所里走了回来。胡同口的发廊被贴上了封条。两个人之后垂头丧气了好些日子,干活时也一副无精打采的样子,连骂李小龙的心情都没有了。但一天晚上,李福贵从外面走进来,附在张新的耳边又神秘地嘀咕起来。李小龙听到张新说,老李你真行,又找了家新的,哪天带我去看看。

李小龙自从发现了烟囱里的麻雀兄弟后,每天晚上都会站在马路上听它们兄弟的叫声。有时候它们的叫声很焦急,他也跟着着急,他知道它们一定是饿得慌了,而它们的父母还没有飞回来。有时候他们叫得很开心,他也跟着兴高采烈,他知道它们一定是吃饱喝足了,望着楼下的车流人丛渴望着飞行呢!

一天,他正在抬头望着楼上的烟囱时,一个人走了过来,狐疑地打量了他一会儿说,你鬼鬼祟祟地向楼上看什么?李小龙收回目光,见面前站着一个膀大腰圆的中年人。李小龙说,我正在看麻雀,它们在烟囱里,它们是我的兄弟。男人抬头看了看烟囱说,麻雀有

烟囱里的兄弟

什么好看的？你丫神经不正常吧？李小龙说，我不是神经病，从老家出来的时间长了，听了它们的叫声，心里觉着亲。男人又打量他几眼，转身离开了，走出几步后，回过头来说了两个字：农民。李小龙冲男人笑了笑，他很喜欢这两个字，虽然这两个字用男人地道的北京口音说出来显得无比轻视。但李小龙是个地地道道的农民，他认为做个农民并没有什么不光彩的。

在李小龙估计兄弟们要出飞的这一天晚上，他吃完晚饭就早早地来到了那幢楼下的马路上。他看到烟囱的缝隙间一共伸出了五个小脑袋，加上一个他，出飞的仪式显得无比庄重。

不一会儿，麻雀兄弟的父母开始轮番地飞出去，在空中转一圈又飞回烟囱里，叽叽喳喳地叫着鼓励它们学着去做。李小龙把手握成了拳头，默默地为三兄弟加油。不久，第一只长着黄嘴丫的小麻雀终于鼓足勇气，离开了烟囱，摇摇晃晃地飞了十几米，又赶忙回到了父母身边。接着第二只、第三只也同样飞了出去。三兄弟不停地飞出去又飞回来，慢慢地，它们飞行的距离越来越长了，飞得也越来越稳了。最后，五只麻雀一齐从烟囱里飞了出去，飞上了城市的天空，在令人迷茫的城市里消失了踪影。李小龙知道它们不会再回到烟囱里了，他也不会再听到那亲切的叽叽声了。他知道三兄弟在城市的生活绝不会一帆风顺，它们的前途并非一片光明。李小龙在心里说了句：兄弟们，不行的话，还是回农村老家吧！

转身离开时，李小龙意外地发现，不知什么时候，他的脸上已经挂满了泪水。

烟囱里的兄弟

蚂蚁戏

那年冬天,知青们浩浩荡荡地开进村子里时,我正骑着一根木棍,驰骋在村中的土路上。我左边跑着的是于大华,右边跑着的是丁二光。我们用手响亮地拍着自己的屁股,嘴里喊着"驾,驾""嗑哒,嗑哒"。我们身后,土路被犁出了三条怪异的浅沟,准确地绘出了我们的行动路线。我们由村北向村南狂奔,打算去偷三奶家菜窖里的大萝卜。经过墙上写着"人民公社万岁"的生产队时,扬起的灰尘眯了大队书记的眼。书记是我本家二叔,抬起大手使劲揉着眼睛,样子很痛苦。书记突然伸出另一只手,一把将我拉下"马"来,吼道,小兔崽子们,没规没矩的,明天老子就把你们关进育红班里,让老师收拾你们。他终于揉出了眼泪,一只眼睛兔子眼似的红着,一转身迈着大步走了,留下我们三个面面相觑。于大华说,育、育红、班,是、是啥,啥玩意?从我认识于大华那天起,他就喜欢这么说话,我曾经学习过一段时间,被我妈的鞋底子打怕了,便不敢再学了。但丁二光在他妈不在场时还敢偷偷地学,他说,谁、谁知道,是、是啥玩意。他们两个都拿眼睛盯着我看。我摇摇头说,不知道。那一天育红班在我们心中充满了神秘感。我说,晚上我去问问我二叔,他肯定能告诉我。于大华和丁二光羡慕地看着我,讨好地向我眨着眼睛。我骄傲地扬起袖子,抹了一把流出的大鼻涕。他们也扬起袖子,同样抹了把大鼻涕。

蚂蚁戏

晚上,关于育红班的事我没有去问二叔,我早把这件事忘在脑后了。但第二天我们就知道了,育红班原来并不神秘,不过是一座大房子。

这房子盖在村南的场院边,孤零零地挤在一堆杨树之间,一共是三间,也就是三个房间。房后有一个大水坑,我们通常叫它南大坑。南大坑不能洗澡,因为不时有人扔些死猫死狗死猪崽子什么的进去,一到夏天就散发着难闻的味道。我们洗澡的地方是村东的东大坑。过去房子里的小房间住着一个姓牛的"五保"户,他长着一嘴大胡子,威风凛凛的样子,但腿脚不好。我们几个经常跑去拔几只他菜园里的胡萝卜、大萝卜什么的,一边吃一边等着他来追我们。他不理我们,我们会骂他几句,齐声喊道,牛犊子,牛犊子。他终于忍耐不住,抄起一根棍子追过来,我们喊一声"跑",抬腿便跑得无影无踪了。后来老人去世了,死在这间房子里,我们就再不敢到这里来了,听说老牛头不时会在晚上故地重游一番。

我们十几个孩子走进屋子里时,看见屋中站着一个女人。她像阳光一样,哗啦一家伙把我的眼睛照亮了。时隔多年,我仍然能清晰地想起那个冬天的早晨。几只老鸹在杨树上呱呱地叫着,另有几只喜鹊,尾巴一翘一翘喳喳地唱和。老牛的菜园子已经荒芜了,我踏着薄霜试探地推开了房门,就一下子愣在了那里。那天早晨,我第一次对美有了一个清晰的认识。我的观点是:小赵老师就是美。在此之前我一直认为,村子里最好看的是三奶家的凤枝,她拥有一双在村中独一无二的杏核形的眼睛,一说话眼睛还会对着你笑。但从那天开始,她一下子黯淡无光了,光芒四射的小赵老师从此走进了我的心里,直到她死和死后的许多年,我都无法把她赶出去。多

烟囱里的兄弟

年以后,在某一个城市的公交车上,一个女人突然让我心头一怔,我意识到这个人我一定在哪见过,一时却怎么也想不起来,便盯着她看。女人愤怒地剜了我一眼,转身下车了。女人下车两站后,我猛然想起,她长得非常像小赵老师。

小赵老师也是下乡的知识青年,被抽调到了育红班。上级考虑得很周到,每个村子抽出一名青年成立育红班,把每天像野马一样四处奔跑的孩子们圈在一起,以便让贫下中农们没有后顾之忧,把全部精力和百分之百的热情都投入奔向共产主义的劳动中去。

小赵老师差不多是拉着胳膊把我们弄进屋子,按在小板凳上的。我们都扭捏着,显得不太好意思。我闻到屋子里有一股淡淡的花香,是什么花呢?像槐树花,似乎又不是。猛然想到冬天是不开花的,这花香只能属于屋子里的小赵老师。那个早晨,我闻到了一种叫小赵老师的花香后,那香气便一直纠缠了我许多年。

小赵老师说,《百家姓》你们读过吗?于大华怯怯地说,我、我、我爷,读过。说完他自豪地扭过头,看了我一眼。小赵老师说,那么你知道《百家姓》的第一句是什么吗?于大华说,我、我、不、不知道。我、我、我爷,肯、肯、肯定知道。你、你,等着。我、我,这,就去,问、问,问他。说完他站起来就要往外跑。小赵老师赶紧一把拉住他,笑了笑说,不用去问了,我来告诉你们,第一句是赵钱孙李。我就姓这里的第一个字:赵。姓赵的我还是知道的,我们村子虽然没有,但以前看过一个电影里就有一个叫赵光腚的,破衣烂衫的,一年四季两口子合穿一条裤子。我真是没想到,姓赵的还可以长得这么好看。

小赵老师说,上课之前我有一件事情让大家去做。我们好奇地

蚂蚁戏

看着她,随时准备为她赴汤蹈火。小赵老师说,请你们把自己的鼻涕擦一下。需要说明的是,一到冬天,我们村子里百分之九十的孩子鼻子下都会拖着大鼻涕。鼻涕像两只小老鼠似的,一点一点试探地爬出鼻孔,马上要过河时,我们会及时吸溜一声用力吸一下,它们就又跑了回去。天长日久,鼻子下会留下两道深深的红印子,这样的孩子被统称为"鼻涕虫"。因为大家差不多都是"鼻涕虫",就没谁笑话谁了。

我们听了小赵老师的话,训练有素地抬起了右胳膊,用棉袄袖子在鼻子下抹了一把。小赵老师惊叫起来,哎呀!你们怎么能用袖子擦呢?多脏啊!我们村里流行把旧袜子缝在棉袄的袖子上,一个漫长的冬季里,袖子往往会被我们抹得油光锃亮,远远看去,像两块上好的毛皮。我们诧异地看着小赵老师,搞不清自己到底什么地方错了。小赵老师从衣袋里掏出一个东西,举起来说,要用这个,手绢。今天晚上回家,每人让家长准备一条,明天带来。为了争取到一条手绢,我们每个人都不同程度地受到了皮肉之苦,最后直到小赵老师死了,十几个孩子里只有丁二光一个人侥幸得到了一条,据说是他奶奶以前用的。所以小赵老师试图改变我们这个不良习惯的努力,最终还是以失败告终了。

小赵老师说,平时你们都玩些什么啊?我一下子从座位上蹦了起来,随手从裤腰里扯出一只弹弓,炫耀地晃了晃说,好玩的多着呢!我们经常用这玩意打鸟。说完我跳到院子里,捡了一块小石子,装进弹弓的皮兜,一扬手射向一棵杨树。杨树上随之传来了老鸦们惊恐的叫声,一只老鸦摇摇晃晃地落了下来,在半空中扔下几根羽毛,侥幸逃跑了。小赵老师接过我手里的弹弓说,这东西很危

烟囱里的兄弟

险的,打到眼睛怎么办呢?我们都不解地看着她,搞不懂为什么要用弹弓打眼睛。

小赵老师说,我们来唱支歌吧!你们谁会唱歌呀?我们一齐指着丁二光,喊道,他会唱。丁二光脸红脖子粗地站起来,显然还没为这次演出调整好情绪,但最后他还是唱了。他唱的是:郎啊!咱们俩是一条心。唱完了,他站得直直的,很自豪地看着小赵老师。小赵老师说,这歌是谁教你唱的?丁二光说,没人教我,我是听我奶奶唱,偷着学会的。小赵老师说,要记住,这歌以后不能再唱了。现在我教你们一首新歌。小赵老师教我们的是《我是公社的饲养员》。在那个冬天的上午,鸡鸭猪狗们欢叫着,跳进了袁家窝棚育红班的教室里。我有生以来第一次发现,原来它们是那么可爱。教完歌,小赵老师让我们每人唱一遍。我发现我唱的时候小赵老师总是忍不住笑个不停,一笑脸上就出现两个好看的酒窝。我就一连唱了两遍。这天放学后,我傲慢地对丁二光说,那首歌我唱得最好,我一唱小赵老师就笑。丁二光说,你可拉倒吧!你一唱就跑调,我也板不住要笑呢!我说,不可能。他说,就是。我们很快进行了一场搏斗,最后我把他摔倒在地上。

小赵老师说,你们见过火车吗?我们都摇摇头。我突然想起来,说,我二叔见过,他说火车像一只大虫子,冒着烟,在地上爬。小赵老师说,你们把耳朵贴在桌子上,我让你们听火车开动的声音。很多年后,我用同样的办法让女儿听了火车开动的声音时,不由自主地想起了小赵老师。她的死和我有一定的关系,内疚一下子从心底升了起来。

太阳照进教室里时,小赵老师带我们走到屋外,说,下面咱们玩

蚂蚁戏

个游戏,蚂蚁戏。蚂蚁戏的玩法是这样的,先在地上挖一个小洞,捉两只蚂蚁放进洞里,上面盖上一小块玻璃,再用土把玻璃周围盖起来,只留下能看到小洞的那一部分,接下来就可以看两只蚂蚁在里面演戏了。蚂蚁在坑里急得团团转,却怎么也爬不出去。它们以为上面是一条出路,但很快发现一切努力都是徒劳的,上面只是玻璃设下的陷阱。两只蚂蚁过一会儿就焦急地打一下招呼,想不明白世界为什么突然变得面目全非了,它们以前迷路时找家的办法一下子失去了作用。小赵老师死后,我再也没玩过这个游戏,我想今生也不会再玩了。

小赵老师虽然是育红班的老师,但还是住在青年点里,每天早晨吃过饭到育红班来,中午再回去吃饭。青年点在村北,离育红班很远,我们经常争先恐后地从家里拿些食物给小赵老师吃,这样她就不用来回跑了。她往往会在我们的食物中选择一番,最后确定吃谁的,这时候食物的主人就会非常兴奋,一连兴奋几天,直到大家看不惯,合伙揍他一顿,他才会冷静下来,想起自己姓啥来。食物没有被小赵老师选到的人,往往会无比失望,谋划着下次要带什么来。这种争夺进行了二十几天,直到知青小常有一天中午拿着饭盒走进育红班里,小赵老师从此再不吃我们的东西了,只吃小常的东西。这样我们就不太喜欢小常,背地里给他起了个外号——长虫。他还有一个外号——苏修,取自他与众不同的鼻子,那是一个叫小傻子的大人起的,我们一般不叫。小傻子是村里最有文化的人,我二叔下台后,他当了小学老师,教过我。

几年前,我见过小常一次,是在电视上,已经成了一个什么公司的董事长了,趾高气扬,一副成功人士的样子。他大概早就把那个

烟囱里的兄弟

叫袁家窝棚的小村忘记了,很有可能连小赵老师也忘记了。本来我没认出来他,但我爹一口咬定说,这人就是小常。他说这辈子就见过小常长着那么高的鼻子,他说,苏修嘛,化成灰我也能认出来。

小常除了鼻子高点,长得还是非常帅气的。他总是穿一件军用的黄棉袄,腰杆儿笔直地走进育红班里。他一来,小赵老师就冲他笑一笑,神秘地眨眨眼睛。小常一般不打搅我们上课,把一只饭盒放在教室后面的桌子上就自动地离开了。到了中午小赵老师拿起饭盒,总是像想起了什么似的笑一笑,然后才打开来吃。小常每次都骑一辆自行车来,因为我们讨厌他,就经常拔他自行车的气门芯。但他好像很有毅力,推着回去几次后,干脆走着来了。

首先发现事情有些不对劲的是于大华。一天晚上,他和丁二光、我,三个人在房檐下捉家雀时,他说,你们,俩看、看出啥,古怪,没、没有?我们不说话,呆呆地看着他。他说,小、小赵,老师,和、和小、小常,在、在,搞、搞对象。这时我们也恍然大悟,他们肯定是在搞对象,要不然小常不会一次一次地来育红班找小赵老师。于大华严肃地说,小小,你应、应该,把,这事,汇报,给、给,你,二、二叔。小小是我的小名。我说好,今晚我就去报告,你俩跟我一起去。

我把小赵老师和小常搞对象的事汇报给二叔后,二叔怪模怪样地看了看我说,你说的是真事?于大华说,是、是,真事,小、小,常,天、天天,去,找小……二叔摆摆手没有耐心听于大华说完了。他说,我知道了。我们几个完成了任务,快乐地走了出去。走到门口,丁二光回过头来说,用不用我们三个继续监视他们?二叔从屋子里冲出来,在他屁股上踢了一脚说,小兔崽子们,该干啥干啥去吧!知识青年是毛主席他老人家派来的,他们搞对象谁管得了?

36

蚂蚁戏

从此,我们只能眼睁睁地看着小常来找小赵老师,想不出一点儿办法来。一看到小常来,我们就闹心。后来,我们几个交流过一次这个问题,那是在一次小学同学会上。于大华已经治好了口吃的毛病,奇迹般地当上了律师。丁二光当年没考上什么学校,却靠养鸡发了家,最先当上了万元户。于大华说,我们那时候是嫉妒小常。丁二光说,我们嫉妒他什么?于大华说,因为我们都喜欢小赵老师。他这话一说完,我们就都不说话了,默默地喝光了杯子里的酒。

小常来得越来越勤了,不但中午来,有时候下午也来,来了还就赖着不走了,不停地用下巴点着里屋,向小赵老师使眼色,小赵老师的脸腾一家伙就红了。过一会儿,对我们说一句,老师有点事儿,你们去外面玩蚂蚁戏吧!我们嘟囔着走出屋子,她和小常就走进那间小屋子里,很快就传来了闩门声。被锁在门外的我们心里非常不是滋味,我们很想知道他们在里面究竟干些什么。但是里屋的窗户被小常用塑料布挡上了,看上去一片模糊。但我们还是很快就想出了办法。

我们推着于大华爬到门前的杨树上去。于大华极瘦,很灵活,以前他有过爬这几棵树的经验,并成功捣毁过树上的喜鹊窝。于大华紧了紧裤带,往手上吐了一口唾沫,打量一下眼前的树,一蹦高蹿了上去,噌噌爬了上去。他选择的是正对窗户的一棵树。在树上透过窗子上的亮隔看,屋子里的东西就一目了然了。于大华爬了一半时停了下来,双手抱着树干扭头去看窗户,忽然"妈呀"叫一声,从树上出溜了下来,一屁股坐在了地上。我们围上去把他拉起来,问,你看到什么了?于大华张着嘴说不出话来,"我、我"了半天也没有下文。我在他屁股上踢了一脚,他才回过神来说,我、我看、看见,小、

烟囱里的兄弟

小常,压、压在,小、小赵,老师,身、身上。丁二光撇撇嘴说,那有什么稀奇的?我看见我爹也压在我妈身上过。我妈还直哼哼呢!我问我爹,你们干啥?他给了我一巴掌说,你管不着。

一会儿,里屋的门开了,小常一脸得意地走在前面,小赵老师满脸羞红地跟在后面。走过我们身边时,小常突然摆出一副要抱她的架势,她推了他一把,转身进屋了。

说心里话,小常除了经常和小赵老师关进屋子,还有剥夺了我们给小赵老师拿东西吃的权利令人讨厌外,还是有很多优点的,比如他画的画跟真的似的。下乡第一年,他就画过两幅画送给了我二叔。画画在两面镜子上,一幅是天女散花,一幅是嫦娥奔月。当时我去找弟弟小虎玩,看见小常一个字一个字指着给二叔念。他写的是篆体。二叔咧开大嘴拍着他的肩膀说,画得好,小伙子有出息啊!又说,这镜子是不是挺贵呀?小常摇摇头笑了,说,我这是练习着画的,想请领导多提些意见呢!二叔咧开大嘴又笑了,脑袋一歪一歪地看着两幅画。小常转过头来对我和小虎说,你们听过嫦娥奔月的故事吗?我们没听过,二叔也没听过,他只知道月亮里有个女人叫嫦娥,至于怎么到月亮上去的,他就说不清楚了。

小常说,从前嫦娥和她的丈夫后羿住在地上,地上太苦了,每天都要干很多的活。嫦娥就偷吃了西王母的仙药,飞到月亮上去了。小常说完,二叔看了他一眼说,我明白了,放心吧小常,有回城的指标,我第一个就推荐你。

夏天来临时,整个袁家窝棚披上了一件绿衣。村子里流动着一股幽幽的槐树花香,这香味和蜻蜓翅膀、庄稼、小草、土地的气味搅在一起,嗅上一下,人就不由得醉了。就是在这个夏天,我真正认识

蚂蚁戏

了一种叫裙子的东西。裙子是雪白的,穿在小赵老师的身上,让她看起来非常像小常画的嫦娥。我们惊讶得目瞪口呆,搞不清穿在她身上的是什么衣服。我们村子里的女人即使是夏天,也穿一条长裤子。不要脸一点的,如于大华他妈,会穿一条极大的花裤衩,在村子里招摇地走来走去。丁二光说,我知道,赵老师穿的是裙子,我奶奶一到夏天就穿这东西。说完他得意地看着我们。我们说,你奶奶穿的和赵老师穿的不一样,赵老师穿的是裙子,你奶奶穿的是一只大口袋。丁二光说,我奶奶穿的也是裙子,不是大口袋。我们说,是大口袋,不是裙子。丁二光最终还是承认他奶奶穿的是大口袋,因为我们十几个孩子一起把他按在了地上。

穿着裙子的小赵老师,白蝴蝶一样在育红班的教室里飞来飞去。她走过的地方会飘来一股香甜的凉风。我们在那个夏天里连最爱玩的打鸟游戏都不玩了,整天围在她身边,一步也不愿意离开。这时候,蚂蚁戏玩起来更有意思了,因为可以放到小洞里的蚂蚁种类非常多,有小黑蚂蚁、大黑蚂蚁、小黄蚂蚁、大黄蚂蚁等好几种,不像冬天时只能找到一种小黑蚂蚁。我们在育红班窗前的空地上,每个人都做了十几个蚂蚁戏,跑来跑去,轮流观察。关在里面的蚂蚁们表情都非常相像,左冲右突,焦躁不安。我似乎能听到它们无奈的叹息声。

小常还是经常来找小赵老师,来了两个人还是躲进小屋里。我们村子里下乡的知青已经有几个回城了,搞不清为什么二叔没有把指标给小常。

一天,我们正在窗下玩蚂蚁戏时,听到了屋子里的争吵声。我们赶紧爬行到窗台下,侧起耳朵听。小赵老师好像是哭了,她说,你

烟囱里的兄弟

怎么能让我干这种事儿呢?小常很不耐烦地说,不这样咱们永远也回不了城,你别忘了自己的出身。

小屋的门打开了,小常气哼哼地从屋子里走了出来。好久,小赵老师才走了出来,眼圈还红着。我说,老师,是不是长虫欺侮你了?你放心,我替你报仇,我这就去跟二叔说,让小常一辈子也回不了城。小赵老师一把抓住了我说,千万别说。我感觉到她的手凉凉的,没有一丝温度。

我虽然没对二叔说,但第二天我们用另一种方法惩罚了小常。在他经常过来的那条路上,我们挖了一个陷阱。里面灌满了用尿和的稀泥。我们躲在树后亲眼见他一脚踩了进去,粘了一鞋一裤腿尿泥跑回了青年点。

这样的争吵听过了几次后的一天下午,我看见二叔晃晃荡荡地走进了育红班。他也和小赵老师关起门,躲进了小屋里。二叔出来时出人意料地在我们头上挨个摸了一把,第一次没叫我们小兔崽子。那个下午小赵老师一直没有走出里屋给我们上课,嘤嘤的哭声不间断地传出来。

两个月后,我发现青年点里没有了小常。二叔说,他已经回城了。此后经常到育红班去的人变成了我二叔,有时是上午,有时是下午,有时上午和下午他都来,来了就和小赵老师躲进小屋里。小常走后,小赵老师的脸上再也看不到那两个圆圆的酒窝了,她的脸色非常苍白,和她死时的脸色一样。我固执地认为,从那时起,小赵老师实际上已经死了。

一天晚上,我去找小虎玩时,我二婶给了我三只刚从树上摘下来的杏。她家的杏树能结出全村最甜的杏,可惜我一直没有机会吃

蚂蚁戏

到。一到杏下来时,二叔就会骑着自行车,拎着一只篮子,到公社去送杏。我拿着杏疑惑地看着二婶,二婶摸着我的脑袋说,小小,吃吧!我吃了一个杏。将另外两个揣进了衣袋里,准备拿回去给三岁的弟弟吃。二婶说,甜吗?我点了点头。至今想起来,我还会为贪吃那三个杏的事脸红。二婶说,记着一件事儿,以后你二叔再进育红班,你就跑来告诉我。我又点了点头。二婶姓袁,袁姓是袁家窝棚的大姓。我们姓李,二叔是因为出身好,三代贫民,又上过初中,才当上了大队书记。

尽管我们一小口一小口地吃,但那三个杏还是很快被我和弟弟吃没了,我也就很快把二婶告诉我的事儿给忘在脑后了。但杏核我一直放在口袋里。这天下午,二叔又走进了育红班,小赵老师让我们去玩蚂蚁戏时,一摸口袋我想起了二婶的话,就撒腿跑向了二叔家。别的孩子不知道我要去干什么,也跟在我身后一齐跑。我气喘吁吁地告诉二婶后,二婶又给了我三个杏,说了句,这个卖×的狐狸精,便扭着屁股走出了屋子。

我和伙伴们很快想起来,好久没玩骑驴的游戏了,就在二婶家前面的街上玩了起来。骑驴的游戏很简单:一个人弯腰成九十度,撅着,另一个人从远处跑过来,双手按一下他的后背,从他的身体上跳过去。有点像现在体操比赛中的跳马。

丁二光当了十次驴后,用棉袄袖子抹了一把流出来的鼻涕说,小小,该你当驴了。我说,你再当最后一次。丁二光换了一只袖子,又抹了一把鼻涕,说,我不想当了,轮到你当了。我在他的屁股上踢了一脚,说,少跟我放屁,让你当,你就当。自从上次揍了他一顿后,我就经常欺侮他。丁二光揉揉屁股弯下腰。我眨巴眨巴小眼睛得

烟囱里的兄弟

意地笑了。

这一次我没能顺利地从驴身上越过去,在我用手去按丁二光的后背时,他就势倒在了地上,一个后滚翻,溜了。我没想到他敢给我来这么一手。我一屁股坐在了地上,啃了一嘴的泥。我站起身吐了口唾沫,说,王八犊子,你敢耍我?!丁二光躲得远远的,说,驴也有累的时候。我正想冲上去揍他一顿,突然村南传来了一片叫骂声,我很快转移了注意力,撒腿飞奔起来。

跑到南大坑时,坑里的死猫烂狗味扑面而来,呛得我咳嗽了一下。我放慢脚步,听清了叫骂声来自我们育红班,叫骂的人是我的二婶。骂的内容我也很熟悉,有一次她和于大华他妈就是这么对骂的。她骂于大华他妈时,于大华他妈也同样回骂她,但这一次却听不到另一个声音,不知道倒霉的人是谁。我走到育红班门前,看到那里已经围了一大堆人,从大人的腿缝望过去时,我看见二婶骂的人竟然是小赵老师。此时的小赵老师身上一件衣服也没穿,抱着胳膊蹲在地上,不住地抖动着。已经是秋天了,我想她可能是有些冷。她的头发正被二婶的手抓着,骂一句,二婶就扯一把,再骂一句,又扯一把。二婶的另一只手里攥着一把柳条,不时地抽打在小赵老师的后背上,柳条抽一下,小赵老师就抖一下,最后终于抖成一团。雪白的后背转眼添上了一条条红印子。红印子像绳索似的,交叉着紧紧捆住了小赵老师。这一刻,我忽然觉得小赵老师很像那些被动地参加游戏的蚂蚁:身陷绝境,无处可逃。围观的人们都瞪大了眼睛,贪婪地盯着小赵老师看。他们的眼睛放着光,和我们看着玻璃下的蚂蚁时一样,兴奋异常。我没有在人群里看见二叔,不知道他跑到哪去了。小赵老师就一直那么蹲着,满脸泪水,一言不发。这是我最后一次看到她活着时的样子,她的身体白得炫目,像一道闪电刺痛了我的眼睛。我突然意识到,她的处境可能与我有关。为了六个杏,我出卖了她。我无地自容,恼恨地跑开了。

再见到小赵老师时,是在南大坑的坑边上。她平躺在地上,脸孔惨白,一绺黑发贴在前额上,嘴张得很大,似乎在喊着什么,两只眼睛圆圆地睁着,充满了不解和疑惑。她选择以跳南大坑的方式,离开了这个世界。不知道在最后时刻,她是否想到了那个叫小常的人。她是在喊他吗?

育红班解散了。

不久,我、于大华、丁二光都背上书包上了小学。有一次课间时我看见他们两个正在玩蚂蚁戏。我凑上去,透过玻璃片看时,猛然发现,在小洞里跑着的蚂蚁闪了一道逼人的白光,竟然是小赵老师。

烟囱里的兄弟

老刘的厕所

老刘这几天有点儿不太正常,用王玉兰的话说是,有点儿神神道道的。没事就拿一把尺子,一遍又一遍地量他家的屋子。量一遍就骂一通尺子,再量一遍又骂一通。从卧室量到客厅,再从客厅量回卧室,骂的话越来越难听。开始是抱怨这把尺子不准,是把破尺子。后来干脆表示出要和尺子的母亲发生肉体关系的意思了。尺子是把三米长的钢卷尺,搞不明白自己到底什么地方做错了,觉得很委屈。尺子心里想,我招谁惹谁了呢?干吗要骂我的母亲呢?再说了,我有母亲吗?尺子诚惶诚恐,觉得很对不住人家老刘,老刘一松手,尺子就赶紧战战兢兢、羞愧难当地缩回尺壳子里去了。

其实,老刘也知道,这事和尺子没啥关系。他们家一共就一室一厅,用他老婆王玉兰的话说是"屁大的地方",满打满算也就二十二平方米,再怎么量也没法帮女儿刘丽量出一张床的地方来。

在此之前,老刘的日子本来过得挺舒心的,虽然王玉兰认为他是耗子尾巴上的疖子——没啥大能水,但不缺吃不少穿,老婆孩子都没饿着,还略有一点儿积蓄。老刘觉得还说得过去了。他在单位是烧锅炉的,现在还没到取暖期,每天主要的任务就是给办公楼里的同志烧开水。早晨,炉门子打开,哗哗地往炉子里扔几锹煤,炉门子一关,就算完活了。早晨一阵儿忙完,一天就没啥事儿了。老刘拎着一瓶子茶水,晃晃荡荡地去收发室找门卫老赵头儿下棋,顺便

老刘的厕所

再看看刚到的报纸。

老赵头儿棋走得臭,但棋瘾特别大,输了第一盘就要接着摆第二盘。老刘和他下棋很有些高高在上、老叟戏顽童的意思,边下边威胁老赵头儿。老赵头儿拿起马刚想跳,老刘就说了,你可想好喽,别拿起来就跳,这可是五楼,小心摔你个鼻青脸肿的。老赵头儿放下马又摸车,老刘又说了,小心,车可不是谁想用就用的,别把你的老胳膊老腿儿撞折喽!老赵头儿脾气随和,又自知棋艺不高,老刘说啥他都是笑嘻嘻的,不急不恼。有时候接连损兵折将也会有点儿急眼,瞪着眼珠子看老刘,那你说走啥?老刘呷口茶水,翻了翻眼皮说,笑话了,你走棋还是我走棋?怎么反过来问我了?弄得老赵头儿一点儿办法也没有。下着棋开着心,一个白天说过去就过去了。

晚上回到家,不用问,老婆王玉兰准保把菜炒好了在桌子上摆着呢,菜盘子旁边肯定还站着一壶烫得热乎乎的烧酒。老刘看着电视喝着小酒,喝完了再晕晕乎乎地到旁边的公园转上一圈儿,在楼下和一楼的老孟下几盘棋,边下边云山雾罩地吹些不着边际的牛皮,回来躺到床上就睡。日子就这么开开心心地晃过去了。

但这一阵老刘可真发愁了,发愁是因为女儿刘丽一天天地长大了。这也挺正常的,谁家的孩子不长大呢?但老刘觉得刘丽长得有点儿太快了,让他一点思想准备都没有,好像没留神,一转眼,刘丽就十五岁了,长成个有模有样的大姑娘了。女孩子该来的情况早就来了,身体各部位也都开始迅速地发育,如果再让她跟爸爸妈妈挤一间屋就有点儿不太像话了。再说了,女儿自己也不同意,已经嘟着嘴和他说过好几次了。女儿说得比较委婉,说是初二了,正是升学的关键时刻,需要有个自己的空间复习了。

45

烟囱里的兄弟

老刘开始没把这事儿往心里去,他属于大大咧咧的那种人,啥事儿都不爱往深里想。女儿一说,他就回一句,想当年在农村时,你两个姑姑一个叔叔,再加上你爷爷你奶奶你爸爸我,我们一家六口人,不是照样睡在一面炕上?你好歹还自己有张小床呢!接着老刘还会引用典故教导女儿,古时候有个人,借着萤火虫儿屁股那么点儿光,不是照样把书读成了?但后来王玉兰不干了,硬逼着让他想办法,说什么也要让女儿自己住一间屋子。

老刘在屋子里量来量去,得到的总是那几个让人沮丧的数字:卧室十二平方米,客厅八点五平方米,厕所一点五平方米,加一起刚好二十二平方米。再没有办法多量出一分一毫了。老刘家怎么没有厨房呢?原来的厨房在客厅里,为了节约空间,几年前就挪到阳台上去了。

白天再到收发室,老刘就一副愁眉苦脸的样子。老赵头儿拎出棋袋子,老刘一点兴致都提不起来。老赵头儿问,你这是咋地了?是不是昨晚上太卖力气,把老腰扭着啦?老刘心想,我倒想卖力气,可哪敢啊!女儿的小床和他们的大床就隔着一道布帘子,放个屁都得一点儿一点儿地往出抻,更别说和王玉兰有点儿啥举动了。平时两个人的策略是尽量不做,实在板不住要做,也得到夜深人静确认女儿睡熟了以后,再小心谨慎地做一下,感觉就跟做贼似的。老刘心里烦,也想能有人给他出出主意,就把住房的事跟老赵头儿说了。老赵头儿听了就叹口气说,这事可真是不好办,我也合计着老儿子结婚没房子的事呢!冲单位张嘴肯定是不行的了,在办公楼里上班的还有不少没分到房子呢!

但老刘认为有困难还是应该首先去找组织解决,自己好歹也是

老刘的厕所

个有二十年工龄的老工人了,说一句话怎么地也能起点儿作用。但结果令他非常失望。老刘刚把住房的事儿和行政科长老李说完,人家就一口回绝了。老李说得语重心长,老刘啊,咱们单位的情况你也都了解,好几对刚结婚没房子住的还在排号呢,哪还有空余的房子啊?

老刘在组织那没找到解决方案,回到家就更加心事重重的,喝口酒就叹口气,再喝口酒又叹口气,不一会儿就把旁边的王玉兰弄火了,在他后背上拍了一巴掌说,你叹气能叹出香味来咋地?拿它就酒?挺大个老爷们儿一点儿能耐都没有,遇到点屁事就知道叹气。你肩膀上长着的是啥东西?除了往里灌酒就不能拿它想点儿办法了?

老刘就不敢再叹气了,他平时挺听王玉兰的话,王玉兰虽然说话冲点儿,但对他特别好,一点毛病也挑不出来。他和王玉兰是二婚,原来的老婆嫌他没出息,生下刘丽的第二年就跟一个包工头跑到南方去了。王玉兰嫁给他时还是个大姑娘,在单位劳动服务公司的一个纸盒厂上班。纸盒厂和锅炉房在一个院子里,王玉兰每天看老刘一边烧锅炉一边带孩子怪可怜的,活儿不忙时就帮他照看一下刘丽,后来干脆义无反顾地跟了他。为此,王玉兰还和父母断绝了往来。应该说人家王玉兰是在老刘人生中最困难时挺身而出嫁给他的,晃十多年过去了,王玉兰一直没生育,对他和前妻生的刘丽就像对自己亲生的孩子一样好。后来纸盒厂黄了,王玉兰虽说没了工作,但人家一直也没闲着,从服装厂买回了一大堆碎布头,白天整天忙着做布娃娃什么的,晚上再去夜市上蹲着卖。说起来人家挣的钱并不比他老刘少,吃的辛苦还比他大得多。

烟囱里的兄弟

不叹气老刘也没能想出啥好办法来,低着头喝闷酒。喝完酒到公园遛弯儿时他就瞅着墙边的猴笼子发呆,心想,人他娘的倒不如猴子了,人家猴子还有这么大一块地方上蹿下跳翻跟头打把式,想怎么折腾就怎么折腾呢!从公园回来,老刘也没心思下棋吹牛,窝在床上就睡着了。

半夜里,老刘让一泡尿憋醒了,迷迷糊糊地下床上厕所。晚上他和王玉兰要上厕所方便,就显得很不方便。他们的大床在房间里面,女儿的小床在外面。女儿睡的是张折叠床,平时放在沙发下面,睡觉时才拿出来摆上。他们俩要去方便,必须先撩开中间的布帘子,从折叠床和墙中间的夹空里走过去。窗外就是公园的广场,广场上的灯光从窗户照进来,落在女儿刘丽的身上。老刘看一眼睡梦中的女儿,鼻子就不由得一酸,在心里骂一句自己,我他娘的真是个没用的男人啊!

就是在厕所里,老刘突然想出了好主意。裤子没提上就使劲拍了一下自己的大腿,弄出了"啪"的一声响动。回到床上等不及到第二天早晨,连推了几下就把王玉兰弄醒了,说了自己刚想出的好办法。王玉兰好像听清了,又好像没听清,胡乱地点了点头。老刘得到鼓励就有点得意忘形,对王玉兰提出了亲热一下的要求。王玉兰还没彻底醒过来,以为他说的还是房间的事,没想到与自己身上的房间有关,含含糊糊地说,行,你就看着整吧!等到老刘热火朝天地忙上了,她才反应过来,骂一句老东西,也很快进入了状态。

第二天早晨,老刘烧完开水,就借了老赵头儿家的倒骑驴,自己骑着上了建材市场。建材市场上随处都有拉脚的,但老刘想,自己费点劲儿就能省下个十块八块的,值得。老刘转了一圈儿,买回满

老刘的厕所

满一车的材料,骑着车威风凛凛地回家了,一路上他就板不住咧着嘴笑,好像已经看到在他的精心策划下,女儿的房间在前面的路上摆好了,正冲着他招手微笑呢。

老刘请了一个木匠、一个焊工、一个水管工。他的想法是把客厅里那个一点五平方米的厕所搬出去,把客厅变成一个十平方米的方厅。这么大的方厅里摆一张女儿的床就绰绰有余了。厕所搬到哪去呢?老刘计划把它搬到楼下的空地上去。空地就是他经常和老孟下棋吹牛的那块地方。这幢楼冲北开门,一出门就是一道围墙,墙边栽着一排银杏树。有两棵树之间的空隙比较宽。老孟这人挺勤快,靠墙修了个小花坛,一到夏天就种些串儿红、美人蕉啥的,弄得姹紫嫣红的。紧挨花坛,老孟用水泥抹出了一个平台,棋盘就画在平台上。老刘就是打算在花坛的位置建一间厕所,这样做虽然上厕所有点不太方便,需要楼上楼下来回跑,但女儿的房间解决了。

老刘先和几个工匠三下五除二把原来的厕所拆掉了,把拆下来的材料运到楼下的空地上,然后就去了一楼老孟家。老刘的想法是除了占用老孟的花坛外,还需要从老孟家的水管子上接一根管子到未来的厕所里,这样厕所的上水问题就解决了。下水的事儿比较好办,楼下有一排化粪池,埋一根陶瓷管子通过去就完活儿了。所以,他要和老孟打个招呼。老刘本来认为凭他和老孟的关系,这点儿小事儿不难办到,接了水管子顶天每月给老孟家一些水费也就行了。但他说了要修建厕所的计划后,还没提接水管的事呢,老孟没说啥,老孟的老婆不乐意了。老孟老婆是居委会主任,说话一套一套的,老刘啊,你不给组织添麻烦,自己动手,节约空间改造厕所,这事儿我是举双手赞成。眼瞅着大侄女一天天大了,再让她和你们两口子

49

烟囱里的兄弟

挤一间屋确实影响不太好,要是真看见点儿啥没准就影响了她的身心健康。我家房子要是大,都恨不得匀出一间来让大侄女住。但你不能把厕所挪到那块空地上去啊!你自己瞅瞅,那块空地正好对着我家的厨房,你们一家人要是一上厕所,厨房里的味儿还好得了吗?做出的饭菜还怎么吃?你说是不是这个理儿?老刘心里想,谁也没让你吃厕所里的东西呀!但嘴上可没敢这么说,满怀希望的搬迁计划就这么让老孟老婆一盆冷水给冲垮了,老刘灰头土脸地从老孟家走出来。老孟把他送到门外,拍拍他的肩膀小声说,老刘兄弟,你看这老娘们儿,我真拿她没办法啊!老刘摇摇头说,没关系,有老哥的这句话就行了,我再想想别的主意。别的主意哪就那么好想啊?老刘垂头丧气地回到家里,望着刚拆掉的厕所旧址直愣愣地出神。几个工匠在楼下吆喝,问这厕所还弄不弄了,不弄就去找别的活儿干了。老刘从屋里跑出来,跌跌撞撞地往楼下走,心想还是让他们把刚拆掉的厕所再建好算了。老刘心里急,一出门就撞在了楼梯的扶手上。这一撞竟然给老刘撞出个灵感来,老刘拍拍楼梯扶手,咧开嘴就嘿嘿地笑了。

老刘决定把厕所搬到走廊里去。走廊能摆下一间厕所吗?老刘认为能。他们家刚好住顶层,一开门就是楼梯的扶手,如果把拐弯的那段楼梯扶手锯掉,在靠自己家的那面墙上装上角铁,然后在楼梯悬空处架上木板,厕所就可以直接盖在木板上,变成一间悬空厕所。新厕所离旧厕所只有一墙之隔,上水下水引出来都非常方便,一开门就可以直接上厕所了。这个方案比把厕所搬到楼下去的方案还要好。这就是老刘最有创意、最得意的地方了,老刘认为能想出这样的主意只有一种解释,老刘这人是个天才呀!

老刘的厕所

但事情的发展有些让老刘恼火,他刚指挥着工匠们干了一会儿,邻居老方就提出了反对意见。老方原来是个中层干部,后来因为生活作风问题被人弄了下去,做人一直很低调,见到谁都主动打招呼,显得低三下四的。老刘做计划时根本就没把他考虑进去,没想到他会跳出来阻挠自己的搬迁大计。老方开始没弄明白老刘要干什么,在门口看了一会儿,等弄明白了就说话了,老刘,你这样弄可不行啊!老刘说,怎么不行?老方说,你这么一整,厕所正好对着我家门口,我家人一出门就见到厕所,人家都是出门见喜,我们家出门就见屎了,那得多不吉利。再说了,厕所这东西再干净,也是拉屎撒尿的地方,就这么戳在走廊里,那味儿还好得了吗?老方说的话有一定道理,但老刘不想轻易放弃自己的计划。老刘说,楼梯是不是你老方家的地盘?老方说,不是,可也不是你老刘家的地盘。老刘说,这不就得了?不是你家的地盘也不是我家的地盘,是公家的地盘,我占公家的地盘,你管那闲事干什么?老刘这话说得就有点儿蛮不讲理了。老方一气之下就把老刘告到了单位的行政科。

行政科解决老刘住房的事儿没什么力度,但处理他搬迁厕所雷厉风行,立刻制止了老刘的工程。老刘开始打算不听行政科的,干脆蛮干算了,到时候厕所建好了,谅他们也拿他没办法。但人家派来了电工,不听劝阻就要把他家的电源掐断喽!老刘就没辙了,只好停止工程。

老刘望着满地的材料发呆,又站在南边的窗口下看着猴笼子叹气。老刘想,要是他、王玉兰、刘丽都能变成猴子就好了,就可以直接住进这个笼子里,也就用不着再为住处发愁了。正叹着气,老刘突然又想出了一个变通的主意。老刘这次的想法是把厕所挪到自

烟囱里的兄弟

家卧室的窗外去,把厕所挂在墙上,再把卧室的窗户改成门,一开门就可以直接上厕所了。但这样厕所的上下水有些问题,从厕所的旧址到卧室窗外需要穿过客厅和整个卧室,有十来米的距离。开始老刘有点儿犯愁,后来水管工说,反正这房子也住十几年了,不如借此机会彻底弄一弄,把地面刨掉一层,再把上下水管子下进去,上面铺层地砖就完事儿了。老刘觉得水管工言之有理,立刻按这个计划开始施工。

老刘另找了个瓦工让他和水工一起刨地面,下水管子、铺地砖。他自己和焊工腰上绑着绳子吊在窗户外面忙了一气,终于在窗外的墙上固定好了六根角铁。角铁用射钉枪把大号水泥钉打进楼体的墙上,稳稳当当地固定起来。六根角铁搭成一个四方形的架子,形成了未来厕所的骨架。

中午吃饭时,老刘特意让王玉兰炒了几个菜,又弄了几瓶啤酒。几个工匠喝了酒吃了菜,就不停地夸老刘有创意。水管工是个南方人,他说,在我们南方老家还真有这种悬空的厕所,用几根木头架在河沟子上,上面搭几块木板。脚下就是哗啦哗啦的流水,方便起来神清气爽,感觉与众不同。在北方干五六年了,能想出把厕所挂在窗户外的还一直没遇着过,不用问,老刘是第一个。瓦工说,这可真应了那句话了,高空中拉屎——有一腔(定)水平啊!老刘听了也有几分得意,但还是谦虚地说,这他妈的也是被逼得没办法了。接着就劝几位工匠多吃多喝,敞开量造,谁也别客气。几个人谁也没想到,吃饭时把厕所当成主要话题,有点不太合时宜。

下午,木匠在做好的铁架子里镶上了木板子,木板外又贴了一层很漂亮的防火板,为了采光,厕所不靠墙的三面还都安上了玻璃

老刘的厕所

窗。接着瓦工在厕所里面的板皮上贴了一层乳白色的瓷砖,老刘家的新厕所立刻就亮堂起来了。上下水管子接进来,地面重新铺好,一个厕所就正式竣工了。

老刘打发走了焊工瓦工水电工木工,又请来个粉刷工,把房间的墙壁又刷了一层白涂料。他又借了老赵头儿的倒骑驴,去市场上给女儿买回一张单人床,和老婆王玉兰一起很郑重地把床摆在了客厅里。床边围上一圈儿布幔子,女儿独立的小空间就出现了。

晚上,刘丽放学回到家,一进屋就一下子呆住了,等到发现她终于有了一个属于自己的小天地时,抱着老刘和王玉兰不停地跳来跳去,连声说,好妈妈,好爸爸。老刘和王玉兰躲着女儿的目光互相看一眼,两个人的眼睛都有点儿潮乎乎的。女儿终于发现客厅里的厕所不翼而飞了,疑惑地问爸爸妈妈。老刘拉着女儿的手走进卧室,把窗外的那个新厕所指给她看。

厕所悬在半空中,刚好在公园的围墙上方。围墙边就是公园的猴笼子,一进厕所就能看见笼子里的猴子们跳来跳去地玩耍。有几只猴子不时地抬头看看老刘家的厕所,它们可能很纳闷儿,奇怪了,六楼外新挂上的这个方形东西究竟是什么呢?

厕所建好后,老刘自己先方便了一下,又硬拉着王玉兰去方便了一下。王玉兰说,我没有,不想方便,等有了再去。老刘说,我也没有,就是要你体会一下这种感觉,从今往后咱们一家人上厕所时就可以高瞻远瞩,放眼世界了。

新厕所挡住了卧室的一部分光线,白天屋子里就显得有点暗。但一到晚上,点亮了灯就无所谓了。老刘晚上比平时多喝了二两酒。平时是一壶,今天喝了两壶。在楼底下下棋时,牛皮吹得就格

烟囱里的兄弟

外热火朝天,还特意拉着老孟绕到楼南面,一起欣赏了他的杰作。夜里躺在床上老刘也不太老实,隔一会儿就起来上一趟厕所,回来就拍着王玉兰的白屁股说,感觉这厕所好极了!我到今天才搞明白,我刘国义原来是个天才啊!王玉兰说,你大半夜的不干正事,没完没了地上哪门子厕所啊?哪来那么多尿啊?老刘呵呵地笑了说,实话告诉你,我没尿,就是想去视察视察。王玉兰也挺兴奋的,撇撇嘴,用手捞一把老刘裤裆里的家伙说,呸,一个厕所你一个劲儿地视察个屁,有正经工作该视察都忘了。老刘一翻身,把王玉兰压在下面说,怎么能忘呢?我现在就让你知道知道我视察的力度。

老刘已经爬上来了,正要进入状态时突然又停住了。一骨碌身翻到床上,嬉皮笑脸地对王玉兰说,这里不行,咱得换个地方。古人说得好,天时、地利、人和,缺一不可!现在只有天时,没有地利,咱们俩人儿就不能往一块合。王玉兰不解其意,愣愣地问老刘,那你说在哪?屁大点儿的地方还不够你折腾了呢!老刘笑而不答,拉起王玉兰的手,就进了那间悬空的厕所。

在他们下面,公园广场上的灯已经灭了,笼子里的猴子们也进入了梦乡,看上去是个不错的夜晚了。

蟑　螂

一

在一个午夜,吴梅发现了第一只蟑螂。

她记得,在此之前她好像给姐姐吴叶打过一个电话,也可能是姐姐主动打过来的。她们俩说了很多话,说到后来,那些话像乱麻似的从听筒里飞出来,纠缠在一起,从她的耳朵往下,一直堵到她的心口。她感觉到贴在耳朵边的话筒已经发热了。最后一句话,她似乎说的是,"姐,你是我的亲姐,帮我照顾好女儿"。她忘记姐姐是怎么回答的了,似乎没听到姐姐回答,她就飞快地放下了电话。她有些害怕——如果再说几句,自己全身都会被乱麻缠住。她坐在沙发上发了一会儿呆,手里摆弄着电视遥控器,不停地变换频道。很可能是不久后,她就坐在沙发上睡着了。猛然醒来时,电视机哧啦哧啦响着,荧屏上一片雪花。她揉揉眼睛,意外地发现脸颊上有两道湿湿的泪痕。她用力掐自己的胳膊,冲着黑暗中说:"谁让你哭的?你怎么说哭就哭了呢?"没有人回答她,她的手上就又加了些力气,威胁说:"你要敢再哭,我就使劲掐你。你说说,你还哭不哭?!"就在这时,她看见电视机前的地面上有一个移动的黑点。她放开掐自己的手,借着电视机的光亮仔细看那个黑点。黑点似乎知道有人已经

烟囱里的兄弟

注意到它,忽然停了下来,一动不动地停在原地。她站起来打开客厅灯时,那个黑点突然慌乱起来,迅速向电视柜下面移动。她看清了——黑点是一只椭圆形的扁虫子,有指甲大小,浑身披着的硬壳闪着棕黄色的光。她本能地尖叫一声,惊恐地捂住眼睛。从小到大,她就特别害怕虫子。不管是什么虫子,都让她浑身极不舒服,即便是看一眼,也会头皮发麻。她睁开眼睛时,刚才那只虫子不见了,就像它从来就没有出现过一样。

吴梅揉揉眼睛,又提心吊胆地仔细在地上找了一番,确认没有后,这才用手按住自己怦怦乱跳的心脏,长长地舒了口气。这时,窗外的天光已经有些发白。她没有看挂在墙上的钟,估计是凌晨两三点钟的样子。关掉灯,坐回沙发上,她按动遥控器想找一找还有没有可以看的节目。多数电视台显示的都是一个台标和"再见"两个字,有两个台正在播放直销产品广告——把一件减肥背心和一种隆乳霜说得神乎其神。吴梅没找到想看的节目,有些茫然,不知道接下来该干些什么。她盯着屏幕发了一会呆,睡意不知不觉地又袭了上来。就在半睡半醒时,她猛然看见,地面上又有一个黑点在飞快地移动。她彻底清醒过来了。有了刚才的经验后,她这次没敢开灯,她觉得这样恐惧的感觉可以模糊一些。她在黑暗中穿上拖鞋去追那只虫子。虫子爬得很快,沿着两块地砖间的缝隙,笔直地向厨房爬去。在门口摆着的鞋架旁边,她终于追上了虫子,却不知道该拿它怎么办才好。一转眼,虫子从她的眼前溜走,继续向前爬,已经爬到了厨房门口。她再次追上去,有些犹豫不决地抬起脚,冲着虫子踩了下去。她感觉到虫子外壳的硬度通过拖鞋传到了她的脚心,脚下像踩了一颗圆溜溜的石子。她下意识地一用力,听到脚下发出了一阵碎裂的响声。脚底下,似乎还传出了一声痛苦的尖叫。她惊恐异常,扔下那只鞋子,光着一只脚,逃回沙发上。

二

这一夜,吴梅一直抱着肩膀坐在沙发上,瞪着眼睛,紧张地在地上看来看去。她很怕会再出现一只虫子,却控制不住自己不去看,好像是,如果有一眼不看,虫子就会突然从某个角落里钻出来,让她防不胜防。她感觉到自己的神经都绷成了一根根琴弦,轻轻一拨,就能发出铮铮的响声。直到天彻底亮起来,她再没发现第二只虫子。后来,她就靠在沙发上睡着了。

吴梅醒来时,窗外的阳光透过玻璃暖暖地照在她的身上。从沙发上站起来时,她发现一件怪事,自己的一只拖鞋莫名其妙地失踪了。沙发前的地上只有一只拖鞋。她想了想,又在屋子里四处看了看,最后想起来,昨晚自己穿着拖鞋踩了一只虫子。然后,她看见另一只拖鞋正在厨房的门口,歪歪扭扭的,很滑稽的样子。她穿上剩下的这只拖鞋,一条腿跳着去找另一只鞋时,门铃忽然响了起来。透过猫眼看出去,门口站着姐姐。姐姐一进屋,上上下下看看她,就显得很紧张:"梅子,你在干什么?"吴梅一条腿跳着,到厨房门口去找另一只拖鞋,嘴里呵呵笑着说:"我在找鞋呢!"姐姐跟在她的后面问:"你没事吧?"她说:"我没事,昨天晚上,两只鞋分家了。"这时,她们俩都到了厨房门口,吴梅忽然犹豫起来:"姐,你看看,它是不是还在鞋底下?"吴叶疑惑不解,小心翼翼地看看她:"梅子,你说谁,谁在鞋底下?你真的没事吗?"吴梅又呵呵地笑了:"姐,我能有什么事?

鞋底下有一只虫子,昨晚被我踩死了。"吴叶从地上拿起鞋,鞋子下面空无一物。吴梅边穿鞋边说:"怪了,昨晚我明明踩死了一只虫子,我还听见它叫了一声,怎么会不见了呢?"吴叶不再搭话,拉着吴梅坐到沙发上,摸摸她的头发说:"啥事都要想开点,这个世界上谁离了谁都能活。"她点点头:"我知道,谁离了谁都能活。可还是觉得有点奇怪,昨晚我明明用拖鞋踩死了一只虫子,怎么会不见了呢?"吴叶摇摇头,叹息一声:"咱先不说虫子,说你的事,说说你和孩子。"吴梅问:"女儿这几天还好吧?"吴叶说:"她还好,就是夜里有时候说梦话,喊妈妈。"吴叶本来想说喊妈妈和爸爸,但她把后面的两个字留下来,没有说。吴梅说:"姐,你是我的亲姐,就帮我照顾女儿吧!"吴叶皱皱眉,脸上现出忧虑的神色:"你得想开点,啥事都不能钻牛角尖,要不,受罪的还是你自己。"

吴叶离开时,她把姐姐送到门口,想了想,还是问了一句:"姐,你说是不是我眼花了,昨晚本来就没有什么虫子?"

三

晚上,吴叶打来了电话,问她吃没吃晚饭,女儿在电话里带着哭腔喊妈妈。她不知道自己都对女儿说了些什么,放下电话时,感觉头有些晕。胡乱吃些东西后,她就坐在沙发上看电视。除了看电视,她想不起来还能做些什么事。她刚刚看了一会儿电视,就看见地面上出现了一只虫子。她没看见虫子是从哪里爬出来的,刚一看见它,它就停在了屋地中间,仿佛从天而降一般。虫子似乎意识到了危险,迅速向她坐的沙发下爬过来。客厅里的灯没有关,屋子里很亮。这次,吴梅看得很清楚,这只虫子和昨晚的那只一样,身体也是椭圆形的,只是略大一点儿,颜色也更深些,脑袋前面长着两根短触须,一摇一摆的。这次她没有尖叫,甚至也没有太害怕,可能害怕这东西也可以免疫。就在虫子爬到离沙发半米左右时,她迅速从地上捡起一只拖鞋,鞋底向下,冲着虫子砸过去。她扔出的鞋子刚好落在虫子身上,虫子的身体像昨晚一样,发出一阵碎裂声。她盯着拖鞋看了一会儿,虫子没有从鞋底下爬出来。她从沙发上探出身子,把拖鞋从地上拿起来,看到了鞋下压着的虫子。就在这一瞬间,那只已经变形的虫子突然飞快地爬起来,冲着沙发下面而来。吴梅一阵慌张,不由得尖叫一声,把手里的鞋又冲着虫子拍下去,虫子的身体又发出一阵碎裂声,好像还有一声短促的痛苦的尖叫。这次,她等了很长时间,才小心翼翼地把拖鞋慢慢掀起一条缝。虫子已经被压得扁扁的,个头也显得又大了些,很像一个标本,两侧分别有一只翅膀从硬壳底下露出来,想飞的样子。看来,这次它无法再死而复生了。她冲着虫子的尸体看了很久,突然意识到一个严重的问题,这屋子里很可能不止两只虫子,这两个家伙应该还有同伙,也许它们是一个家族的。

吴梅用卫生纸把死虫子卷起来,扔进厕所的便池里,放水冲掉,打开电脑准备在网上查一下这到底是什么虫了。她输入虫子的特征后,很快搜索出结果,种种迹象表明,出现在她家里的不速之客是蟑螂。搜索的结果显示如下:

蟑螂种类:全世界蟑螂种类有4000多种,如美洲大蠊、德国小蠊、黑胸大蠊。

烟囱里的兄弟

  蟑螂危害：蟑螂的体表和消化道可携带多种病原微生物，如痢疾杆菌、沙门氏菌、葡萄球菌、大肠杆菌、肝炎病毒、寄生虫卵等。当这些带病原体的蟑螂爬到食品、餐具上时，就可能将病原体传染给人。蟑螂的分泌物、排泄物、呕吐物还可以引起人体的过敏反应。

  预防措施：以清理环境、搞好清洁卫生为主，配合堵洞抹缝、人工捕打、开水浇灌缝隙孔洞和角落、粘捕盒捕捉蟑螂等物理方法，另外可使用毒饵、药笔、药剂、粉剂、气雾剂杀灭蟑螂。

  这一夜，吴梅基本上没有睡，两只眼睛始终盯着地面。只要稍稍一合眼，就感觉有蟑螂在地面上爬动。这种感觉非常强烈，慢慢地让她越来越惊恐不安。她忍了好久，最后还是给姐姐打了电话。

四

  第二天早晨，吴叶一进屋就一把把吴梅抱在怀里，哄小孩子似的摸着她的头说："别怕，别怕，姐来了，心里有啥话就跟姐说吧！"她从姐姐怀抱里挣扎出来："姐，我屋子里有蟑螂。"吴叶试图再次搂住妹妹，她躲开了。吴叶伸出的两只手扑了个空，有些尴尬地停在半空中。吴叶把手收回来："咱先不说什么蟑螂，说说你的心态。人活在世上，心态是最重要的东西。心态好，坏事能变成好事；心态不好，好事也能变成坏事。凡事都没有定论，关键在于你怎么看。"吴梅说："我屋子里真有蟑螂，昨晚我又打死了一只。"吴叶无可奈何地摇摇头，叹口气："你打死的那只蟑螂在哪？""我扔进厕所便池里，放水冲掉了。"吴叶笑笑:"那就是没有蟑螂。"吴梅脸一红,争辩说:"姐,明明有蟑螂,你干吗偏说没蟑螂?"姐姐迁就地笑笑:"你说有蟑螂就有蟑螂。咱先不说蟑螂,说说你自己。"吴梅犯了倔脾气,挥着手冲着姐姐吼:"有蟑螂干吗不说蟑螂?我找你来就是要说蟑螂的事。"姐姐也有些发火了,提高了声音喊:"现在你的事比蟑螂的事更重要,你怎么连轻重缓急都分不清呢?"吴梅的脸气得煞白:"我现在最大的事就是蟑螂!"姐妹俩大吵了一通,姐姐气哼哼地走了。临走时姐姐含着眼泪说:"你太让姐失望了!"姐姐走后,吴梅想了想,去了街上。

卖灭蟑药的商店很不好找,吴梅转了几条街,问了十几个人,也没能买到药。在街上走了很长时间后,她竟然忘记了自己上街的目的。直到姐姐打她的手机,问她到底在哪里,吴梅才终于想起来自己是来买灭蟑药的。后来,胡同口的一个修车人给她指了路。她按着修车人指的方向穿过两条胡同后,终于看见了一个挂着灭蟑药牌子的店铺,牌子上除了店铺名字,还画着一只特大的蟑螂。那只蟑螂张牙舞爪,好像要从牌子上爬出来。

店主是个长着大胡子的中年人,长着一张扁脸。吴梅觉得好像在哪里见过这个人。大胡子很热情,一口气给她介绍了十几种药,据说都是特效药。她随便买了两种,问清了投放方法后,走出店铺,回头再次看店门口的招牌时,突然明白了,原来大胡子店主的那张脸很像牌子上画的那只蟑螂。

吴梅回到家,按店主的说明,在屋子的各个角落里放好了灭蟑药。正放药时,姐姐吴叶打来电话,问她在干什么。她笑笑说:"正在放蟑螂药。"停了停她又说,"这次它们死定了!"

烟囱里的兄弟

让她万万没想到的是,当晚坐在沙发上看电视时,她再次看到了蟑螂。这次不是一只,而是三只,一只跟着一只在她眼前的地砖上爬。一会儿,有一只离开队伍,爬向了她放置药物的角落。那只蟑螂还特意在药物上停了一下,用须子撞了撞粉末状的药品,然后扭过头,似乎冲着她嘲讽地笑了笑,这才转过身去,转眼消失在一张茶几下面。吴梅有些被激怒了,冲过去,搬开那张茶几,可是茶几下只有一只圆圆的塑料球,蟑螂却无影无踪了。她记起来,这只球是女儿的玩具。过去的什么时候女儿好像还找过它,但没有找到。她放下茶几,回头看另外两只蟑螂时,它们也不见了,地面上空空如也,好像从来就没有东西出现过。

大约是午夜时分,吴梅又看到地上爬着一只蟑螂。这次她丝毫没有犹豫,拿起一只拖鞋就狠狠地砸了过去。一阵碎裂声和一声细细的尖叫后,蟑螂不见了。她光着脚走过去,把那只鞋套在脚上,又用力踩了一下。感觉到蟑螂已经粉身碎骨了,吴梅才喘着粗气抬起脚——鞋底上粘着一只死蟑螂,地面上留着一抹暗黄色的液体。

五

第二天早晨,吴梅径直去了昨天的那家店铺。去的路上她还非常生气,想着一定要找那个大胡子店主算账,他卖的药根本就不起作用。大胡子店主没给她发火的机会,帮她仔细分析了没能杀死蟑螂的原因后,又拿出十几种药,信誓旦旦地说:"如果用这些药还杀不死蟑螂,你就把我杀死。"吴梅把十几种药各买了一些后离开了店铺。走出店铺门口时,她又看了看牌子上的那只大蟑螂,还是觉得

蟑螂

它非常像大胡子店主。

这十几种药物投下去后,吴梅在傍晚时分果然看到了蟑螂们的尸体。她拿着镊子四处收集,最后把找到的蟑螂尸体数了数,一共有十二只——三只大的,五只中的,四只小的。看着这些尸体,她笑了笑,给姐姐打电话,汇报了自己灭蟑螂的战绩。她冲着电话说:"十二只,我一共杀死了十二只,也许它们已经在我的屋子里住很久了,到今天才发现。"电话那端的姐姐对蟑螂似乎并不感兴趣,不停地告诉她要想开点。她听姐姐这么说,就很无趣地把电话挂断了,坐在沙发上看电视。看了一会儿,吴梅突然想起来,蟑螂的尸体也能传染疾病,店主说最好的办法是把它们用火烧掉。

吴梅穿上衣服,用纸把死蟑螂包好,带着火柴和一只手电筒走出屋子,来到楼前的空地上,在一个花坛边点着了火。火烧起来,火光映红了她的脸,她听见火堆中传来一阵噼里啪啦的响声。突然有人在背后拍了拍她的肩膀,她吓得一抖,回过头来,看到了姐姐吴叶。姐姐声音低低地问:"梅子,你这是在干些什么?你知道姐为你多担心吗?"她扭回头继续看着火堆:"我烧蟑螂,一共十二只,不烧掉,它们就算死了也可能传染疾病。"黑暗中,吴叶冷冷地笑了笑:"你别再自欺欺人了,哪里有什么蟑螂啊?"吴梅听姐姐这么说,火气腾地一下就上来了。她走到火堆边,用于电筒去扒正烧着的那堆火:"姐,你自己来看吧,十二只死蟑螂,就在火里呢!"火熄灭后,吴梅按亮手电筒,照着那堆灰烬。姐姐走上前,向灰堆里看了看,摇摇头:"算了,到姐家去住吧,姐照顾你。"吴梅凑近灰堆,仔细看了看,灰堆里除了有些燃了一部分的纸和灰烬外,根本就没有蟑螂的尸体。她盯着灰堆看了一阵后,突然伸出手去扒那堆灰,嘴里胡乱地说:"怎么可能呢?怎么可能呢?"

吴梅突然感觉浑身上下都痒痒的,难受,好像有许多虫子正在她的身体上不停地爬着。她跳起来,脱掉身上的衣服,赤裸着上身,把衣服抖了抖,有一堆虫子噼里啪啦地掉到了地上。她看到,这些虫子都是蟑螂,大小各异,一落地后就迅速地爬起来,向屋子的各个角落而去。她穿着裤子的腿上也麻酥酥的,好像正有东西沿着她的两条腿向下爬。她低下头,看见一只只蟑螂不停地从她的两只裤腿儿里爬出来,一到地上,它们也像刚才那些蟑螂一样,飞快地爬起来,奔赴各个方向。吴梅飞快地脱掉裤子,全身赤裸,把手里的衣服和裤子使劲地抖着。她看见,自己的衣裤好像已经成了生产蟑螂的工厂,每抖一下,就有一堆蟑螂噼里啪啦地落到地上。屋地上很快就堆满了密密麻麻的蟑螂,它们都尖声叫着,四处乱窜。这时候,吴梅突然感到赤裸的身上仍然出奇地痒,用手胡乱在身上抓了抓,她突然惊恐地发现,每抓一下,都能抓落一批蟑螂。蟑螂像皮屑一样,哗哗地从她的身上落下来……她厉声尖叫起来。

六

吴梅一声尖叫从噩梦中恐惧地惊醒过来。窗外月光如洗,有一轮很圆很白的月亮在窗框上方悬挂着。她发现自己的脑门儿上出了一层密密的汗珠,浑身上下一丝不挂。她这才明白刚才是做了一个恐怖的梦,但身上似乎还痒痒的,难受。穿好衣服,吴梅把屋子里所有的灯都打开,四处转了转,没有发现蟑螂——既没有活的,也没有死的。在沙发上坐了一会后,她的心脏还在剧烈地跳动着,脸上也一阵阵发烧。吴梅把灯一盏盏关掉,打开电视机,心不在焉地变换着频道。看了一会电视,她才想起来,刚才是姐姐从灰烬边把她拖到楼上的,又给她煮了速冻饺子,姐姐大概是看她睡着后离开的。

吴梅从沙发上站起身,打算给姐姐打个电话,拨了两个号码后,突然又停了下来,想一想,她似乎没有什么想和姐姐说的。吴梅回到沙发上,像刚才一样,不停地变换频道。就在两个频道转换,电视机一暗的瞬间,她似乎看见地上出现了一条移动的黑线。两秒钟后,电视屏幕亮了起来,她借着电视的光清晰地看见,地砖上竟然有一队很小的蟑螂正在爬行。这队蟑螂比她看到的那些蟑螂都要小许多,个头跟蚂蚁似的。它们首尾相连,爬得很缓慢,像一条淡淡的黑线,画过地面。她一直看着这队小蟑螂,直到它们最后都消失在地砖和墙壁间的缝隙间。

七

吴梅第三次去了大胡子开的店铺,大胡子详细询问了情况后,看着柜台的玻璃花纹低头不语。最后,大胡子突然抬起头来,晃动着他那张像蟑螂一样的扁脸说:"要想彻底灭掉蟑螂,唯一的办法就是找到它们产卵的地方下药。"她记下了所有蟑螂可能产卵的地方后去了零工市场,带回了两个木匠。

把木匠领进家里,交代他们拆除方案后,吴梅给姐姐打了电话。姐姐听她说打算拆除屋子里的装修后,叫了一声就挂断了电话。

姐姐带着女儿赶到时,两个木匠正干得热火朝天。靠近地面的一块块板子已经被拆了下来。吴梅手里拿着一只瓶子,正冲着露出来的墙壁喷药。吴叶大吼一声:"住手!"一把夺过吴梅手里的瓶子。女儿也跑过来,抱住吴梅的腿哭起来。吴梅愣愣地看看女儿,又看看姐姐:"姐,你们这是干什么?"吴叶说:"我正想问你要干什么呢,好好的装修干吗要拆掉?"吴梅淡淡地说:"我已经告诉你了,我要灭蟑螂,屋子里的蟑螂已经成灾了,不彻底杀灭我就睡不上安稳觉。"姐姐冲着她吼道:"你别再傻了,谁离开谁都能活得好好的。这屋子里根本就没有蟑螂,蟑螂只是你的幻觉。"两个木匠问:"老板,这活到底还干不干了?"姐姐冲着他们吼道:"不干了,你们该干什么干什么去吧!"说着掏出一张钱,冲着他们扔了过去。两个木匠捡起钱,一句话没说就离开了。吴梅呆呆地看了姐姐好久,突然笑了笑,摇摇头:"姐,虽然从小到大每次争论都是你对,但这次你错了,蟑螂不是我的幻觉,它们就在我的屋子里,有大有小,是一个庞大的家族。每天晚上,它们都会出来活动。"已经止住眼泪的女儿又哭起来,拉着吴梅的手摇晃着。吴梅给女儿擦净眼泪:"闺女,你信不信妈妈说的是真话?"女儿看着妈妈,用力点点头。

当天晚上,吴梅把姐姐和女儿留在家里,她要向姐姐证明屋子里确实有蟑螂。女儿睡下后,她和姐姐坐在沙发上盯着眼前的地面。她一次次告诉姐姐,蟑螂一般都是在午夜时分出来活动。她每次这样说时,姐姐都会轻轻地叹息一声。后来,吴梅就不再说了。她关掉客厅里的灯,眼睛一眨不眨地看着地面。她要用事实证明给姐姐看。

不知过了多长时间,吴梅终于看到地砖上出现了一个移动的小黑点。她兴奋起来,激动地喊:"姐,你快看,那个小黑点就是蟑螂。"但旁边的姐姐没有回应,已经睡着了。她赶忙摇醒姐姐,"姐,我没撒谎,也没出现幻觉,我很正常,你看看地上就明白了。"姐姐揉揉眼睛,冲地上看了看,转过身,摸摸她的头发:"梅子,你眼睛花了,时间太晚了,咱们该睡觉了。"吴梅转过头再看时,地面上空空荡荡的,刚才移动的黑点不见了。

吴梅说:"姐,它们爬得很快,一转眼就躲起来了,你这回不要睡,它们马上还会爬出来的。"她刚说完这句话,就看见一只蟑螂从茶几下爬了出来。可当她喊姐姐快看时,那只蟑螂又迅速退了回去,消失在茶几下面。尽管她知道于事无补,还是跑过去搬起茶几。茶几下像她想的一样,空空如也,根本就没有蟑螂的影子。

吴梅急得眼泪就要流下来了,咬牙切齿地发誓让姐姐相信她,她马上就会让姐姐亲眼看到蟑螂。过了一会儿,蟑螂果然又一次出现了。这次是三只,两只大的一只小的,从客厅迅速向厨房爬去。吴梅使劲掐了一下自己的胳膊,胳膊很疼,她不是做梦,这才喊姐姐快看。可是,蟑螂似乎故意和她作对,吴叶看时,三只蟑螂飞快地钻进了鞋架底下。

吴梅突然大发雷霆,搬开鞋架吼道:"你们给我滚出来,为什么要戏弄我?"鞋架下空无一物,除了一个东西放久了的印迹外,她一无所获。

吴梅已经变得疯狂了,哭喊着用脚踢墙裙,嗓音嘶哑地喊道:"你们这些讨厌的东西,藏到哪里去了?都给我滚出来,滚出米!"她掀翻鞋架,扳倒了茶几,拿着拖把四处乱打,砸碎了厨房门上的玻璃,把电视柜上摆的工艺品扫落到地上,又抡起拖把去砸电视机。吴叶已经被她的样子惊呆了,这时才反应过来,死死抱住她的腰。吴梅用力挣扎,又踢又打,用手抓姐姐的手,用牙咬姐姐的肩膀……

烟囱里的兄弟

后来,吴梅突然抱住脑袋蹲在地上,呜呜地大哭起来,边哭边说:"你们这些混账,王八蛋,没良心的东西,欺侮我一个女人算什么本事?"

吴叶和吴梅一起蹲在地上,她看见一滴滴的眼泪从妹妹的手指缝间滑落出来,不停地落在地上,有两滴还像塑料球似的向前欢快地滚了一段。就在眼泪消失的地方,吴叶看到了一只椭圆形的虫子,迅速地爬过,一闪,就不见了。

有凤来仪

一下火车,我妈就不由分说地把我的右手捉过去,使劲捏在她的手心里。我们被熙熙攘攘的人流推着往前走,穿过一条黑黢黢的地下道,排在一列挺长挺长的队伍后。前后左右都是人,挤得密不透风,像一片秋天的高粱地。看不见"高粱们"的身体,只能看见上面晃动着的一颗颗脑袋。这些脑袋排成几队往前挤,迫不及待地想要被前面的检票员收割掉。这么多的人,不知道一下子是从哪冒出来的。我妈下了大力气,把我的右手捏出了水,似乎已经捏碎了我的骨头。开始我还能感觉到疼,感觉到我妈的手在紧张地抖动着。后来慢慢就麻木了,我的手好像已经和她的手长到了一起。我憋了一泡尿,走得步履艰难,每往前挪一步,就赶忙把两腿交叉,用力把裤裆夹住。我想问问妈,去五姨家还有多少路要走,刚喊了一声,我妈的手上就加了力气。她狠歹歹地示意我闭嘴:"不说话憋不死你,也没人把你当哑巴卖掉。"我想告诉她话憋不死我,尿可要把我憋死了。尿脬已经憋得比纸还薄,轻轻捅一下,肯定会漏一个大窟窿。但我没说话,我知道她是为我好,上火车之前她就一遍遍告诉我,城里人多人杂,说不定哪里就躲着一个坏人,被他们摸清底细,盯上了,那就凶多吉少了。

出了检票口,我妈的手放松了些,也不再抖动,但还是不肯放开我,扯着我继续往前走。我的眼睛被一座座高楼一辆辆汽车一条条

烟囱里的兄弟

马路抢过来夺过去,开始有些不够用了,城市弄得我眼花缭乱。很奇怪,那泡尿已经不翼而飞,不知跑到什么地方去了。刚走几步,我妈突然用手捅捅我的肋条骨:"鼻涕过河了,丢人现眼!"我抬起袖子刚想擦,我妈又捅我的肋条骨:"你找死咋地?刚穿的新衣服!"我只得用力吸溜两下鼻子,把两条已经流到上嘴唇的大鼻涕收回鼻孔里,瞬间就涌来了城市的味道。

我一直觉得城市的味道很奇特,再怎么使劲地嗅来嗅去,也辨别不出其中的组成成分。八间房也有一股味道,而且味道还会随着四季不断地变化。但只要轻轻一吸鼻子,很快就能像拧开一根麻绳似的把味道分成一丝一缕,哪一部分是从黑土地里冒出来的,哪一部分是随着草和野花长出来的,哪一部分是从扇动的蜻蜓翅膀上落下来的,哪一部分又是撒欢的猪鸡猫狗抖下的,等等,我都能说得一清二楚。城市的味道像城市一样,充满了神秘。

我妈牵着我七拐八拐地走,直到我晕头转向彻底弄不清东南西北,最后来到一座大铁桥前。我刚要上桥,我妈使劲拄两下我的手:"再学一次,见你五姨该说啥?"那段话我已经像倒粪似的背过好多遍,背得滚瓜烂熟,张嘴就来:"五姨,新婚快乐,早生贵子。""还有啥?""俺家刚盖了新房子,啥时候你和姨夫上俺家串门去。""你咋又说错了?不是新房子,是三间大瓦房。"我妈说的那三间大瓦房刚盖好没几天,现在还没有窗户没有门,四处都漏风。房子是在知道五姨要结婚的消息时开始盖的。我妈说房子没盖好,她就不去见五姨。盖房子的那些日子里,我妈一直虎着脸,不时咬牙切齿地说一句:"都是一个妈生下来的,我还比她早落地半个小时,凭啥她一结婚就住楼房,我偏偏住草屋?"

有凤来仪

　　我在心里不停地念叨着三间大瓦房,上了那座铁桥。走到桥中间时,我把我家的三间大瓦房抛在了脑后,两条腿开始不听话地哆嗦。我突然发现,这座铁桥高得吓人,下面是一条条反着亮光的铁轨。桥似乎也很不结实,随着脚步不停地颤动着。桥上有些没化尽的积雪,踩上去脚底就直打滑。桥栏杆很低,刚到我的腰部。我觉得脚底下好像有一双手正扯着我,要把我从桥上拉下去。我脑袋嗡的一声响,紧接着就是一阵眩晕。我紧紧攥住我妈的手,再不敢往下看,也再不敢往前挪一步:"妈,这大铁桥我瞅着眼晕。"我妈像拖死狗似的拉我:"上草垛不眼晕,爬墙头不眼晕,一到城里就眼晕,你那能耐都哪去了?"我也不知道我的能耐都哪去了,它们和刚才那泡尿一样,已经不翼而飞了。我要赖似的闭上眼睛,被我妈生拉硬扯着往前走。不知走了多长时间,当胆战心惊地睁开眼睛时,我已经下了铁桥,站在一片平房前面。这时,我意外地找回了那泡失踪的尿,它不知什么时候自己偷偷地流了出来,正顺着两条棉裤腿往下滴,身后是一串湿脚印。两条裤腿冰凉冰凉的,风一吹,我不由得打了个寒战。我妈也很快发现了这个问题,用拳头使劲搞我的后脊梁:"败家玩意,缺大德的货,这么大了还尿裤子!"我低着脑袋闭上眼,等着我妈的拳头接着落下来。我妈却出乎意料地没再打我,以往她不会这样轻易饶过我的。我纳闷儿地睁开眼睛,我看见了五姨。她穿着一件红棉袄,脸上挂着笑容,正从一条胡同里走出来,迎面向我们而来。

　　这是我记事后第一次看见五姨,她和我妈是双胞胎,长得几乎一模一样,如果不是知道我妈就在身边,我还以为是妈换上了红棉袄来吓唬我呢!我爹说,其实你五姨长得比你妈好看,人家是城里

烟囱里的兄弟

人,皮肤保养得好,另外,脸上还生着一颗美人痣,一笑脸上还有俩酒窝。他每次这么说,我妈就不高兴地撇撇嘴:"要是当初我不让,她上哪去当城里人?"我妈似乎对五姨意见很大,每次听到有关五姨的消息后,她就会生半天气,这时候谁也不能招惹她,否则准没有好果子吃。我妈又接着说:"人家美人痣长在眉心上,她的痣长在眼睛底下,那不叫美人痣,是滴泪痦子,长这东西的人命都苦。"我爹见她急了,赶忙赔着笑脸拍拍我的脑瓜顶:"幸亏当年你没跟你爹去城里,要不然还咋碰上我这个好男人,还哪有这个大儿子?"爹这么一说,我妈的脸上就露出了笑容,推他一把说:"不要脸,就你这样的也算好男人?"

五姨没叫姐姐,叫的是我妈的名字有凤。我妈也没叫妹妹,喊了一声来仪。我有些奇怪,为啥我妈也像我一样要叫姨呢?这么一来,不是差了辈吗?我妈说:"盖房子忙得腾不出工夫,没赶上参加你的婚礼。"五姨笑了笑,脸上果然出现了两个好看的酒窝。我妈拍拍我的脑袋说:"快叫五姨。"我不敢叫,也不敢看五姨,躲在我妈的身后,拉着她的一只胳膊,只露出半个脑袋。我妈就有些生气,硬把我推到前面,狠狠地说:"告诉你的话都忘了?"五姨像一团火似的站在我面前,把我的脸烤得通红通红的,心也怦怦地跳个不停,我在嗓子眼里说:"五姨,新婚快乐,早生贵子。"声音小得像蚊子叫,估计只有我自己能听见。我妈推搡我一下:"还有呢?"我说:"去串门。"我的表现让我妈彻底失望了。她自己说:"啥时候和妹夫上俺家串门,俺家刚盖好三间大瓦房。"五姨又笑了笑,走过来拉住我的手,把一个长条形的东西塞给我。五姨说:"吃吧,这东西很好吃。"我喜欢好吃的东西,举到嘴边就狠狠咬一口,五姨却一下把那东西夺过去。

有凤来仪

我以为她后悔了,给了还想要回去。五姨用手在那东西上弄了几下,扯下了一个透明的塑料皮,五姨笑着说:"这是果丹皮,得把这层包装摘掉才能吃。"我妈在我后背上捣一下:"馋巴痨,总记不住,和你说过多少遍了,吃果丹皮得剥掉那层塑料皮。"我不记得我妈说过这话,也不记得曾经吃过这种叫果丹皮的东西。但我没顾上反驳,果丹皮果然挺好吃,酸酸甜甜的。

五姨说:"有凤,你黑了,也瘦了。"我妈说:"农村哪比得了城里,风吹不着日晒不着的?铲大地的庄稼人,有几个白的?"五姨就不说话了,带着我们穿过一条小胡同,来到一座楼房前。楼道里有点儿黑,我的脚不时就踢到一堆大白菜,拐来拐去的,不知上了多少层,五姨说到家了。我听见我妈说:"这楼房也没啥好的,要是着把火,人都跑不出去。"

五姨抬手敲门,屋子里半天没人应。五姨又敲,这次是用拳头砸,又是好半天。屋子里有人问:"谁呀?"五姨答了话。屋里又问:"你是谁?"五姨又答:"大刚的媳妇来仪。"又是好半天没动静,我以为五姨还会接着砸,没想到门却忽然开了,只开了一道缝,一个老头出现在门缝里。五姨把我往门里推,说:"到家了,进屋吧!"我不动,那个老头站在门口,我根本就进不去。五姨拉着我硬往里闯,把老头撞到了一边。什么东西啪的一声倒在地上。老头吵着说:"反天了,反天了,大刚大刚,你个兔崽子跑哪去了?"

经过一条黑漆漆的过道,五姨带我们走进一间屋子,关上了房门。这间屋子亮堂多了,有床有家具,看样子是五姨结婚的新房。屋子外传来一阵挺大的响动,不知道发生了什么事。我妈问那个老头是什么人,五姨咬牙切齿地说:"不是人,是个老神经病。"我妈笑

烟囱里的兄弟

笑:"是你老公公吧?人家好像不愿意让我们来。"似乎是要验证我妈的话,屋门突然被砸得咣咣响:"滚,给我滚!说好了住一个礼拜,都半个月了,咋还赖着不走?"五姨不说话,脸气得发青。我妈又笑了:"来仪,这楼房不是你家吧?"五姨咬着上嘴唇说:"现在还不是,马上就该是了。"

那个老头还在不停地砸门,要不是五姨夫回来,老头很可能会把门砸漏。五姨一直不说话,我妈也不说话,就那么看着她笑。我想告诉我妈,我尿湿的棉裤还裹在腿上呢!潮乎乎的,很难受。可我妈根本不看我,她把全部心思都用在冲着五姨笑上了。外屋传来一阵吵闹声,有人在挣扎:"你们滚,你们滚,别动我,不孝的东西,让我一头撞死算了。"这是老头的声音。"那你咋还不死?"是另一个人的声音,瓮声瓮气的。外屋终于静了下来,一会儿,有人敲响屋门喊来仪。

五姨夫长得人高马大,脸黑黑的,像半截铁塔。看到他我不知怎么想起了评书里说的傻小子罗世信。五姨夫冲我妈喊一声四姐,把一大堆塑料袋放在桌子上。我立刻闻到了一股香味。这次我很快就分清了,是烧鸡、猪蹄、香肠的味道,就止不住咽口水,眼睛也掉到了那些塑料袋上,再也挪不开了。五姨怨恨地喊一声人刚,铁青着脸说:"你瞅瞅你爸,又犯病了,真能把人气死。"五姨夫的脸也铁青着,搓着手不说话。我妈赶忙打岔说:"没赶上参加你们的婚礼,现在得补上,你们俩给我点支烟吧!"五姨坐在床边不动,似乎还在和那个不是人的老神经病生气。五姨夫使劲从脸上挤出点笑容,递给我妈一支烟,又点上了火。我妈很享受地抽一口,喷出一股烟雾,一只手在怀里摸索半天,掏出一个红纸包:"这是当姐的一点心意,

有凤来仪

随礼钱和点烟钱都在这里了,你们别嫌少。"五姨夫不接,转过头看五姨。五姨咳嗽几声,紧接着嗓子里发出要呕吐的声音,手捂着肚子,跑出了屋子。我不知五姨怎么了,趁我妈没留神,也跟着偷偷溜了出去。

这次我看清了五姨家的楼房,那条黑过道的另一侧还有一间屋子,屋门关着,门上挂着一把锁,里面正有人把门砸得咣咣山响。我把耳朵凑近些,听到里面有人哑着嗓子说:"小瘪犊子,放我出去,你们都给我滚!"还是那个老头的声音。

过道这一侧,有一扇门突然神秘地被打开了,五姨从里面走出来。我走过去想看看那道门里是什么,五姨一把拉住我的手:"是厕所,别进去。"我急中生智说想撒尿,五姨就放开我,自己回了屋子。我们家没有厕所,只有茅房。我们八间房家家都只有茅房,只村小学有一间厕所。五姨家的厕所里有一股奇怪的味道,和我家茅房的味道不同,和村小学的厕所味道也不一样。我边撒尿,边使劲吸着城市厕所的味道。从厕所里出来,老头待的那间屋子门上的锁不见了,里面传来一阵噼噼啪啪的响声,我不知道发生了什么事,把耳朵凑上去,听到了老头的喊叫声:"小瘪犊子,打死我吧,打死我吧,反正我也不想活了!""闭嘴,老家伙,是不是不想活了?!"是五姨夫的声音。 阵厮打声后,老头的喊声消失了。我听到脚步声,估计五姨夫马上要出来,赶忙跑回五姨的新房里。

我妈和五姨都坐在床上,我妈拉着五姨的手。我妈说:"不显山不露水的,都四个多月了,结婚前有的吧?还没个地方住,可往哪生呢!"五姨不说话,低着头,眼圈红红的。我叉着两条腿,故意在我妈面前走了一圈儿,还不见我妈注意我尿湿的棉裤,只好主动提醒她。

烟囱里的兄弟

我妈一下把我推倒在床上,三下五除二把我的裤子扒下来,散出了一股尿臊味。这回五姨笑了,有些得意地说:"到底是农村孩子,这么大还尿裤子,羞不羞?"我妈不说话,脸腾地一下红了,抬手在我露出的屁股上打了一巴掌:"丢人现眼,不要脸的货。"我妈明明是在骂我,但我看见五姨的脸不知为啥突然涨红了。巴掌挨得莫名其妙,我有点儿想哭,刚咧几下嘴,五姨夫走进屋,打开那些塑料袋,把里面的东西装进盘子里。果然有烧鸡,有猪蹄,有香肠,还有些我不认识的东西。我就不哭了,偷偷吞下一口口水。五姨把我的湿棉裤放在暖气片上,说幸亏有暖气,一会儿就能干,然后不知从哪找出一条奇怪的裤子让我穿。五姨说:"是纯毛的,新毛裤,比你的棉裤暖和。"这条叫毛裤的东西有些扎腿,裤腿也有些长,不知道是谁的。扎腿就扎腿吧,我已经顾不上这么多了。我所有的心思都在那张饭桌上。我瞄着饭桌,咽了几次口水,终于等来了五姨夫的话,说开饭了。

一上桌子,我就不抬头地忙上了,好几次噎得直翻白眼,用那种叫果汁露的东西顺下去,又接着吃。我妈吃得很慢,很矜持,还不时地说一句,这东西吃够了,那东西吃腻了,好像一桌子菜都不合她的胃口。吃了不一会儿,我妈就放下了筷子,说吃饱了,要去厕所。经过我身边时,我妈不知为什么在我的屁股上狠狠拧了一把。我正对付一只烧鸡腿,疼得直咧嘴,直眉愣眼地问:"妈,你拧我干啥?"五姨说:"有凤,你何苦呢?孩子平时吃不着,爱吃就让他使劲吃呗!"我妈不说话,推开门去厕所了。

我妈刚出门,五姨的眼圈儿又红了,推一把五姨夫:"都怪你,我和有凤从小就较劲,她从来没占过上风,这次让她看我笑话了。半年前你就说你爸活不了几天,咋到现在还硬邦邦的,没动静呢?你把我的肚子弄大了,还像没事人似的,没房子你让我上哪生孩子去?"五姨夫把大半杯酒一下倒进嘴巴里,酒杯咣一声放在桌子上:"就这几天,他不死,我就死。"

我把肚子吃得滚瓜溜圆,不敢张嘴,一张嘴吃下的那些东西就要冒出来。五姨夫酒量很大,一个人喝光了一瓶白酒。跟他比起来,我爹就不行,喝二两就得躺下睡觉。

一顿饭吃完,天已经完全黑下来了,从窗口望出去,正是那座让我害怕的大铁桥,现在桥两边都亮起了灯,变成了一座五光十色的彩桥。不时有一辆小汽车举着两盏明晃晃的车灯,飞快地从桥上驶过去。我妈站在屋地中间,转着脑袋上下左右地看了一圈,不知在找什么,突然笑笑说:"来仪啊,要不我今晚带孩子住旅店吧?"五姨赶忙摆手:"有凤,你别乱说,来我家了,咋能让你们住外面?咱三个住这屋,大刚和他爸住一屋。"我妈说:"这扯不扯的?你们俩蜜月还没过呢,我们一来,还害得你们分居了。要是去我家,一个人就能睡上一间屋。"五姨不说话,把杯盘收拾得叮当响。五姨夫也不说话,脸更黑了,眉头皱了皱,打着酒嗝走出了屋子。

我们躺在一张床上,我妈怕我半夜打把式,让我睡中间。她们俩隔着我,有一句没一句地说话。

五姨说:"有凤,农村日子不好过,来就来呗,你还硬撑着花啥钱呢?"我知道我妈那个红包里那些钱的来历,为了包那个红包,她咬牙卖掉了一头猪。可我妈好像把这事忘记了:"来仪,就是一点心意,要不是盖房子,我原打算多给你点。你姐夫刚当了校长,工资不比你低。"

烟囱里的兄弟

我不知道我爹啥时候当的校长,只知道他是老师,而且是民办的。我想着回去得问问爹这事,想着想着就睡着了。我做了一个梦,梦见自己不知怎么的走在一座高桥上,桥下是无底深渊,往上冒着云雾。桥抖得厉害,似乎随时都要断掉。我憋着一泡尿,四处找厕所。突然看见我妈站在桥头上,手里举着一只鸡腿说:"快过来,快过来,不过来就不给你吃。"刚走到桥中间,就听哗啦一声响,桥塌了下去,我像一片树叶似的往下飘……

从梦中醒来时,我听见我妈和五姨还在说话。我妈说:"长得好看难看、有没有文化都无所谓,你都二十七了,能碰上大刚这么个人,也不容易。"五姨说:"要不是看他爸有这套房子,我说啥也不跟他。""是啊,你们城里房子金贵,有这么个地方,就不用被人撵来撵去了。"我妈的话我听不懂,现在那个老头不是也喊着说让五姨他们滚吗?我又有尿了,果汁露喝多了。起来上厕所时,我听见过道那边的屋子里又传来噼噼啪啪的响声。

第二天早晨,我的棉裤干了。穿上自己的棉裤后,我舒服了许多,一蹦一跳地就出了睡觉的屋子。我在过道里看见了那个老头。他拄着一根拐,背对着我,正一歪一歪地往厕所走。老头原来和我们八间房的刘二逛荡一样,是个瘸子。我正看着他,老头突然一下扭过头来,凶神恶煞地看了我一眼。我看见他两只眼睛通红通红的,左边脸上粘着一块白纱布,右边脸上一片青紫。我吓得一动不敢动,老头却咧开嘴冲我笑了笑,露出一颗金牙。他笑得很吓人,我赶忙扭身逃回屋子里。

五姨正在叠床铺,我妈站在镜子前面梳头。我心里想着今天不知道还能吃到啥好东西时,我妈已经梳完了头,手上开始收拾东西,嘴里说:"来仪啊,这次来原打算和孩子在你这楼房里多住几天,看你们地方不宽敞,就不住了,一会儿就出门,去火车站买票回去。"五姨先是愣了一下,似乎是在想我妈话里的意思,她很快就想明白了,赶忙拦住我妈的手:"大刚一大早就出门买菜去了,咋的也得吃完午饭再走。"我妈说:"不吃了不吃了,下次等你们有了自己的楼房再来。"

我以为五姨能把我妈拦住,没想到她拦了几下就不拦了,由着我妈收拾好了东西,然后就送我们出了门。我心里非常失望。在楼下,正碰上买菜回来的五姨夫。他先是拉着我妈的袖子不让走,后来又对我说:"四姐愿意走就让她自己走,外甥不能走。"我确实不想走,我又闻到了他手里拎着的塑料袋里飘出的香味。我妈不由分说,拉住我的一只手就走,五姨夫拉住我的另一只手,他们就把我夺过来抢过去的。五姨夫力气大,我在心里盼着他能把我抢过去。最后五姨发话了,她说:"大刚,你自己连个像样的窝都没有,还好意思留客呢!"五姨夫的手就松开了,垂头丧气地看着脚下一个污水井。我对那些好吃的东西彻底不抱希望了,跟在我妈的后面走。五姨和五姨夫都在我们的后面送。

穿过胡同,看到那座大铁桥,我的腿肚子就开始转筋了。我蹲在地上说:"我眼晕,不敢走。"五姨夫笑了笑,在我前面把他像铁塔似的身子蹲下:"上来,上来,闭上眼睛,我背你过去。"五姨送到桥头上,我妈就不让她再送了。我妈说:"来仪,你身板不好,别上桥。"五姨说:"有凤,下次来说啥也让你们住上我和大刚的房子。"五姨夫的后背很宽很宽,像一座温暖的山一样,我闭上眼睛,感觉舒服极了。但没享受多久,五姨夫就矮了下去,我的脚落到了地上,睁开眼睛,已经到了桥的另一边。回过头去,我看见五姨还站在那边的桥头上,正冲我们挥手,我也把手举起来,冲着她使劲摇了摇。

在火车上我还一直想着要问问我爹啥时当了校长的事,可一下火车就忘记了。五姨却没忘记她说过的话,我们刚到家没几天,就收到了她写来的信。她在信里说那个不是人的老神经病已经死了,他们终于有了自己的房子,还问我们什么时候再去串门。五姨提到了老头的死因,一天晚上喝酒后,他失足从那座铁桥上摔了下去,拐杖摔断了五截,人当时就没了气。我妈读这封信时非常不高兴,她说:"凭啥好事都让来仪一个人占去?进城的是她,当工人的是她,住楼房的还是她。"我爹就劝:"谁说好事都让她占了,嫁了个知识分子,生了个大儿子的不是你吗?"我妈狠狠看了我一眼:"别提他,一提我就来气!见到吃的东西比见妈还亲,走个铁桥也尿裤子,光会给我丢人现眼。"我想说,过桥害怕是挺正常的,那桥不是真能把人摔死吗?但我没说,说了我妈可能会更生气。

收到五姨的这封信三天后,我们又接到了五姨的一封电报。电报送到了我爹的学校,他一溜小跑把电报送回了家。我妈看电报时没生气,她捧着看了一眼,就呆住了,突然扑通一声坐到了地上。我不知道电报上写的究竟是什么,他们不让我看,就算让我看,我也不认字。我妈从地上爬起来,眼睛里就流出了泪,她像一只没头苍蝇似的四处乱撞,抓起一件东西又放下,过一会又抓起来。我妈嘴里说:"不行,不行,我得去,我得去。"还是我爹稍微镇定些:"你这模样还咋出门?还是让我去吧!"我妈又东一下西一下地乱抓东西:"我是她姐,我不去谁去?"这时候我很没眼色地说了句:"我也要去。"我妈啥话没说,甩手给了我一巴掌。

最后,是我爹和我妈一起去的,我被锁在了屋子里,临走时他们扔给我两块苞米面大饼子。晚上天黑时,他们谁也没回来。我很害怕,又困又饿,哭了一会儿,就咬着大饼子睡着了。

我爹和我妈是第二天上午回来的,让我想不到的是,五姨也和他们一起来了。我心里很委屈,很想扑在我妈怀里痛快地哭一场,可他们谁也不理我。我妈眼圈儿红红的,五姨的眼圈儿也红红的。我一生气,就一个人出门玩去了。

晚上,我妈没和我爹睡一间屋,和五姨睡在了一铺炕上。半夜起来撒尿时,我听见她们的屋子里有哭声,我妈在哭,我五姨也在哭。五姨哭着说:"都怪我,不该逼他,要是不逼,他就不会走这条路。"我妈哭着说:"是姐不好,不该说那些话气你。大刚也真是的,不管咋的,也不该做这样的傻事啊!房子那东西早晚不就有了?何必急这一时呢?"五姨突然喊了一声"姐",说:"大刚不会被枪毙吧?"哭得更响了。我妈说:"快别哭,别忘了你肚子里还有孩子呢!事儿都出了,急也没用,明天先让你姐夫去公安局问问。你还有姐呢!就算天塌下来,姐也和你一起顶着。"半夜三更听到这样的哭声让我很害怕,我不知道究竟发生了什么事,我那个像罗世信似的五姨夫到底干了啥呢?

我轻轻推开门,只见我妈和五姨正紧紧地抱在一起。

烟囱里的兄弟

青　苔

莫丽雅和儿子是冬天搬进望湖小区的。那时候，小顾还没开始在门口摆摊子。搬家的汽车拐上四马路时，天上飘起了清雪，小蠓虫似的雪粒子撞在挡风玻璃上，噼里啪啦响。莫丽雅心里乱糟糟的，自己的婚姻了结掉了，但老秦那边还迟迟不见动静，等待她的未来不知是什么。她有些期待，也有些茫然。汽车在小区门口停住了，被地面上竖起的两段铁管拦下来。司机从座位上欠起身，伸长脖子向前看，又把脑袋探出车窗往边上看，还是不敢向前开，扭头求莫丽雅下去照应一眼。她正想下车，有人已经站在了车头前面，正打着手势做指挥。有了向导，司机顺利地把车开进了大门里。经过那人身边时，莫丽雅把车窗摇下来，说了声谢谢。对方摆摆手，含糊不清地说了句什么。那是她第一次见到小顾，当时没看清他的模样，也没发现他有什么不对劲儿。

离婚时莫丽雅把房子留给了前夫，那个男人虽说一无是处，脾气比本事大，但毕竟夫妻一场，她不想把事情做得那么绝。望湖小区的房子是老秦买的，产权证上写的是莫丽雅的名字。两室一大厅，一百多平米，是二手房，加上装修也花了小八十万。在这座小城市里，算是高档房屋了。莫丽雅喜欢的是窗外那个小院子。"正好可以种些蔬菜瓜果。"当初看房子时她暗自想。小区大门外是四马路，穿过去再走百十米，就是一个古老的人工湖，叫作北湖。搬家当天,儿子就张罗去湖上滑冰,她害怕有危险,没有同意。

搬家后第三天的下午,老秦来了一趟。这是她的意思。在电话里她说:"亲爱的,我打算给你个名分,丑媳妇可以见公婆了。"她知道老秦会答应,男人有时候要当宠物养,有时候要当儿子养,有时候还需要把他训练成儿子的宠物,其中的分寸她都拿捏得很准。这是儿子第一次和老秦见面,应该说,整个过程还是很愉快的。老秦对儿子不错,儿子和老秦也很亲近,见面不到十分钟,就缠着人家去滑冰。老秦爽快地答应了,两个人拉着手出了门。莫丽雅没有去,留在家里准备晚饭。她已经和老秦说好了,要让他尝尝自己的手艺。

莫丽雅把饭菜端上餐桌时,一大一小两个男人刚好笑着闯进门,都裹着一团冷气,脸冻得红扑扑的。看样子他们已经成了朋友。老秦对她的手艺赞不绝口,儿子也学他的样子,点着头说:"不错,不错。"唯一的遗憾是老秦到底没有留下来过夜。她在厨房里洗碗时,老秦像个犯错的小学生似的搓着手,向她说对不起。她心里不高兴,但知道该怎么做,瞄一眼坐在客厅沙发上看动画片的儿子,她把老秦挤到橱柜上,吻得他喘不过气来。男人是不能逼的,但需要让男人知道他很重要。"下次一定要留下来。"莫丽雅说着,抬手擦去老秦嘴上的口红印。

老秦走了以后,莫丽雅问儿子对他印象如何。儿子像夸奖她的饭菜似的点着头说:"不错,不错。"她就进一步问:"给你当爸爸行不行?"儿子想了想说:"妈妈,能不能不当爸爸当爷爷?"她的心就一紧。老秦今年五十六岁,看上去是有些老了,但自己也已经三十出头,比不了那些十几二十岁的小姑娘了。人生就是这样啊,承认现实远比空怀幻想重要得多。

烟囱里的兄弟

春天时,老秦出了一笔钱,在中央大街上给莫丽雅兑了家茶馆。莫丽雅就不再去单位上班,像模像样当起了老板。四马路离中央大街有一段距离,来去不太方便,老秦又给莫丽雅买了车——尼桑蓝鸟至尊,二十万多一点儿。莫丽雅没觉得这车有多好,但拿到钥匙时,她还是搂着老秦的脖子撒了半天娇。有时候要拿男人当爸爸待。

莫丽雅的茶馆营业不久,小顾的生意也开了张。小顾的摊子摆在望湖小区门口。出大门左手边有一棵好大的银杏树,小顾的买卖就开在树荫里。柜台是一张破旧的学生课桌,货品只有十来种,精盐、酱油、味精、陈醋、腐乳、臭豆腐、韭菜花、蒜蓉辣酱,都装在一只纸箱里。小顾家离莫丽雅家不远,隔着座喷水池,也是一楼。每天早、午、晚三次,小顾把纸箱从家里搬出来,把东西一样样摆在桌子上,自己在破木椅上坐好,就开始吆喝了,并不在意是否有人经过。

"精盐、老抽、陈醋啊!"小顾冲着四马路喊。

"韭菜花、腐乳、臭豆腐啊!"小顾冲着小区里面喊。

"全部保真,假一赔十啊!"小顾冲着银杏树上的几只鸟喊。

"走过路过不要错过啊!"小顾冲着脚下的一群蚂蚁喊。

不大有人能听清小顾吆喝些什么,他有些口齿不清,话像葡萄似的扯成一串。每天中午和晚上,城郊的菜农也会把摊子摆在大门口,他们一来,小顾就顾不得自己的生意了,扯起嗓子帮着别人吆喝。

"白菜、豆角、西红柿啊!"小顾喊。

"土豆子、窝瓜、人萝卜啊!"小顾又喊。

"不要钱,大伙随便拿啊!"小顾再喊。

旁边的菜农赶忙把菜护住,紧张地声明:"他喊的不算数啊,菜是我卖的。"

除了小区里的住户,没有什么人在小顾那里买东西。这其实不奇怪,谁愿意和一个弱智打交道呢?小顾的父母也没指望他挣钱,这个摊子起到的是绳子的作用,是为了把小顾捆住,防止他四处闲逛惹是生非。小区里的住户,有不少和小顾家一样,原本是这一片的老住户,拆迁后上了楼,在一起住几十年了,低头不见抬头见,不买就有些不太好,但买了心里又不是很舒服。小顾的东西没有统一价格,今天卖一块钱的,明天可能卖两块钱、三块钱、五块钱。有时候小顾心情不好,还可能要一百块钱,你和他怎么能说得清楚呢?隔三岔五就会有人拿着陈醋、臭豆腐之类的来找老顾,说又让你儿子抢劫了一把。老顾赶忙把烟递过去,赔着笑脸掏腰包,给人家退回多收的钱。

"大家多帮忙,哄着他玩吧!"老顾说,"当年不时兴产前检查,下生时没瞧出有啥不对劲儿,快一岁了才知道是这么个货,可已经来不及了。"

生活压力这么大,烦恼的事一大堆,谁有闲心哄一个傻子玩呢?所以,小区里的住户也很少捧小顾的场。但大家有一点共识,在别处买了东西,经过门口要遮掩一下,尽可能不让小顾看到。小顾是个不懂好歹的人,看到了就会直截了当地问你,干吗不在我这里买?

一天中午,莫丽雅在门口超市买了瓶酱油,走进大门时就被小顾拦住了。开始,她没搞清楚状况,还以为自己违反了小区管理的什么条例。小顾人样子长得不错,黄白净子脸,身材瘦高,大眼睛,双眼皮,头戴一顶鸭舌帽。只是眼神有些直,盯住人就不会拐弯,好

烟囱里的兄弟

像要把你抓进眼睛里去。小顾一开口,莫丽雅就明白了,爽快地掏钱又买了一瓶酱油。小顾收了钱,摘掉帽子给莫丽雅鞠了一躬。莫丽雅就有些不好意思,又买了两袋精盐。这东西反正不会坏,多备一些无所谓的。小顾又要鞠躬,被莫丽雅拦住了:"不要客气啊!"她拍拍小顾的肩膀说。小顾抬起手,也拍拍她的肩膀说:"不要客气啊!"

往家里走的一路上,莫丽雅心里酸酸的,她觉得小顾真可怜,这样的情况还要自己挣饭吃,也不知他的父母是怎么想的,咋会狠得下心来呢?但不大一会儿,她也就把这件事忘记了。

茶馆白天是不营业的,每天莫丽雅都是晚饭后出门。她把车开到小区大门口时,就紧张起来了,她还是不折不扣的新手,门口地上的那两根铁管总让她提心吊胆的。就在她犯愁时,小顾出现在了车头前面,比着手势给她做指挥。前进,停止,向左,向右,小顾比画得很专业,莫丽雅顺利地把车开了出去。她把脑袋探出车窗,冲小顾笑着摆摆手。小顾也笑,也冲她摆手,嘴里叽里呱啦说了句什么。起初莫丽雅不明所以,听的次数多了,她知道小顾是在喊她姐,问她是不是去上班。莫丽雅就笑着说:"是啊,我去上班,你该下班了。今天卖得怎么样?"小顾似乎做着好大的买卖,很正式地摇摇头答:"不好啊!"

今天不好,明天不好,小顾的回答每天都是不好。这让莫丽雅心里很不是滋味,照顾下他的生意又不会损失什么,大家怎么没有一点同情心呢?从这以后,她就有意去小顾的摊子上消费,隔三岔五就买瓶陈醋、腐乳啥的。但她不会每天都去买东西,她提醒自己,不能做得太露痕迹,即便是小顾这样的人也有尊严啊!

青苔

通常情况下,老秦每周来一次,大多是中午,他的沙漠风暴就停在楼前的人行道上。上午莫丽雅是要补觉的,傍晚儿子就从幼儿园回来了,不是很方便,午后就成了他们相聚的好时光。吃过午饭,两个人一起洗了澡,就相拥着走进卧室。对于床上的事情,莫丽雅是很懂分寸的,既不能让男人有挫败感,又不能让他感觉受到了愚弄。她知道自己做得不错,这从老秦的表情上就能看得出来。事情结束后,莫丽雅会坐在老秦身后,给他来一套按摩。从头到脚按完了,她从背后抱住老秦,把头靠在他肩膀上,用脑门拱他的脖子窝。

"告诉你一个秘密啊,"莫丽雅笑着说,"这阵子我认识了一个美男子,天天都和他见面。"

老秦扭过身子扳她的肩膀,半真半假地问那人是谁。

莫丽雅不说,蛇似的缠到老秦身前,仰躺在他大腿上,抬起一只手摸他的下巴颏,又突然伸向脖子,弄得老秦哈哈笑起来。老秦把她那只手捉住,她又抬起另一只手,袭击他的腋下。两个人在床上滚来滚去,笑成了一团。莫丽雅喜欢搞一些小小的恶作剧。生活是很无聊的,没有什么快乐,那就只能自己制造些快乐。莫丽雅常常会这样想。

"他呀,也是个经商的,买卖就开在小区门口。"老秦把她两只手都捉住时,她才喘着气说,"一会儿你出门时就看见了。"老秦走后不大一会儿,电话就打了回来:"你眼光不错,果然是个美男子,生意做得也不小。"

小顾每天给莫丽雅当指挥,莫丽雅却不能每天买他的东西,这让她有些不好意思。再出门时,她就在车上准备些吃的东西,无非是开心果、大杏仁、腰果、山核桃之类的,都是她茶馆里销售的,放在

烟囱里的兄弟

副驾驶位上,经过小顾身边时,就从车窗里递出去。有时候下午没什么事情,莫丽雅也会拎着一袋子吃食从家里出来,站在小顾身旁,有一搭无一搭地说几句话,随手把东西扔到桌子上。小顾总是很高兴地接受,口齿不清地说:"姐,你真漂亮!"或者是,"姐,你真香!"开始,莫丽雅不清楚小顾说的是什么,后来听清楚了,心里就有种小小的满足感。傻子是不懂得撒谎的,他们的话更可信。小顾也常会送给莫丽雅一些东西,爆米花啊,吊炉饼啊,烤地瓜啥的,不管是什么,都是直直地伸过来,捅到莫丽雅的嘴巴边。开始的几次,弄得她有些措手不及,慌乱地把嘴巴躲闪开。后来有了经验,她提早就做好准备,抢先伸出手把东西接过来。她心里很清楚,虽然不会吃,但是小顾的东西一定要接受。

湖上的冰化了,湖就活了过来。桃花红了,柳树绿了,北湖就成了休闲的好去处。莫丽雅都是午饭后出门,这时湖边的人比较少,她不太喜欢凑热闹。湖是椭圆形的,南北长,东西窄,一座拱桥把湖面分割成两部分。北湖是座老湖,汉白玉的桥栏杆已经透出了古铜色,红砖垒成的湖岸生满了厚厚的青苔,莫丽雅听说,靠近岸边的地方水也有几人深。莫丽雅先绕着外围走一圈,然后穿过拱桥,再走一个"8"字形。这时候,身上已经微微地冒汗了,在椅子上歇一会儿,她就穿过马路回家去。除了散步,莫丽雅有时候还会去湖边弄一些土,她已经着手侍弄园子了,打算先种些时令蔬菜。莫丽雅想:"等它们下来时,就又有了一个让老秦过来的理由。"

一天午后,莫丽雅正用铲子在一棵柳树下挖土,小顾从一株桃树后跳了出来。

"姐,香啊!"小顾把一枝桃花伸到莫丽雅的鼻子底下说。

青苔

　　莫丽雅把花接过去闻了闻,她不太喜欢桃花的香味,总觉得里面有一股轻浮的妖冶,但她还是笑着点头说:"香啊,小顾,真香!"小顾笑得像花一样,蹲下身子,抢过铲子往袋子里挖土。袋子装满了,小顾就拎到院子里,倒在她指定的地方。莫丽雅正想找点东西给他,小顾已经推开院门跑开了。这以后,小顾不时帮她干些活,莫丽雅就想给他些报酬。但小顾并不要报酬,几次把她的钱扔回来。没有什么活时,他也会往她的身边凑,给她一朵花、一棵草、一点吃的东西,有一次抓了只好大的蝴蝶送给她。这些,莫丽雅都高高兴兴地接受了。她不讨厌小顾,她也知道小顾有些喜欢她,但她没太往心里去,从小到大,喜欢她的人实在太多了,暗恋的、明恋的、死皮赖脸追求的,加在一起恐怕上百人也不止,多一个小顾又有什么呢?主动权在她手里,就看她如何掌握了。

　　春天要结束时,老秦终于留下过了夜。儿子比莫丽雅还兴奋,拿老秦当玩具似的摆弄来摆弄去,一会儿拉他看动画片,一会儿又带他看变形金刚,蹲在厕所里也不消停,还喊老秦拿卫生纸。这些事莫丽雅都听之任之不去干涉,她知道老秦愿意陪儿子。男人是很奇怪的动物,有时候偏喜欢在孩子面前表现绅士风度,大概借此缅怀自己逝去的童年吧!莫丽雅想。

　　睡觉时,儿子拉着老秦的手不放,非要听故事。莫丽雅看老秦一眼,把头低下去,并不制止儿子的胡作非为。她知道,男人有时候需要一些障碍,没有障碍时,也可以制造一些障碍。老秦冲她笑笑,随儿子进了小卧室。莫丽雅梳洗完毕,化了淡妆,换上一件蕾丝内衣,就安安静静坐在客厅的沙发上。老秦讲故事的声音传过来,儿子开始还搭腔,后来就不再有动静了。莫丽雅踮着脚尖儿走过去,

烟囱里的兄弟

比着手势问老秦:"儿子是不是已经睡了?"老秦冲她点点头,随手关上电灯,两个人轻手轻脚地走出来。老秦一把将莫丽雅搂在怀里,忽然看见她脸颊上的眼泪,吓得停下手,问:"怎么了?"莫丽雅把老秦搂住,头依偎在他胸前摇着说:"没什么,我是高兴的,刚才听你给儿子讲故事,突然觉得自己是世界上最幸福的女人。"老秦把她搂进怀里,好一会儿没开口。莫丽雅知道老秦听进了自己的话,男人说得越多越不算数,沉默不语却往往已经打定了主意。

夏天到来时,莫丽雅在院子里栽上了葡萄苗,随后又动手搭葡萄架。葡萄虽然还小,但架子可以给豆角和丝瓜爬,搭了也不算浪费。小顾看见她干活,又兴高采烈地来凑热闹。小顾智力虽差,但力气不小,有了他帮忙,架子很快搭好了。莫丽雅把小顾带进屋子里,拿了几样干果,又给他倒了一杯茶。

"姐,真香啊,像你一样香!"小顾喝一口茶说。

茶是铁观音,莫丽雅喜欢它的清香味,特意从茶馆里带回几包,有时候自己喝,老秦来了也会给他泡一杯。

"香就多喝几杯。"莫丽雅说。

她给小顾倒满,见他一只衣领窝在里面,就放下茶壶帮他整理一下。她站在小顾面前翻衣领,小顾抓住她衣服上的一枚镶钻纽扣,歪着脑袋研究来研究去。莫丽雅把小顾的手拿开,摇摇头,轻叹一口气。她发现,小顾穿的衣服已经破了。衬衣领子起了毛,夹克的袖子散了边,裤子膝盖也漏了小窟窿。

第二天下午,莫丽雅没去湖边散步,开车带小顾去了购物中心。

"小顾太可怜了,几件衣服就当是给他干活的报酬吧!"莫丽雅想。

青苔

　　小顾不知道莫丽雅要干什么,但一进商场就高兴得乱叫,在她身边一蹦一跳地走。试衣服时小顾更兴奋,穿上一件就对着镜子嘿嘿地笑,扭着身子照来照去。"连小顾也知道爱美啊!"莫丽雅抿嘴笑着想。试裤子时出了点小差错,小顾没把裤子提上去,就从试衣间里走出来,露出里面花花绿绿的裤头。这反倒提醒了莫丽雅,买完外衣外裤,她又带小顾去买内衣内裤。在一个柜台前,莫丽雅选好样式问小顾怎么样,小顾却一直不搭腔。莫丽雅抬起头,看见小顾正直勾勾地盯着一个穿胸罩的塑料模特儿。莫丽雅拉小顾的袖子,小顾抬起手指着模特儿,嘴里说了句什么。莫丽雅开始没听清,在收银台付款时忽然一下想明白了,小顾说的是"媳妇"两个字。

　　两个人走出商场时,拎了一大堆东西。莫丽雅买的都是双份的。一身休闲装,米色夹克配浅白色牛仔裤,里面是一件黑色 T 恤衫;一套正装,浅灰色西服,配一件红斜条衬衫;两套内衣裤;一双黑色皮鞋,一双棕色皮鞋,外加两条裤带、两双袜子。莫丽雅带着小顾向停车场走时,心里有一种痒痒的冲动,东西是按她的心意买的,但不知搭配在一起效果如何,她有些等不及想看小顾穿上新衣服的样子了。

　　"小顾,想不想穿上新衣服啊?"车上路后莫丽雅问。

　　小顾自然是想的,乐得在座位上拍着手蹦高,脑袋咣当撞在车顶上。莫丽雅把车停在一个浴室门前。浴室旁边是家发型店,莫丽雅看看小顾的头发,也到了该理的时候,就带小顾走了进去。理过发后的小顾,已经有些焕然一新的感觉了。莫丽雅在浴室里雇了一个人专门照顾小顾,把新买的衣服给他,嘱咐洗过澡后给小顾换上。小顾跟着那人往男浴室走,发现莫丽雅没在身边,就回过头喊姐。

91

烟囱里的兄弟

莫丽雅冲他摆摆手,示意自己不能进去。看着小顾进了男浴室,她想:"到底还是个傻子啊!不懂得男女有别。"

尽管做好了心理准备,但看到从浴室里走出来的小顾,莫丽雅还是有些惊呆了。果然人是衣服马是鞍啊,洗过澡、换了衣服的小顾简直变了一个人,冷眼一看,竟然很像一位当红的男影星。如果不是眼神发直,他就是个标准的帅哥。小顾换上的是夹克和牛仔裤,莫丽雅有些兴奋地想:"他穿上西装会是什么样子啊?"

回到望湖小区,车停在人行道上后,莫丽雅没让小顾回家,把他带到了自己家里。

"把这套衣服换上,让姐看看。"莫丽雅把西服扔给他说。

说完她走进卧室,换上家常穿的衣服,回到客厅里,见小顾还穿着夹克和牛仔裤。

"把身上的衣服脱掉。"莫丽雅说。

小顾站在屋地上,扭着身子喊了声姐,抬起手捂住自己的脸。

"小顾竟然会不好意思啊!"莫丽雅有些惊奇,也有些好笑。

"脱吧,姐不看。"莫丽雅背过身去,低头给皮鞋穿鞋带。

小顾好一会没动静,莫丽雅以为他换好了,就把身子转过来。突然她就像过电似的,直愣愣地呆住了。电到莫丽雅的是小顾的身体。小顾显然领会错了她的意思,已经把衣服全脱掉,正一丝不挂站在那里。谁能想象得到呢?小顾的身体竟然美得像一尊雕塑——宽宽的肩膀、饱满的胸肌、紧绷的小腹、细长的双腿……莫丽雅的脑袋一晕,她突然意识到,已经好久没见过年轻男人的身体了。一股热流从她脚底蹿起来,汇聚在小腹部,又渐渐蔓延到五脏六腑、四肢百骸。莫丽雅感觉自己的身体轻飘飘的,像一只气球似的,被热流托了起来。她从沙发上站起身,梦游一般向小顾飘过去。小顾的身体裹在一团白光中,光的中心有个声音,轻轻喊着莫丽雅的名字。那团光炽热无比,像一处旋涡不停地旋转着,莫丽雅试图抵挡,但最后还是被吸进去,熔化在了里边……

事情结束时,她懊悔不已。

"我这是在干什么啊?"离开小顾的身体时,莫丽雅在心里对自己说,"你是想毁掉来之不易的生活,葬送自己和儿子的未来吗?"

莫丽雅帮小顾穿好了西服,但已经没心思欣赏了,随口夸了几句,就慌乱地把小顾送出门。小顾有些不愿走,到了门口还回过头来,一声声喊姐。

吃晚饭时,老顾上了门,向莫丽雅表示感谢。

"这几天正打算带他去买呢,妹子倒想到头里了。"老顾脸涨得通红,搓着手说,"不能让你搭钱,花了多少我得给你。"

莫丽雅知道老顾的经济条件,话她早想好了。小顾常帮自己干活,几件衣服不值什么钱,真要仔细算下来,恐怕自己还欠着小顾的人情呢!老顾听她这么讲,又连着说了几声谢谢,就起身告辞,边走边自言自语:"这世上还是好人多啊!"

这以后,莫丽雅就开始有意和小顾拉开些距离。暗地里,她对自己是有些气愤的:"不要脸的东西,还总说能控制住局面呢,竟然连自己都控制不住,栽在一个傻子的手上。"但莫丽雅没有一下断绝和小顾的往来,做事情是要讲究分寸的,循序渐进才能让人容易接受。她还会给小顾送些吃的东西,小顾给她的东西,她也依旧会接受,只是次数慢慢减少了。有几次在湖边远远地看见小顾,她就紧走几步,绕到另一条道上去。

烟囱里的兄弟

　　老秦正式和老婆提出了离婚。听到这个消息时,莫丽雅表现得很低调,一点都没有欢呼雀跃的意思。老秦把她的头搂进怀里问:"宝贝儿,你难道不高兴吗?"莫丽雅说:"高兴自然是高兴,但大家都是女人,我知道她也很不容易。"莫丽雅说得很真诚,半点都不矫揉造作。

　　"你放心吧,我会给她个妥善交代的。"沉默一会,老秦又说,"你这人真的太善良了!"

　　老秦留下过夜的次数增多了,莫丽雅招聘了一个助手,打理茶馆的生意,全心全意扮演起相夫教子的角色。不是有人说过吗?通向男人心中的路是胃,一日三餐她都要精心准备。青菜是她亲手栽种的,用老秦的话说,纯粹的绿色食品。菜的样式她也下足了功夫,不仅考虑色香味,还兼顾营养均衡等。她知道自己做得不错,老秦的饭量就是证明。莫丽雅不再午后去湖边了,像大家一样晚饭后出门,挽着老秦的胳膊,汇入休闲的人群中。他们已经很像夫妻了。有几次,在湖边碰到了小顾,小顾像从前一样,喊她姐,把一件什么东西递到她鼻子底下。莫丽雅也像从前一样,亲热地和他打招呼,把东西接过来。小顾如果跟在他们身边不走,她就找个借口把他支开。小顾走远后,她随手把东西扔进垃圾箱里。

　　老秦的沙漠风暴被人动了手脚,早晨起来,挡风玻璃上多了一个大大的红叉,两道锯齿状的红印子,把玻璃斜着切割成四块,好像对老秦的爱车宣判了死刑。红印子颜色怪异,散发着浓烈的腐乳味。莫丽雅一下想到了小顾,心就一沉,好像心中坠了块石头。"小顾这是在报复啊!"莫丽雅想,大概小顾认为,是老秦的出现让她疏远了自己,所以对他的车下了手。也许,小顾想把老秦吓走,那么他和莫丽雅就又能像从前那样常在一起了。莫丽雅虽然把事情想明白了,但不打算对老秦挑明,挑明了就会有很多麻烦,还可能越描越黑。

"不知道是谁家的孩子这么淘气。"莫丽雅端了盆水,边擦车边说。

老秦倒是一点没生气,更没有往别处想,还开玩笑说看来自己是要红运当头了。

事情就这样遮掩了过去。当天上午,莫丽雅有意接近小顾,她发觉小顾对自己的态度倒没有什么变化,还是亲热地喊姐,把一块烤地瓜递到她嘴巴边。莫丽雅试探了一下,对小顾说想要一枝桃花。小顾转身就向湖边跑,不大一会儿就气喘吁吁地回来,把桃花递给她。莫丽雅想,看来事情还没到无法收拾的地步,小顾依然在自己的掌控之中。

莫丽雅有些过于乐观了,没过几天,小顾又一次下了手,遭殃的还是老秦的沙漠风暴。这次轮胎成了攻击目标。老秦早晨走到车前时,发现左前胎和右后胎像两条死蛇似的软塌塌地盘在地上。老秦从两条死轮胎上各找到一枚钉子。显然是有人故意破坏,而且不太可能是小孩淘气,小孩哪会有这样的胆量?这次,老秦真有些生气了。本来上午要去市政府开会呢,没想到车却遭了暗算。莫丽雅劝老秦别着急,说可以当司机,送他到市政府。

"我看这事可能是她干的。"坐上莫丽雅的车后,老秦说,"没准她找人跟踪我。"

莫丽雅明白老秦的意思,他是在怀疑自己的老婆,离婚正闹得热火朝天,所以老秦才会这么想。"不太可能吧?大姐咋会干这么幼稚的事?"莫丽雅不动声色地说,心里觉得有些好笑。

"怎么不可能?她是什么人我还不清楚?你就是太善良了,所以才不把人往坏处想。"老秦愤愤不平地说,"今后你也要小心点,提防她对你下手。"

莫丽雅觉得,自己是该找小顾谈谈了,让他以后不要再干这种傻事,但怎么谈她没有想好。如果是一个正常的男人,莫丽雅有很多办法让他知趣地走开,但她的办法对小顾不适用,和小顾没理可讲,他根本不会懂你在说什么。

莫丽雅犹豫不决时,小顾自己却出了事,他在一家商场被保安打了。莫丽雅中午出门买肉,见银杏树下没有小顾,小区里的几个闲人正聚在那儿议论纷纷。一个人说,小顾之所以挨打是因为在商场里耍了流氓。另一个人说,小顾其实算不上耍流氓,他只是用手摸着一个塑料模特喊媳妇。还有一个人反驳他,还不算耍流氓?他把模特身上的乳罩脱了,还把手伸进了人家的裤衩里,用手指头……他们看到莫丽雅站在旁边,话语越发猥亵,莫丽雅心里泛起一股厌恶,快步离开。

莫丽雅能想象到小顾在商场里的表现,那天买内衣内裤时,她就已经看出了苗头。如今被保安打了,也不是什么意外。买了肉往家里走时,莫丽雅忽然变得轻松起来,似乎去了块心病一样。开始她不明所以,走到家门口时,她猛然反应过来,自己是因为小顾被打而高兴:"没准从这以后他吸取了教训,就不会再对老秦下手了。"

但没过几天,小顾又在银杏树下摆摊了。莫丽雅远远地看见他时,心里有些惊讶,还有些不舒服,听说小顾被打得很重,还住进了医院,咋会这么快就恢复正常了?她不太想和小顾见面,越少接触,才能越快把事情了结掉。但在她犹豫时,小顾已经看见了她,奔着她跑了过来。小顾的一条腿有些不利落,脸颊上有一道伤蜈蚣似的从眼角爬到下巴颏。

"小顾,你怎么受伤了?"莫丽雅不知道自己该说什么。

"姐,你看,媳妇。"小顾不回答,把一张纸捅到莫丽雅眼前。

莫丽雅接过来展开,纸上印着一个裸体的外国女人,肩膀上扛着水罐,正站在溪水旁。一股恶心的感觉从莫丽雅心底泛起来:小顾真是太不像话了,竟敢拿这样的东西给我看!但她竭力控制住情绪,一旦撕破脸皮,事情就会变得不可收拾。

"真好看,小顾,你自己留着,姐不要。"莫丽雅说。

小顾也不打算送给她,只是让她看看罢了,那张纸显然是他的宝贝,他主动收回去叠好装进了贴身的口袋里。莫丽雅看周围没人,就和小顾说了老秦车的事。她说得很费劲,尽量找那些小顾能懂的词,打着手势说了两遍。小顾不住地点头,嘿嘿地傻笑。莫丽雅也不知道他究竟听没听懂。两天后发生的事证明,小顾是没有听懂。

小顾这次干得直截了当,老秦开车正要进小区大门时,他把一块石头砸在了汽车的挡风玻璃上。玻璃是钢化的,顿时裂成了无数小颗粒。老秦没受什么伤,但是吃惊不小,用胳膊护住脑袋缩在方向盘下面,半天没敢出来。等他缓过神来时,小顾已经跑得无影无踪了。

"这个小顾是打算要我的命啊!我又没招惹过他,他干吗要这么干?"回到家时老秦还惊魂未定,喘着粗气对莫丽雅说。"他可能犯病了。"莫丽雅不知该说什么,怎么说似乎都不合适,难道她能告

97

烟囱里的兄弟

诉老秦,小顾是把他当成情敌来对待了吗?这天晚上老秦没有留下过夜,说是去装挡风玻璃,就再没有回来。

老秦走后不久,老顾上门来道歉,鞠躬作揖地赔不是,说要掏挡风玻璃钱。莫丽雅心里正烦,想不到小顾还真把老秦吓跑了。她正颜厉色地告诉老顾:"赔钱用不着,但今后一定要看好小顾,别让他再惹是生非。"老顾不住地点头,说了十几遍"对不起"。

老秦一连三天没有来,打电话说正忙一笔生意,也不知是真忙还是假忙。晚上一个人躺在床上,莫丽雅越想越害怕,她觉得,小顾已经影响到自己的生活了,并且可能把她的生活彻底毁掉。她知道自己的身份并不稳固,老秦不止她一个女人,她们都比她年轻漂亮,稍微不留神,几年苦心经营积累起来的一切,就可能土崩瓦解。小顾成了一个可怕的阴影,一根扎在她心里的刺,一想到他,莫丽雅就会感觉到巨大的恐慌和不安。

第四天傍晚,老秦终于又露面了。两个人的眼光刚一接触,莫丽雅就看出来,老秦这几天除了忙生意,也忙了女人。但她什么也没说,男人就像沙子,抓得越紧跑得越快,她是不会冒险去盘问的。晚饭莫丽雅做得很丰盛,吃过饭收拾了碗筷,她就挽起老秦的胳膊,去湖边散步。

时令已经到了盛夏,湖里的荷花开得正好。粉红色的花朵像一张张小脸,从翠绿的荷叶间探出来,互相比试着美丽。中间的花蕊则像嘟起的小嘴儿,顽皮地吹气,湖边弥漫着一股淡淡的清香。人们已经忘记散步,纷纷停下来观赏。老秦兴致很高,主动提起了离婚的事,说这几天就会有结果。莫丽雅表面上不动声色地点点头,心里却长长舒了口气,几年的等待终于要有结果了,这时候千万不能出差错,否则煮熟的鸭子也可能飞走。莫丽雅正这么想着,小顾不知从哪里冒了出来,把一顶柳条编的帽子往她头上戴。

"小顾,你怎么砸别人的车?"莫丽雅甩头躲开,板起脸问。

小顾不回答,傻笑着做了个扔石头的动作,嘴里发出"砰"的一声响。

"以后不许你再干这种事。"莫丽雅指着小顾说。

"坏人,该死!"小顾冲老秦翻着白眼,手比到自己脖子上,做了个杀头的手势。

莫丽雅气得浑身发抖,嘴唇哆嗦了半天却不知该说什么,和这么个浑人根本无话可说。小顾似乎也不想再说什么,他已经开始行动了,跑到一棵柳树底下,弯腰捡石头。老秦抓起莫丽雅的手,两个人像逃跑似的钻出人丛,一直跑进小区大门才敢停下脚步。

"真没想到,我秦某人竟然被一个傻子追得落荒而逃。"老秦喘了几口粗气,苦笑着说。

"这个小顾真该死!"莫丽雅咬牙切齿地说。

"你是不是和他走得太近了,所以他才缠上了我们?"老秦问。

莫丽雅心里咯噔一下,局面已经开始失控,朝着自己最不愿看到的方向发展了。

"我看他可怜,送给他两套衣服,想不到他不识好歹,恩将仇报。"莫丽雅说。

"我怎么感觉他拿我当情敌,要置我于死地而后快呢?"老秦半真半假地说。

"在一个傻子面前你都这么不自信?"莫丽雅有意想制造些玩笑的气氛,但连她自己也感觉到,玩笑开得极其勉强,像用手去挠别人的胳肢窝。

这一晚躺在床上后,老秦没碰莫丽雅,说声累了,扭过身去很快就响起了鼾声。莫丽雅却怎么都睡不着,她知道,老秦在别的女人那里消耗了体力,所以才挂了免战牌。但也不能排除和小顾有关,老秦是个多疑的人,话说得轻描淡写,事情却会想得相当严重,甚至他都可能怀疑自己和小顾……莫丽雅不敢往下想了,惊出一身冷汗,小顾要是人间蒸发就好了,生活就会恢复平静,几天后老秦离了婚,自己就可以名正言顺地嫁给他,过上向往多年的生活。

早晨起床后,老秦打着哈哈说:"我的车不知还在不在?没准已经被小顾拆成一堆废铁了。"

"我去看一眼,如果真变成了废铁,就喊个收破烂的过来。"莫丽雅嘴上开着玩笑,心里却非常不安。老秦起床后第一句话就提到小顾,这绝对不是什么好兆头。

老秦的沙漠风暴一切正常,威风凛凛地停在那。莫丽雅长出一口气,今天这一关算是躲过了,但不知小顾下一次什么时候动手。莫丽雅想错了,今天小顾也没打算善罢甘休,他没对车下手,却对老秦本人展开了攻击。吃过早饭,老秦夹着公文包刚出门,小顾就像鬼影子似的从树后闪出来,一口痰叶在老秦脑袋上。老秦是地中海发式,小顾的那口痰正落在中间的"海面"上,穿越"海岸线"后,又沿着脑门迅速滑落下来,像只钟摆似的悬挂在老秦的鼻尖。

"你看看这是在搞什么?"老秦大发雷霆,把公文包掼在地上,手指着自己的鼻子,冲着莫丽雅咆哮。

莫丽雅手忙脚乱地帮老秦擦干净。这次她真害怕了,老秦的语气明显是在指责她,说的虽然是痰,质问的却是她和小顾的关系。

青苔

小顾已经把她逼到绝路上了。

莫丽雅是午饭后来到银杏树下的,这是她精心计划好的。如今是盛夏时节,人们吃过饭就会午睡,湖边难得见到一个人影。小顾刚把纸箱从家里抱出来,正往桌子上摆东西,见到莫丽雅兴奋得直蹦高,喊了声姐,从衣袋里掏出一块糖递到她嘴边。

"小顾,姐想要朵荷花。"莫丽雅笑着把糖接过来,狠了狠心,说出了那句话。从家里出来后,她就不停地告诉自己,这是逼不得已,她实在找不到别的办法,为了自己和儿子的未来,她只能这么做。

小顾答应一声,像匹马似的,欢快地跑走了。莫丽雅垂下头,不敢看他的背影,她的眼前掠过一幅画面:红砖垒成的湖岸斜着伸向水面,上面长满厚厚的青苔,离岸边不远的水面上,荷花开得正艳。小顾气喘吁吁地跑到湖边,跨过一道铁栏杆,踏上湖岸,慢慢向湖水走,脚下突然一滑,他就一头向湖水栽去……不知不觉中,莫丽雅紧握起拳头,什么东西硌疼了她的手掌。她把手展开,手心里是一块糖。这是小顾刚刚给她的糖。没准别人给他糖时,他就想到了她,一直强忍着没有吃,把它揣在口袋里,好容易见到了她,就高兴地送给她……莫丽雅打个激灵:"我这是在干什么啊?为了自己和孩子,竟然做出杀人害命的事情?"

莫丽雅疯了一般,拔腿向湖边跑,心里祈祷小顾还没有出事。离湖边二十几米时,莫丽雅看到了小顾,他正挓挲双手,踩着湿滑倾斜的湖岸向水面走去。莫丽雅没敢大声喊叫,她害怕小顾受惊吓,更容易出现意外。她跑到湖边,轻声喊小顾。小顾回过头叫姐,冲她露出痴傻的笑容。

"快回来,小顾!"莫丽雅招手说。

"荷花,给姐。"小顾却不回来,仍然向水面走去。

"你快回来,姐不想要花了。"莫丽雅提高声音喊。

但小顾不理她,他就像个机器人,接到指令后就要完成任务。莫丽雅的心提到了嗓子眼儿,再不能看下去。她让小顾不要动,自己跨过栏杆想把他拉回来。她刚在湖岸上走出半步,脚下一滑,就顺着斜坡滚了下去。中途她撞在小顾身上,随后,他们两个一起落入了湖水里……

莫丽雅醒来时,发现自己躺在地上,周围很乱,无数双脚在走,无数种声音在吵吵嚷嚷。她想抬起手,把那些人赶开,没有半点力气。好一会儿她才想起来,自己落进了湖水里,紧接着她回忆起来,落入水里后,小顾一直托着她,把她往上举。

"小顾!"莫丽雅喊。她没听到小顾的回答,有几个人围上来,但都不是小顾。

"小顾,你在哪?"莫丽雅又喊。

"小顾,他已经死了。"是老顾在说话。

莫丽雅紧紧地闭上眼睛,在心里不停地问自己,怎么会这样呢?怎么会这样呢?

"小顾想采荷花……我还是来晚了,没有救到他。"好一会儿她睁开眼睛说。她看见一朵像羊一样的白云正走过头顶的天空,眨眼间又变成一只狗。

"这孩子活着也是受罪,死了也不是啥坏事。"老顾长叹一声说。

老顾只想草草安葬一下,莫丽雅坚持开追悼会,还在西山给小顾买了墓地,费用都是由她承担的。所有人,包括老秦都以为,莫丽雅是出于善良和怜悯。

安葬仪式结束后,人们陆续离开,只剩下莫丽雅一个人。她告诉大家,想再和小顾说几句话。已经是下午,墓园里一片寂静。墓碑上小顾的照片,眼神直直的,似乎要把人抓到里面去。莫丽雅拿出一张纸,展开,是小顾给她看过的印着外国裸女的画。如今,她知道了,那是一位法国画家的作品,名字叫《泉》。莫丽雅擦着火柴,点燃了画的一角。火舌从裸女的脚下蹿起,沿着双腿向上,吞没她的小腹、双乳、脖颈、脸庞和脑袋,最后,只留下一个残破的水罐和一道焦煳色的泉水……

烟囱里的兄弟

油锤灌顶

打把式卖艺的一家人是在秋后的一天下午来的。一个四十几岁的壮汉子,一个二十来岁的大姑娘,一个七八岁的小男孩儿,三个人顺着北大道不紧不慢地进了八间房。

北大道虽然只是条黄土路,却是八间房的交通要道,人们习惯称它大县道。其实它只是条乡村路,顺着它走,无论如何都走不到哪个县城去。这条大县道伸进村子里,就成了村中唯一的主干道,名字也发生了变化,去掉"北"字,直接叫大道。大道像一把刀,"咔嚓"一下把村庄砍成了两半,一东一西,很平均的两个部分。东边是第一生产队,西边是第二生产队。东边的人家多姓黄,就叫黄村。西边的人家多姓白,就叫白村。听起来,倒有些花花绿绿的气象。大道再往前伸一伸,探出村子,就连上了南大道。顺着南大道走,可以到达省城沈阳。

四十几岁的壮汉子穿一身黑色的功夫服,腰里扎一条很宽的板带,挑一副担子,稳稳地走在前面。姑娘也穿一身黑色的功夫服,腰里什么也没扎,脑袋上扎着两条大辫子,肩膀上扛着些刀枪棍棒紧随其后。孩子走在最后面,一只手里提着一面有窟窿的锣,另一只手里握着敲锣的锣棒。他不太愿意走好路,偏喜欢顺着车垄沟走。车垄沟很深,他就把两只胳膊伸平,像踩钢丝似的身子一扭一摆地往前走。孩子剃了个很亮的秃脑袋,不时地,就会反射出一缕太

油锤灌顶

阳光。

三个人走进村里时,一个叫黄勇敢的孩子正和他哥黄革命,把生产队的墙头当马骑,嘴里热火朝天地喊着:"驾!驾!驾!"手上的一根树枝也抡起来"啪啪"地抽到墙头上。这堵墙有些不像话,好像也不怕疼,怎么喊,怎么抽,都没能长出马腿马蹄子来,驮着他们向前飞奔。黄革命想到了一个好主意,扔了树枝,两只手撑住墙头,一下一下地把身体往前撑。这回,墙终于把兄弟俩驮着往前走了。黄勇敢眼睛尖,先看见了进村的三个人。兄弟俩挤挤眼睛,跳下墙,猫着腰躲在了墙后面。

三个人一路走,路两边不停有人隔着秫秸障子很随意地冲他们打招呼。

"哪里人啊?"

"关里!"

"贵姓啊?"

"姓罗!"

"练啥把式?"

"武术!"

"关里的日子过得好?"

"孬!"

"又遭灾了?"

"嗯!"

"唉!"

"唉!"

有些人手里正端着饭碗,举起来冲他们扬扬,喊:"吃饭没?"

烟囱里的兄弟

"还没呢!"

扬碗的那人就没了下话,并不请人家到自己家里来吃。

黄村的黄宝贵正蹲在杖子边的茅房里出恭,一边使劲,一边透过杖子缝儿也喊了一句:"没事儿就到家坐坐!"

老罗四下看看,没发现谁在说话,但也宽容地答了句:"嗯!"

三个人走到生产队的大墙边,冷不防有两个人从墙后跳出来,伸着胳膊拦在了前面。

"呔!此山是我开,此树是我栽,要打此处过,留下买路财。牙蹦半个说不字,一刀一个管杀不管埋!"念完了这套话,黄革命还"哇呀哇呀"地怪叫了一气。

三个人冲两个孩子看了看,都笑了笑,谁也没说什么,绕过去,继续走自己的路,当然也没人留下买路财。这结果有些出乎黄革命和黄勇敢的意料,两人摸摸脑袋,互相看一眼,有些怅然若失。

黄革命先反应过来,在后面厉声问:"你们是哪一部分的?干啥玩意的?"

这次,走在前面的两个人没回头,后面的小男孩儿扭头看看黄革命,学着他的口气问:"你们是干啥玩意的?"

黄勇敢答:"你管我们是干啥玩意的!"

小男孩儿又学着他的口气说:"你管我们是干啥玩意的!"

黄革命说:"你们是要饭的?"

小男孩儿撇撇嘴:"你们才是要饭的。"

黄勇敢说:"那就是崩爆米花的?"

小男孩儿又撇撇嘴:"你们才是崩爆米花的。"

黄革命一拍脑门儿:"咱知道了,你们是从关里来的。"

油锤灌顶

小男孩儿说:"是又怎么样?"

黄勇敢和黄革命就一齐像唱歌似的喊:"关里老侉儿卖山楂,一毛钱一大把。"

小男孩儿气得红了脸,冲他们扬了扬拳头,刚要说话,走在前面的老罗回过头来喊了一声小石头。小男孩儿就把话咽进了肚子里,扭过头去不再搭理他们。

黄革命和黄勇敢怪腔怪调地喊:"小石头,小石头,咱知道你叫小石头!"

三个人走到生产队南边儿的场院上停住了,放下手里的东西。场院不久前刚打完场,一部分粮食收进了生产队的粮囤里,另一部分坐着大马车去了镇上的粮库。场院上空洞无物,地面被碾子压得像镜子面一样平,反射着泥土的青光。

老罗用手抹一把脖子上的汗,小石头"咣当咣当"地敲了一通锣,人们就从四面八方围了过来。

黄勇敢捅捅黄革命:"哥,咱也去瞅瞅,他们敲锣,八成是耍猴儿的。"

黄革命对弟弟的这个判断不屑一顾:"老二,不怪咱妈喊你二傻子,你真有点儿傻,他们没带猴儿,咋可能是耍猴儿的?"

黄勇敢还想坚持自己的主张:"没准儿猴儿在箱子里。"兄弟俩都不再说什么,撒腿奔场院跑。

老罗冲四周一抱拳,先念了段开场白:"初到贵宝地,经师不到,学艺不精,练得像那么回事,你鼓个掌,帮忙喊声好;练得不好,你哈哈一笑,抬脚走人。在家靠父母,出门靠朋友,有钱的捧个钱场,没钱的捧个人场。"

烟囱里的兄弟

　　这些话说完了,老罗拉长了声音喊一声:"您上眼了!"小石头就第一个上了场,像旋风似的"啪啪啪啪"翻起了跟头,掌声和叫好声就"轰"地响了起来。接下来,打拳、舞刀、耍枪、弄棒、拿大顶、肚皮吸碗、钢筋锁喉,叫好声和掌声就连成了一片。

　　这一套功夫练下来,老罗又冲四周抱抱拳,说出了还没吃午饭的隐情,请求老少爷们儿慷慨解囊赏一口饭吃。小石头双手端着那面破锣,转着圈儿,往众人的面前送。

　　八间房的老少爷们儿大都不算慷慨,虽然看了人家的表演,但没有几个愿意解囊的。有的提前把脸转到了一边,故意不看锣,装作眼神不好;有的悄悄退出来,把脸藏到别人的肩膀后,玩起了捉迷藏;也有没来得及躲的,灵机一动,突然莫名其妙地发起了脾气,扯着嗓子大声教训自己的孩子。黄勇敢和黄革命兄弟俩给了东西,每人往锣里扔了一块小石头。黄革命把石头扔进锣里,还冲小石头挤挤眼睛:"小石头,小石头,给你小石头!"

　　老罗瞅一眼小石头手里的锣,并不太在意,在意当然也无济于事,宣布要练一个压箱底的功夫——油锤灌顶。

　　老罗骑马蹲裆式站定了,两只手掌平推出来,运了一会儿气,招手喊小石头拿砖头。小石头挤出人群,四处转着找砖头。八间房的地里种苞米,随处都能找到苞米秸子、苞米棒子,砖头却是稀罕物。转了一大圈儿,小石头还是两手空空。黄革命和黄勇敢凑上来,自告奋勇带他去找砖。三个孩子走出挺远,在白得财家门口发现了一堆砖。白得财家打算盖房子,刚从镇上买回了一车砖。小石头挑出三块砖,搬起来刚要走,白得财的老婆张彩霞风风火火地从院子里跑出来,张开两只胳膊,老母鸡护崽子似的拦在前面:"这是干啥玩

油锤灌顶

意？光天化日的要明抢咋的？"

小石头赔着笑脸,说明了情况。黄革命也帮着打证明。黄勇敢说话冲,硬邦邦地来了一句:"不就几块破砖头吗?谁犯得着抢?"张彩霞冲地上吐口唾沫,骂:"呸!破砖头明儿个让你爹给拉一车来!"上来就要拧他的耳朵。黄革命赶忙拦住:"婶,咱家老二有点儿傻,说话不着调,你别跟他一般见识。你家的砖头一点儿都不破,还是个宝贝,没有它演不了油锤灌顶。"张彩霞狐疑地看看三个孩子,又踮起脚向远处的人群望了望,自己动手从砖堆里选出了三块半截的。

三个孩子每人拎一块砖往回走,黄勇敢一边走一边还嘟囔:"咱爹也不是她爹,凭啥给她家拉砖头?"离人群还有十几步,黄革命就咋呼着喊:"靠边,靠边,油了,油了。"人群就闪开了一条缝。

小石头把三块砖摞起来放在老罗头顶。姑娘将两条大辫子绕在脖子上,用嘴咬住辫梢,操起一把大铁锤,丁字步站在老罗的前面,擎起锤子先在砖头上比了比,嘴里喊一声"嗨",大铁锤抡起来,带着一股风声砸在老罗头顶的红砖上。三块红砖应声而断,老罗的脑袋毫发无损。一看这架势,八间房的老少爷们就都惊讶得目瞪口呆,忘记了喊好的事,连巴掌都忘了拍。老罗拍掉脑袋上的碎砖末,又冲四周抱拳,小石头再拿着破锣往众人面前送。这次,收回来的锣里终于有了些内容。

练完了油锤灌顶,三个人又练了些别的功夫,天就黑了下来。

当晚,老罗一家三口就住在了生产队的队部里。

吃晚饭时,黄革命和黄勇敢没上饭桌子,从锅里捞出一块煮地瓜就出了家门。刚出锅的地瓜热得烫手,兄弟俩两只手倒腾着,"呼

109

烟囱里的兄弟

呼"地往地瓜上吹气,走几步就咬上一口。他们故意在生产队的大门口绕来绕去,看见小石头从队部的房子里走出来,两个人急忙一闪身,藏在了门垛后。小石头走到墙边停住脚,掏出小鸡子,冲着墙根撒尿。黄革命和黄勇敢喊一声"哒",从门垛后跳了出来。他们本来想着吓一吓小石头。小石头却一点也没害怕,扭头看他们一眼,咧开嘴笑了笑。黄革命也学着他的样子,咧开嘴,还了一个笑,回头见黄勇敢还板着脸,就命令道:"老二,你也笑一笑。"黄勇敢不太想笑,反问道:"我为啥要笑?"黄革命不想解释,口气严厉起来:"我是你哥,让你笑,你就笑!"黄勇敢说:"你是哥咋的?让笑就得笑?"黄革命就把手举起来:"老二你笑不笑?不笑就挨打!"黄勇敢就勉强咧开嘴,笑得比哭还难看些。

黄革命把手里的地瓜冲小石头递过去:"你吃!"小石头摇摇头。

黄勇敢这次没用哥哥提醒,也把地瓜递过去:"别客气,咱家还有老鼻子了,吃完再去拿,管够造。"小石头还是摇头。

黄革命硬把地瓜往他的手里塞,小石头赶忙摆手,又咧开嘴笑了笑:"俺老家一年到头都吃地瓜,吃得俺放屁都是地瓜味,再不想吃了。"

黄革命看到,小石头咧嘴时,嘴里露出了牙窟窿,就问道:"小石头,你们那有没有人喊你豁牙子?"小石头答:"有!"黄革命张开嘴冲着他龇龇牙,也露出一个牙窟窿:"咱这也有人喊咱豁牙子!你们那边怎么喊?"

小石头答:"喊得难听,'豁牙子,一道沟儿,拉屎往回收'。"

黄革命高兴起来:"和咱这喊的一样呀,一个字都不差。"

黄勇敢也凑上来,张开嘴龇牙,有些得意地说:"咱也是豁牙子！"

小石头说："你们知道俺叫小石头，俺还不知道你们叫啥名。"

黄革命说："咱姓黄，叫黄革命。"

黄勇敢说："咱也姓黄，叫黄勇敢！"

小石头问："咋叫这名字？"

黄革命摇头叹口气："是咱爹给起的，咱妈也说听着不像人名，拗不过咱爹，没办法！"

黄勇敢想了想，歪着脑袋说："要不，你教咱们两手功夫吧！"小石头点点头："中！俺教你们拿大顶。"黄革命搂住小石头的肩膀往场院上走，黄勇敢跟在后面问了句："小石头，你说的那个中，是啥意思？"小石头回过头来说："中，就是行的意思，俺老家那都么说。"黄勇敢想了想，又问："那要是不行呢？"不等小石头回答，黄革命抢先说："那就是不中呗！老二，你真有点儿傻！"小石头笑笑说："对！"黄勇敢琢磨了一会儿，又问："小石头，你是说不行就是不中对，还是咱有点儿傻对？"小石头笑笑，冲他挤挤眼睛："都对！"又问道，"你们说的咱，是啥意思？还有那个老鼻子。"黄革命答："咱就是我，和你说的俺差不多。老鼻子呢，就是老多了，可多了。""多少和鼻子有啥关系？"黄革命被问住了，答不上来。黄勇敢说："没准儿最开始说的是胡子，鼻子越老，岁数越大，胡子就会越多。叫来叫去，老鼻子就成了多的意思。"黄革命赶忙点点头："老二，你说得有道理，看来你还不算太傻。"三个孩子就都笑了，欢蹦乱跳地跑到了场院里。

场院上有灯，秋收打场时要夜战，点四盏一百瓦的灯泡子，照得像白天似的。虽然现在不打场了，但看场的小房子门口还亮着一盏小灯泡。

111

烟囱里的兄弟

　　小石头借着灯光,先拿了个大顶,做了示范,又讲了动作要领。黄革命往手心里吐口唾沫,抢先上了场,可试了几次,两条腿怎么也竖不起来。好容易竖起来了,又一下子倒下去,砸到了地上。在一旁看着的黄勇敢就着了急:"哥,你太笨,看咱的。"说着话,黄勇敢双手一拄地,两条腿就送到了上面,可用的劲儿有点猛,没停住,翻过去,后背"扑通"一声砸到了地上。黄勇敢半天没起来,疼得直咧嘴。黄革命在旁边笑:"老二,怪不得你叫黄勇敢,还真挺勇敢的。"又对小石头说,"这个有点儿难,要不,你教咱翻跟头?"小石头摇头:"翻跟头比这个还难呢! 俺爹说了,功夫这东西得慢慢练,天长日久就练成了。"黄勇敢说:"要不,你教咱们油锤灌顶?"小石头赶紧摇头:"那可不行,这一手只有俺爹才会练,连俺姐都不会。俺爹说练不好,就能闹出人命来。"

　　眼见着功夫学不成了,三个孩子都不知道接下来该干点什么才好,一时都不说话。黄革命突然有了好主意,拉起小石头的手说:"走,咱领你去个好地方。"

　　黄革命说的好地方是场院西边的一个大斜坡。场院西边挨着一个大水坑,场院的地面和水坑之间有十几米的落差。收了秋,斜坡上堆满了苞米皮子,就成了八间房孩子们的游乐园。经常有孩子从顶上跳下来,把这个斜坡当滑梯打。

　　来到斜坡顶上,黄革命刚讲了一句怎么玩,黄勇敢就抢先一跳,顺着斜坡滑了下去。接下来跳的是小石头,最后黄革命也跳了下来。三个孩子滑到了坡底,绕一个圈儿跑回场院上,站在坡顶再次往下跳。正玩得热火朝天呢,听到有人喊小石头。小石头就依依不舍地和兄弟俩告别:"俺爹喊俺了,明天咱再玩中不中?"兄弟俩异口

油锤灌顶

同声地答:"中!"

小石头在中间,兄弟俩一左一右搂住他的肩膀,三个孩子靠着膀子往回走。走到生产队大门口,小石头突然想起一件事,停下脚步问:"你们知道哪能找到砖头不?"黄革命想了想说:"青砖中不中?要是中,咱们明天准保能帮你搬来。"小石头点点头:"中,要三块,说话算话,要不油锤灌顶就没法演了。"黄革命说:"当然算话,咱拉钩!"三个孩子就在夜色中各伸出一根手指头,紧紧拉在一起,嘴里喊着:"拉钩上吊,一百年不许变,变了就是小狗!"

第二天早晨,黄革命和黄勇敢早早就起了炕,饭也没顾上吃,就踢着西大沟边上的茅草道,直奔西窑地。西窑地离村子有一里多地,从前烧过砖瓦,现在已经变成了一片废墟,只留下了一口废弃的土窑。黄革命记得,那里好像有些青砖。可兄弟俩在土窑上下转了几圈儿,却只找到了两块砖。太阳已经升得挺高了,黄勇敢肚子饿得咕咕叫,有些泄气,一屁股坐在地上问:"哥,咱还接着找吗?"黄革命点点头:"当然找,咱拉过钩,不能说话不算数,更不能让小石头笑话咱。"兄弟俩就又在废墟上找。

黄勇敢眼睛好使,找来找去,在几块碎瓦底下发现了一块砖。这块砖一半露在外面,另一半埋进了土里。兄弟俩一齐动手,三下五除二挖了出来。这砖比另外两块大些,也沉一些。黄革命拿着它掂一掂:"老二,你说这是砖吗?我咋瞅着像石头?"黄勇敢也不太敢肯定:"和砖长得差不多,八成是。"看了看又肯定地说,"应该是砖,石头都是圆的,哪有这么方方正正的?"兄弟俩就高高兴兴地搬着三块砖往回走。

走进村口时,听见村里传来一阵"咣当咣当"的锣响。

烟囱里的兄弟

黄革命就催黄勇敢:"老二,咱得快点儿走,小石头他们演上了,肯定等着用砖呢!"

兄弟俩走得气喘吁吁,满头大汗,挤进人群时,老罗已经骑马蹲裆式站好了,正招手喊小石头拿砖。两个人就赶忙把砖搬了过去。小石头接过砖,冲兄弟俩笑了笑,没说什么。但黄革命和黄勇敢都明白了他的意思,看小石头的样子,分明是在对他们说:"你们真中,说话算话,真够意思!"

小石头把最大的那块砖摆在了下面,另外两块摆在上面。小石头的姐姐将两条大辫子绕在脖子上,用嘴咬住辫梢,操起那把大铁锤,丁字步站在老罗的前面,端起锤子像昨天一样先在砖头上比了比,嘴里喊一声"嗨",大铁锤就抡了起来,带着一股风声砸在老罗头顶的砖上。

老罗的身体突然向下矮了矮,似乎有点经受不住这一锤。上面的两块砖应声而断,下面那块却仍然完整地摆在头顶上。过了十几秒钟后,摆在老罗头顶上的那块砖突然动了动,被什么东西托起来似的向上飞起来一小截,然后落下来,砸在老罗的肩膀上,滚落到地下。也就在这同时,老罗的头顶突然喷出了一股雾水。雾水喷起几尺高,在空中散开,形成一个喇叭口,像喷泉似的向四周洒落下来。有一些雾水就落在了黄革命和黄勇敢的脸上。黄革命随手抹一把,抹了一手的血,看看黄勇敢,和他一样,也抹了一手的血。兄弟俩互相看一眼,就同时呆住了。

老罗突然"扑通"一声倒在了地上。空气中顿时弥漫出一股浓浓的血腥味!

钥　匙

一

丈夫回来之前,她正在收拾屋子,这不过是为了找一件事做,她干得三心二意,手里的抹布在沙发前的茶几上不停地擦。茶几是玻璃制的,本来并不脏,光亮得像一面镜子。她擦的是自己的影子,反反复复,总是擦不去。

丈夫敲门时,她愣了一下,手上的动作停下来,身体也随之停下来,有几秒钟,她一动不动,保持着擦拭的姿势,就好像家里新摆了一座怪异的雕塑。丈夫又敲了几下,好像还喊了她的名字。她没去开门,背对着房门,擦电视柜,擦得很用力,就像是在给电视柜搓澡,一层一层的皮屑,在她的心里不断地脱落。

"你在家?"丈夫把钥匙扔在鞋架旁的角柜上,语气里有些埋怨。

"嗯!"她手上还在忙着,没做任何解释。

丈夫也没追究什么,坐在沙发上点了一支烟。她背对着他站在电视柜前面,觉得应该再说点什么,但一时又找不到要说的话,那些话好像突然冻成了冰,一句也流不出来了。她心里有些着急,额头上冒出了一层热汗,好一会儿才想起来问一句:"回来了?"

"嗯!"丈夫的声音显得很疲惫,好像随时都准备睡着似的。每

烟囱里的兄弟

次下夜班回来,他总是一副筋疲力尽的模样。

虽然并不抱什么希望,但她还是把脑袋偏了偏,等着听丈夫下面的话。这么做有些虚张声势,她是盼着丈夫能打破沉默,哪怕是几句废话,讲两个一点都不可笑的小笑话也好。让她失望的是,丈夫什么也没再说。她有些埋怨丈夫,为什么他偏偏是个沉默寡言的人呢?她也有些责怪自己,不是正盼着他回来吗?为什么见到他人了,反而慌作一团呢?

屋子里静得有些可怕,她清晰地听见了自己的心跳声,像打鼓似的,跳得很快,一下连着一下。她意识到自己必须说话了,说出关于钥匙的事,否则,她的心很可能从嗓子眼里蹦出来,啪嗒一声落到脚下瓷砖铺成的地面上。

她稍稍转过头,偷看一眼丈夫,他还在抽烟,一缕缕烟雾从手边、嘴角、鼻孔里扯出来,纠缠在一起后,像云絮似的升浮到棚顶上。她没有想起多次警告过丈夫不要在客厅里抽烟的事,心里转着的总是这么几句对话。

"你爸手里的那把钥匙,咱还是要回来吧!"

"为啥?"

"不太方便。"

"咋不方便了?"

"从外面回到家,突然看见屋里有人,我会害怕。"

"笑话了,一共三把钥匙,不是你,就是我,要不就是咱爸,都是家里人,你有啥好怕的?"

"我……你爸……"

每次对话进行到这里时,她都会张口结舌,不知下面的话该怎么说。那些话像锋利的冰碴儿,就卡在她的喉咙口,往下咽,往出吐,都刺得她钻心地疼。她想忍耐着靠自己的能力把冰化掉,它们反而长大了,冒出的寒气凉彻她的心扉。

她双手使了好大的劲按在电视柜上,希望自己能果断一点儿,但没能如愿,双腿反而抖了起来,接着浑身上下都跟着抖起来。无意之中抬起头,她的目光碰到了挂在墙上的一幅油画,猛然想到挂这幅画的钉子正是那个人钉上去的,心里就发出一阵吃了苍蝇般的恶心。丈夫已经抽完了烟,眼睛眯缝着,开始打盹。

她咬了咬嘴唇,不能再拖下去了,很突然地转过身,几步走到茶几前面,但近距离面对丈夫那张疲惫的脸时,她的勇气又一下子跑得无影无踪了。丈夫睁开眼睛,愣愣地看了看她,她赶忙弯下腰,假装擦茶几,手在玻璃面上走了几个来回后,才忽然注意到,自己的手里根本就没有抹布,抹布被她扔在了电视柜上。她想转身走开,丈夫却突然开口了。

"待会儿你去咱爸家一趟,他今天早晨出门了,猫没人喂。"

"我不去,凭什么?"这话她是在心里说的,她的火气已经冲到了脑门上,但什么也没有说,反而下意识地点了点头。

丈夫叹口气说:"小力又惹祸了,在外面砍了人,这小子,早晚得把他爷逼死。"她没接丈夫的话,在心里恶狠狠地想,死了才好,死了清净。

"我说,你想啥呢?"丈夫似乎发现了她的反常,问了一句。她被丈夫的问话吓了一跳,身体抖了一下,赶忙摇头否认。

烟囱里的兄弟

二

走出家门,来到大街上后,她就在心里狠狠责怪自己,刚才为什么不就着丈夫的话茬儿把事情说出来呢?这次错过了,不知道什么时候还能有机会。而那件事不说,就始终是扎在心里的一根刺,拔不出,忘不掉,稍微一动,就会尖锐地疼一下。

一打开门,猫就不知从什么地方蹿了出来,喵喵地叫着,顺着她的两条腿往她的身上爬。她把猫抱在怀里,坐到沙发上。这只猫浑身长着雪白的毛,她平时也非常喜欢。猫撒娇地依偎在她的怀里,用后背拱她的乳房,还伸出舌头舔她的脸。她猛然想到,这只猫每天也会对那个人做同样的动作,立刻就一阵恶心,一挥手把猫打到地上,咬牙切齿地骂一句:"老流氓。"猫猝不及防,重重地摔在了地面上,发出一声痛苦的尖叫。它想不明白自己究竟做错了什么,可怜巴巴地看着她。她站起身,拎着装鱼的袋子去阳台,把鱼倒进了猫食碗里。

猫嗅到鱼腥味,立刻蹿进了阳台。她关上门,把猫拦在外面,坐回客厅的沙发上,目光不由自主地落在婆婆的遗像上。如果婆婆还在就好了,她会把昨晚的事告诉婆婆,婆婆肯定会处理得很好,好得就像那件事从来都没有发生过一样。婆婆像她的妈妈,也像她的姐妹,常常会拿她开玩笑,也给她出主意。那么好的一位婆婆,如今已经变成了墙上的一张照片,虽然脸上的笑容还是那么灿烂,却再不能听她说话,更不能再给她出主意了。

她的目光从婆婆的遗像上移开,忽然就撞到了那串钥匙上。钥

钥匙

匙挂在一颗钉子上,有五六把。她的手向钥匙伸过去,打算把自家的那把钥匙摘下来。一根手指已经碰到了钥匙串的铁环,她又忽然停下来。如果那个人发现少了钥匙,去问丈夫呢?丈夫不明就里,一定会来问她,到时候她该怎么解释这件事?难道她真的已经下定决心,从此以后自己的家门再不允许那个人踏进一步了吗?

面对这些问题,她心乱如麻,解又解不开,更没有勇气一刀斩断。有一瞬间,她把手慢慢收回来,几乎放弃了拿走钥匙的打算,但她的眼前突然又闪过了昨晚的场面,她心一横,把钥匙串拿下来,摘下了自己家的那把钥匙。

猫已经吃饱了,想着回到屋子里,正用爪子挠阳台门。猫挠得坚忍不拔,一下一下,仿佛都抓在她心上。她紧跑几步,把门打开。猫快活地叫一声,又要往她的身上爬。她急忙躲开,慌张地从屋子里跑出来。关上门后,猫还在屋子里不停地叫着,声音凄惨哀怨,好像是对过去美好生活的追忆和呼唤。她觉得自己就像这只猫。

三

回到自家门口,掏出钥匙打开房门时,她有些恍惚,昨晚那个人就是这样,转动着钥匙,打开了这扇门。而那件让她坐卧不安的事,就躲藏在门背后。

丈夫还没有醒,发出均匀的鼾声。看一眼熟睡中丈夫的脸,她的心里忽然发出一股怨恨,做出那件事情的人,正是他的亲爹啊,而他却半点都看不出她的心事,更不会给她什么安慰。这种怨恨让她下了决心,一会儿就把昨晚的事情说出来,她要像甩开一个包袱一样,把那个重负推给丈夫。

卧室里传来儿子的喊声。

她走进卧室,儿子坐在床上,冲她张开两条胖乎乎的小胳膊,口齿不清地喊妈妈。她把儿子抱在怀里,立刻被一股甜甜的奶香味和软软的温暖包围了。儿子身上的味道让她的心稍稍舒服了些。儿子忽然在她的怀里喊了一声爷爷。她愣了愣,一时没明白儿子的意思。儿子的脸上露出焦急的神色,冲着卧室的门口喊:"爷爷,爷爷,我还要和爷爷捉迷藏。"她这才明白儿子的意思,心里顿时冒出一股火气,一下把儿子推倒在床上。

昨晚,那个人用钥匙开门时,儿子已经睡着了,她倒在客厅的沙发上似睡非睡地看电视。每当丈夫上夜班,她都会失眠,就像陪着丈夫一起工作似的。有一刻,她不知不觉地睡着了,没有听到钥匙转动的声音。等她突然醒来时,看见门口站着一个人。她吓了一跳,但很快放松下来,很随意地喊了一声爸。那时候,她还一点儿都没想到接下去会发生什么事。

就在五六分钟后,那个人从后面抱住了她。她是在情急之中冲进卧室,抱起儿子的,不是想拿孩子当挡箭牌,而是希望儿子的出现能让那个人恢复一些理智。当她抱着儿子躲闪时,孩子从梦里醒了过来,迷迷糊糊地睁开眼睛,随口喊了一声爷爷。正是这一声喊,让那个人退却了,仓皇地逃了出去。儿子也完全清醒了,问她刚才爷爷在干什么。她不知道怎么回答,只得搪塞一句:"爷爷在和你捉迷藏。"

倒在床上的儿子愣了片刻,似乎在想发生了什么事,紧接着咧开小嘴,发出委屈的哭声,边哭还边喊着:"我要爷爷。"她一下慌乱起来,急忙去哄儿子。

丈夫还是被儿子的哭声吵醒了,在客厅里问了一句。鬼使神差般的,她回答说没事。突然之间,她又失去了把事情说出来的勇气,反而感觉自己像做了贼似的难堪。丈夫走进卧室,把儿子抱进怀里,又亲又咬。看着他们幸福的表情,她无奈地摇了摇头。如果真说出那件事,丈夫该如何对待那个人,儿子以后还怎么去面对爷爷呢?

四

午饭她做得一点都不用心,一盘炒蒜薹盐放多了,吃一口苦咸苦咸的,一盘烧芸豆又忘了放盐。丈夫指着蒜薹开玩笑,打死卖盐的了。

电话就是这时响起来的。丈夫嘴里还嚼着一口饭,拿起话筒喂了一声,然后就握着话筒呆住了。丈夫的嘴张着,不说话,也不动,没有咽下的饭粒和菜就在里面含着。她觉出异常,问怎么了。丈夫手里的话筒啪嗒一声落在柜子上。旋即,丈夫突然几步冲进卧室,从床头的柜子里抓出一把钱,就往门外闯。她的心里越发紧张,搞不清究竟发生了什么事。丈夫打开房门后,总算说了一句:"接小力回来的路上,咱爸出了车祸,我现在得去医院。"她还想说点什么,没等开口,丈夫就冲出了门。她愣在门口,望着敞开的房门发呆。儿子跑过来,拉她的手问:"妈妈,爷爷怎么了?他还能和咱们一起捉迷藏吗?"

她关上房门,把儿子抱在怀里,脸埋在儿子的脖颈后,悄悄地流出了眼泪。她不知为什么会哭,是窃喜还是悲痛,眼泪就是流个不停。儿子转过头,用一只小手给她擦泪,嘴里说:"妈妈不哭,妈妈听话。"

丈夫走后,她一直心神不宁。得知那个人出车祸的消息时,有一瞬间,她的脑子里电光石火地闪过一个念头:这是天谴,是报应,是罪有应得。但很快,她就惴惴不安起来,怪自己心肠狠毒,她甚至想,会不会正是因为自己的诅咒,才发生车祸的?

丈夫一直没打电话回来,她想给丈夫打个电话,问一问情况,几次手落到电话机上,又缩了回来。时针指向五点时,她抱起儿子出了门,直奔自己的父母家,把儿子托付给母亲后,就急急忙忙往医院赶。

走在住院部长长的走廊里时,她忽然有些犹豫,在心里问自己,现在,真的有勇气去面对他吗?如果见了面,双方会不会都觉得无比尴尬?她的脚步不由得慢下来,心也开始剧烈地跳动。几十米的走廊忽然就被拉长了,仿佛永远也走不到头。但她没有停下来,还在一步一步地往前走。走廊好像突然浮了起来,变成了一条悬空的通道,不时从她身边经过的人,离她非常非常远,就像处于不同的时空之中。她的脚下软绵绵的,好像每一步都踩在云朵上,她走得像梦游一般。

五

丈夫的喊声把她从梦游中唤醒。她停下脚步,猛然抬起头,见丈夫正愣愣地看着她。仅过了半天工夫,丈夫似乎一下老了许多,

钥匙

身体委顿,脸色憔悴,双眼通红,脸上还挂着泪痕。她没有说话,怔怔地看丈夫。丈夫把目光移开,冲她摇摇头。一个小护士手拿一瓶盐水,一阵风似的刮过来,经过他们身边时,语速很快地问:"305床醒过来没?"丈夫又摇摇头。护士推开门进了病房。

丈夫不停地抽烟,她靠在走廊的墙壁上发呆。墙很凉,一股股寒气传进她的身体里。沉默了好一会,她总算想起来,问:"还没吃晚饭吧?"丈夫摇摇头。他们一时又都不说话。病房门突然打开,大伯拿着手机走出来。看到她在,大伯点了点头。放下手机,大伯说,肇事的司机找到了,交警队让他们赶快去一趟。丈夫走出十几步后,回头看了看她,冲病房的方向指了指。

丈夫的意思是让她进去照顾那个人。她想把丈夫喊住,但只是张了张嘴,没有发出任何声音。即便喊住了丈夫,她其实也不知道该说些什么。丈夫和大伯的身影消失在走廊尽头。她在病房门口犹豫不决,不知道应不应该走进去。踮起脚尖往病房里看了看,目光能够看到的三张床上,躺的都不是那个人,大概他在靠近走廊这一侧的床上,正处于视角的盲区中。她忽然想起刚才那个护士的问话,那个人应该还没有醒过来,她轻轻推开门,走进了病房里。

和她想的一样,那个人正躺墙边的角落里。她一步一步地慢慢走过去,好像是怕把那个昏迷中的人吵醒。那个人双眼紧闭,脑袋上缠着纱布,脸惨白得像一张纸,显得无比苍老。病床的两侧各有一个吊瓶支架,三根输液管垂下来,连接在那个人的左手和右手上。她没有坐到靠近那个人旁边的椅子上,站在床脚前,静静地看着这一切,忽然产生了错觉,好像自己正身处于一场梦中,如果能一下子醒过来,眼前的事情还有昨晚的遭遇,是不是都能统统扔在梦中呢?

123

烟囱里的兄弟

这一切来得真的太突然了。

一个声音把她拉回到现实里,说话的是和她婆婆年纪相仿的老太太,问她是患者的什么人,又问那个人的年纪。她机械地一一回答了,还努力笑了笑。老太太叹口气,摇摇头说:"你公公撞得太重了,这么大岁数,两条腿截了,就算把命捡回来,也活不了几天了。"

她向那个人看过去,棉被的下半截空空如也,只有身体的上部鼓起半个人形来。老太太又说:"出急救室两个多小时了,不知道能不能醒过来,醒了也是遭罪啊!"她没说什么,摇了摇头。她也不知道,如果此时躺在床上的那个人醒过来,她是不是立刻就会从病房里逃出去。

她向前走了几步,不知不觉坐在那张椅子上。那个人就躺在自己的旁边,虽近在咫尺,但又仿佛无比遥远。她看得清他下巴上花白色的胡楂儿,看得清他两只眼角放射状的鱼尾纹,看得清他脸上一个指甲大的伤口,看得清他额头上三道深深的皱纹,看得清他两只手上凝固的血迹。这个人,此时显得无比软弱,就像一张揉皱的纸,被随便扔在地上,随时都会被一阵风吹走。

她忽然发现,那个人紧闭的一只眼睛似乎动了一下,心里不由得一惊,但仔细看看,似乎根本就没有动。一只吊瓶里的药马上就要打完了,她站起来,探着身子去按床头上的按钮。就在她的身体经过那个人脑袋上方时,她突然听到下面传来缓缓的叹息声。她吓了一跳,匆忙按了一下,赶忙缩回了手。

那个人果然醒了过来,他显然还不知道自己遭遇到了什么,眼睛好奇地眨了眨,身体扭了几下,忽然开口问了一句:"我的腿,我的腿咋用不上劲?"他还没有看到她,这句话更像是自言自语。

她尽量把身体缩小,似乎这样就可以逃过那个人的目光,也能躲开这个无法回答的问题。那个人的脑袋转了转,还是看到了她。她看见,他们目光接触的一瞬间,那个人的眼神忽然软了下去,就像一只胆小的老鼠一样躲了起来,惨白的脸也突然红了一下。她从他的目光中看到了愧疚、歉意和悔恨。那个人的嘴角动了动,好像轻轻喊了声她的名字。她没有回答,但点了点头。

六

她坐的位置在那个人的侧后方,他只有努力扭动脖子,翻着眼睛,才能够看到她。越过他的面孔,她看见对方的喉结上下移动着,好像还要说什么。她不知道该坐着不动,还是该立刻走出病房,她很害怕此时此刻对方说什么道歉的话。幸好,护士进来换药了。

护士见那个人已经醒了,急忙去喊医生。医生做了一番检查后说已经过了危险期,还告诉她可以进一些流食。那个人忽然问到孙子小力,医生告诉他只是受了些轻伤,几天后就能出院。那个人又问医生自己的腿怎么使不上劲。医生无奈地摇摇头,告诉他已经尽了全力,双腿实在是保不住了,能留住一条命,就算是奇迹了。那个人轻轻叹息一声,就再也不说话了。

看到面前那个人紧闭双眼,一言不发,她觉得自己该安慰他几句,但只张了张嘴,却又不知道该说些什么。如果没有昨晚的事,她可能会很自然地说,爸,你要想开点。但现在,这句话却无论如何都说不出口。医生离开后,几个陪护的家属也去食堂打饭了,病房里突然显得无比寂静,她甚至听到了那个人呼吸的声音。丈夫和大伯

烟囱里的兄弟

一直没有回来,她感觉自己已经待不下去了,说了声去买饭,就逃跑似的出了病房。

端着买回来的粥走进病房时,她才忽然意识到,那个人没有办法自己吃东西,只有靠她去一口口地喂。那个人却似乎没去想这些事,一直闭着眼睛不说话,一副与己无关的样子。她心里有些生气,把盛粥的碗重重地放在床边的柜子上,碗底磕在木制的柜面上,发出很大的声响。那个人吓了一跳,吃力地转转脑袋,翻着眼睛有些吃惊地看着她,脸上露出了一副惶惑无主的表情。她顿时有些后悔,指了指柜子上的粥说:"吃饭吧!"

她把汤匙插进粥碗里,搅了好一会儿,才终于鼓起勇气盛了一匙粥,送到了那个人的嘴边。那个人张开嘴时,她看见了两片干裂的嘴唇和一口残缺不全的牙齿。她尽量把自己的身体离那个人远些,胳膊伸得很长,汤匙和嘴巴之间就形成了一个很别扭的角度。第一口粥,只有一半喂进了那个人的嘴里,另一半漫出来,流到了他的下巴颏上。她四处找可以擦的东西,但找来找去,却一无所获,她犹豫了一下,从随身带的皮包里翻出自己的手绢,把流出来的那些粥擦掉。喂第二口时,她把椅子向前移了移,身体离那个人近了些,一只手端着粥碗,另一只胳膊在他的面前画出一个半圆,把粥送到他的嘴里。这次,一口粥全都喂了进去。吃粥时,那个人一直闭着眼睛,似乎始终都不敢看她。她感觉那碗粥好像没有穷尽,怎么都喂不完。喂到一半时,那个人摇了摇头,从喉咙里咕噜着说吃饱了。她如释重负地放下碗,暗中长出了一口气。

吃过饭后,那个人又闭上了眼睛。在椅子上坐了一会儿后,她端起粥碗去了水房,把剩下的粥倒掉,把碗洗净后,她在水房门口给丈夫打了一个电话。她想问问丈夫他们什么时候能回来。电话接通后,里面即刻传来一阵乱七八糟的争吵声。丈夫喊着问她有什么事。她只得说:"你爸醒了。"丈夫显得很兴奋,并没有留意她把"咱爸"改成了"你爸",嘱咐她一定要照顾好老爷子,他们还在说车祸的事,要过一会儿才能回来。她只得勉强答应了一声。

七

挂断电话后,她端着那只空碗回到了病房里,硬着头皮又坐到床头的那只椅子上。那个人似乎也意识到了什么,一直闭着眼睛,既不说话,也一动不动。

又有一瓶药挂完了,她探着身子,按了床头的按钮。护士换完药叮嘱她说,截肢时病人打了大量的麻药,很可能会出现大小便失禁的情况,让她多注意点。听到这话,她的心里不由得一惊,如果真出现这种情况,她该如何是好呢?愣愣地坐了一会后,她走出病房,又一次拨了丈夫的电话。电话里像刚才一样,传来一阵争吵声。丈夫显然有些急,冲着什么人喊了一声后,大声地问她有什么事。她把想说的那句话咽回了肚子里,只是说了句:"你爸现在挺好的,刚才还吃了半碗粥。"丈夫又像刚才一样叮嘱了她一番后,就急忙挂断了电话。她呆呆地听了一会忙音,叹息一声,收起手机回到病房里。

在床头的椅子上坐了十几分钟后,她闻到了一股浓烈的臭味。开始,她尽量说服自己没有什么味道,这只是她的一种错觉,是鼻子出了岔子,但后来味道越发地重了,她知道自己再无法骗过自己了。她从椅子上站起来,把头扭到一边,俯下身子,伸出一只手把那个人

烟囱里的兄弟

身上的被子撩开一个角,那股臭味随之更加浓烈了。她急忙把被子盖上,似乎那样一来,就能够把味道捂住,让她自己避免接下来的难堪。

刚才和她搭话的那个老太太也闻到了臭味,问她是不是病人大便失禁了,她只得点了点头。站在床前犹豫了好一会儿后,她把盖在那个人下半身的被子撩了起来。让她没有想到的是,那个人的身体竟然赤裸着,她脸倏地一红,急忙把被子放下来,几乎是一下子跌坐到椅子上。过了好一会儿,她感觉自己的心还在像打鼓一样地跳,但她心里清楚,眼前的残局却不能不去收拾。

她长出一口气,静了静神,去水房打回了半盆热水,又一次把被子撩开。大概是考虑到手术后,伤口可能会渗出血,那个人的身子下垫了一块医用的垫子。她把自己的手绢弄湿,侧着脑袋,去擦那个人身体上的秽物。那个人始终闭着眼睛,一动不动地听任她的摆布。当她不可避免地把目光落在那个人的身体上时,忽然产生了一个错觉,她正在照顾的并非曾经伤害过她的一个老男人,而是自己的儿子。她的心里忽然升起了一股母爱,一种像对自己的孩子一般的疼爱和呵护。

接下来的事情,她做得非常自如,不再刻意地避开那个人的身体,一下一下擦得非常细致。这些事做完后,她用力搬起那个人的身体,把那只弄脏的垫子撤了下来。在水房里洗净了垫子,她打来一盆热水,又给他擦了第二次。倒掉脏水,打了一盆干净的热水,她给那个人擦洗脸和手。她做得很慢,很细致,躲开扎在手上的针头,把每一寸皮肤都仔细擦净。她做这些事情时,那个人始终紧闭着眼睛,好像是睡着了,又好像是又一次陷入了昏迷之中。给那个人擦

钥匙

脸时,她发现他的眼角里涌出了两道泪水。她淡淡地笑了笑,轻轻把眼泪擦掉。但一转身,眼泪又涌了出来,她再次擦掉,还轻轻在那个人的脸上拍了拍。

低下头洗盆里的手绢,她隐隐约约地听到那个人轻声说了三个字:对不起。她没有理会,端起盆子走了出去,到护理站要了一只干净的垫子,给那个人铺在了身子下。

坐在床头的椅子上,看着面前躺着的那个人,她蓦然感到,人的生命原来是如此奇怪,那些经过的漫长的岁月,不过是划出了一个圆弧,从终点回到起点时,人,又回复到了他呱呱坠地时的形态。

丈夫他们回来时,她已经迷迷糊糊地睡着了,简单地交代一番后,她和丈夫告了别。离开之前,她探着身子看了看那个人,他已经睡熟了,发出均匀的呼吸声。和来时截然不同的是,走在路上的她显得无比轻松,就像一个刚刚把孩子哄睡的母亲,终于可以到外面透透气放松一下的感觉。

手伸进口袋里时,碰到了一个硬硬的东西,是她早晨摘下来的那把钥匙。她把钥匙拿出来,握在手心里,向公公的家走去。她想,这把钥匙还是继续让它挂在墙上好一些。

烟囱里的兄弟

诺洁斑马线

佳惠和成发的铺子在四马路上。四马路这名字叫得有些土,其实是一条挺繁华的商业街。街两边五花八门的店铺一家挤着一家,从街东一直挤到街西。街虽不长,但餐饮娱乐、日用百货、发廊浴池、副食水果、卫生医疗、服装鞋帽,各行各业各门各类,应有尽有。连文化也有,路北就有一所小学——四马路小学。佳惠和成发的铺子在路南,正对着小学的大门口。他们的铺子,名字起得有些虚张声势了——诺洁大染房,其实只是个两米宽三米长的小档口,叫诺洁洗衣染衣店似乎更合适些,也更谦虚些。佳惠开的就是洗衣染衣店。这个门面当初是她先租下的,店名也是她起的,诺洁,是她女儿的名字。开业没多久,佳惠就有些后悔了。租金太高,生意有限,一间铺子只用了半间,显见得资源就有些浪费了。那时候,成发还在四马路边的一个小巷口摆修鞋摊,正筹划着从手工修鞋迈进到机器修鞋,急需盘下一个门面。很自然的,两个人就谈妥了,开始合租一间铺子,租金、水、电、煤气,都是一人一半。佳惠把西边半间腾出来给了成发,两人一东一西靠墙各摆一张小柜台,中间留出一条半米左右的过道。开始,成发对店名有些异议,但只是在心里转了转,没等当面向佳惠提出来,自己就先想通了,凡事不都要有个先来后到嘛!如果是自己先租下的,很可能就叫成发修鞋店了。想通后,成发就笑了笑,第二天就在玻璃门里立上了一块木牌子——机器修鞋、改尖换底、价格公道、保证质量。

　　没有顾客上门时,诺洁大染房是非常安静的,除了电熨斗从衣物上压过的刺啦声和轧鞋的机器声,就再听不到别的声音。佳惠和成发都是聋哑人。属于佳惠的半间挂了好多的衣物,刚收的活准备洗的、洗过后准备熨烫的、各项程序都已经做好专等顾客来取的,都那么在店铺里挂着。她就在这些衣物的缝隙间工作。而成发呢,多数时候是在那台一人多高的机器后面忙。第一次走进铺子里的人,往往找不到店铺的主人,就会猛然产生一个错觉,以为自己哪一步迈错了,踏进了一间魔法屋,电熨斗和修鞋机器都像被施了法术,主动在工作。来人就会茫茫然地愣上几秒钟。很快,佳惠或成发迎出来,冲来人点点头笑一笑,指指柜台上的价目表。他们的各项服务都是明码标价的,无须讲价,讲了他们也会冲你摇摇头,笑一笑,指指自己的耳朵,表示听不见你说了些什么。

　　手头的活都干完了时,两个人也会聊聊天儿。坐在各自的柜台后,躲闪着那些垂下来的衣服,擎起双手冲着对方比画几下子。他们谁也没学习过通用的手语,比画的都是自创的路数,聊的也多是些简单的话题。开始时,也闹过一些小误会。佳惠指指成发的鞋,再指指那台修鞋的机器,意思是问他自己的鞋坏了是不是也用这机器修。成发呢,就理解成了修多少双鞋才能买回那台机器,在心里算了好半天,才用手比画了一个数字。佳惠先是愣一下,旋即就明白成发会错了她的意思,止不住就笑了。只有笑容,没有笑声,笑像一朵花似的,在佳惠的脸上静静地绽放开。成发也就知道自己弄错了,脸一红,羞涩地挠挠脑袋。不久后,他们的交流就顺畅了,不管一个人想说什么,另一个人马上就能明白对方的意思。若是正赶上

烟囱里的兄弟

一个人不在铺子里,恰好来了找他(她)的顾客,另一个人就会替对方接待一下。洗衣物修鞋的,取衣物取鞋的,从未出过一次差错。等离开的人回来时,比一个简单的手势,就心领神会了。

他们合租一间铺子,配合得如此默契,又刚好都是聋哑人,经常就会有人将他们错当成夫妻,看看佳惠,再瞅瞅成发,喷着嘴说:"你们两口子,这生意做得可真不错啊!"别人说什么,他们当然都听不到,但他们从那人脸上的表情看出了话里的意思。最初遇到这情况,两个人都很紧张,一齐红了脸,急忙摇头摆手地解释。但解释来解释去,人家却往往并不相信。后来,两个人就懒得去解释了,自己心里清楚就行了,别人愿意咋说就随他们说去吧!再有人说他们是夫妻时,两个人就都沉默着,有时候还会穿过衣物的缝隙飞快地交换一瞥会心的眼神。若是成发的老婆刚好在店里,听到有人这么说,就会嘻嘻地笑着指指佳惠,再指指成发问那人:"你说她是他老婆,那我是他什么人?"对方意识不到是自己弄错了,上上下下地打量她一番:"你呀,和我一样,也是顾客,不是来洗衣服的,就是来修鞋的。"这时候,佳惠就坐不住了,从柜台后站起来,把成发的老婆和成发拉到一起,冲人家做一个手势。做这些事时,佳惠的脸始终通红,额头上还会急出一层汗。成发的老婆见佳惠这样,笑得就更开心了,反过手来,一下捉住佳惠的手,硬把她往成发的身边拉。直到佳惠急得直跺脚,眼睛里就要流出泪来了,成发的老婆才罢手。私下里,成发不止一次告诉过老婆,下次别再拿佳惠开玩笑,但一到了下次,成发的老婆照样会玩这个恶作剧。成发就非常不欢迎老婆来店里。阻拦了几次后,成发的老婆就撇撇嘴,斜着眼睛看看成发比画着说:"不愿意让我去,是不是你们俩真有点儿什么事?"成发气得

诺洁斑马线

跳起来,跺着脚,指天画地起誓,硬拉着老婆到窗口边,拍拍自己的脑袋再指指窗外马路上的汽车,意思是说,撒谎就让车撞死。

其实,不怪人家会把成发的老婆当成顾客,她和成发看起来真的不太像两口子。她长得漂亮,打扮得也很时髦,虽然也是个残疾人,但乍看之下,没谁能发现她哪里有残疾。仔细端详一番,才会发现她的左眼不太对劲,她的左眼是一只义眼,几乎达到了以假乱真的程度,就连商场负责招聘的都没发现问题,让她顺利地做了营业员。也正因此,成发就有些怕老婆,处处迁就她。

成发拦挡不住,他老婆就像过去一样经常去店里。有时候是拿着自己的衣服去让佳惠洗,有时候是把鞋扔给成发让他去修,更多的时候是去找成发要钱。她好打扮,习惯了用高档化妆品,穿时新的衣服,这些东西显然都要用钱去买。她工作的商场也在四马路上,和诺洁大染房相隔不过几十米,抽个空就走来了,进了门也不说什么,把一只手摊开放在成发的柜台上,成发就乖乖地把钱放在那只手上。如果觉得钱少,成发老婆的那只手就不肯收回来,手背轻轻在柜台上磕几下,成发就再次把钱放进去。她找成发修鞋,当然是不必给钱的,找佳惠洗衣服,也从来没有提过钱的事,好像佳惠就理所应当地该让她享受免费服务。成发呢,当着老婆的面也不提钱的事,等老婆一走,就赶忙把钱摆在佳惠的柜台上,价目表上是多少,就给多少。佳惠不肯收,把钱放到成发的柜台上。成发就抓起钱,再一次送回来。两个人无声地拉一会儿锯,往往成发就会站起身,把钱抓起来,用两只手抻平,做出一个要撕破的动作,然后重重地把钱拍在佳惠的柜台上。佳惠就屈服了,脸一红,把钱收进柜台下一只铁盒子里。盖上铁盒子的盖子后,佳惠会轻轻地摇摇头。这摇头的意思,就只有她自己心里清楚了。是怪成发不该硬把钱给她,还是为成发娶了那样一个老婆而鸣不平?两个意思似乎都有。收了成发的钱,到午饭或晚饭时,佳惠就会让女儿端过一样菜来给成发。

每天午饭和晚饭时,店铺里总是显得非常热闹,因为有了小学生诺洁。成发的老婆是不来店里吃饭的,午饭不来,晚饭也不来,她嫌店里的味道不好,熨衣服的蒸汽味和鞋臭味,让她每次进店都会把鼻子捂起来,更别说在这里吃东西。诺洁就在对面的四马路小学上学,读二年级,小姑娘长得漂亮,还聪明伶俐,店里有了她,就仿佛有了欢乐的源泉,只要她一进店门,欢乐就会咕嘟咕嘟地往出冒。每天午饭和晚饭时,佳惠的脸上就绽开一朵花,成发的脸上也会绽开一朵花。

那时候,为了诺洁上下学方便,佳惠母女吃住都在店里。属于佳惠的东半间迎着门摆的是一张柜台,柜台后是挂起来的衣物,衣物后并排摆着干洗机和洗衣机,紧贴着机器从棚顶上垂下一道布幔子,一张单人床就隐藏在幔子后,靠着床用细木工板封闭出一个小空间,这就是厨房了,佳惠每天在这里做早午晚三顿饭。诺洁出事后,佳惠先是把床拆掉了,不再住店里,那间小厨房却还保留着。又过了一段时间,厨房也拆掉了,佳惠就和成发一样每天不是从家里带来饭菜,就是随便买点什么东西对付着。

虽然学校和店铺之间只隔了一条马路,但每当诺洁上学放学时,佳惠总是显得非常紧张,过马路去接,再送过马路去。四马路是很繁华的,每天从早到晚路上的车都川流不息。多数司机开车都很小心礼貌,知道这里有学校,就放慢了速度。但也有些司机蛮横无

诺洁斑马线

理,跟马路杀手似的,偏要把车开得飞快,还一路把喇叭按得嘀嘀响。佳惠的担心并不是多余的。但诺洁对妈妈的小心却不以为然,即便是佳惠去接去送了,她往往也不肯让妈妈牵着自己的手,瞅个空子就飞跑过马路。佳惠喊不出来,只能在后面干着急,等到她急三火四也过了马路,抬头一看,诺洁正冲着她做鬼脸呢!为这事,佳惠没少教训诺洁,还打过她几次。诺洁挨了打骂,就抹着眼泪贴到成发身上评他评理。成发看看佳惠,她正板着脸坐在柜台后生闷气。成发再看看诺洁,抬起手在孩子的头顶上摩挲一下,比一个手势,意思是让她听妈妈的。诺洁就气得嘟起嘴,指指成发,指指佳惠,再指指自己的鼻子。孩子的意思两个大人很容易就看懂了,说的是他们俩是一个鼻孔出气儿的,成发和佳惠互相看一眼,就都无声地笑了。佳惠不再生气,踅进厨房里,一转眼,饭菜的香味就随着她从厨房一路飘到柜台上。店铺太小,吃饭时佳惠是不摆餐桌的,她的柜台就成了餐桌。开始,把饭菜摆好了,佳惠都会让一让成发,她自己让,也指使诺洁让,不论谁让,成发都是不停地摇头,三口两口就把自己的饭吃完,抹抹嘴,逃跑似的躲到修鞋的机器后。后来,佳惠就不再让成发了,把菜每样拨出一部分,示意诺洁给他端过去,这样一来,成发就不好再拒绝了。但吃佳惠的菜时,他显得非常羞涩,就像第一次跟着大人参加宴席的小男孩似的,眼睛不敢看别人,也不敢盯着盘子里的菜,该盯着哪里呢?自己也不知道。佳惠看到他这样子,就用胳膊肘悄悄捅捅诺洁,母女俩就会心地一笑。诺洁吃得总是很快,马马虎虎地抹抹嘴,把碗推开,就蹦跳着出了门,上学的时间还早得很,小女孩儿把皮筋系在店铺门前的两棵柳树上,自己一个人跳着玩。佳惠见了,就急急忙忙地要往外跑,成发不明

烟囱里的兄弟

白她要干什么,佳惠就手舞足蹈地解释,但怎么解释成发也看不懂。佳惠就找出纸笔,飞快地写下一行字。原来,她是担心刚吃完饭就运动,会造成消化不良。成发看明白了,就赶在她前面走出门,拉起诺洁的手向东或者向西走,回来时,诺洁的手上就会多一样吃的东西。走到店铺门口时,东西差不多就吃完了,皮筋还在树上系着呢,诺洁就接着跳起来。小女孩儿梳着一对羊角辫,身子跳起来,两根小辫子也跟着跳起来,出奇地招人喜欢。成发回到店铺里,隔着玻璃门站在他的柜台前看得发呆,转回身时才发觉,佳惠也在她的柜台前看得发呆。两个人互相看一眼,就会心地一笑。

佳惠从未提起过诺洁的爸爸,成发也从未想要问过。在成发看来,这些都是个人的秘密,就像他和佳惠谁也没向对方说起过自己是如何聋哑的一样,都是只能留在自己的心里,没有必要让别人知道的事情。但成发这样想,有些人却并不这样想。他们铺子东边卖土豆粉的胖女人,西边开文具礼品店的瘦老太太,就对诺洁的爸爸非常感兴趣。几次缠着佳惠刨根究底地问,佳惠不理,装作听不懂她们的意思,她们就转而去问小女孩儿诺洁。拉着诺洁的小手,亲热地拍几下,问:"咋总不见你爸爸来店里呢?"诺洁眨眨眼睛,反问:"爸爸是啥东西呢?"对方听她这么说,吃惊得把嘴巴张成狮子口:"这孩子,连爸爸是啥都不知道吗?"诺洁老实地点点头。对方说:"爸爸不是东西,是个人,一个男人,他和你们母女一个锅里吃饭,每天晚上都和你妈妈睡在一张床上。"还说,"每个小孩都有爸爸,没有爸爸是不可能的事。"诺洁转转眼珠,已经在心里想到了一个人,就是成发。但她知道,成发叔叔晚上是不睡在店铺里的,更不会和妈妈睡在一张床上,和妈妈睡一张床的是她自己。所以,她就不敢确定成发就是自己的爸爸。

这天晚上放学,诺洁是哭着回来的,一进门就问佳惠爸爸在哪里,还哭着喊自己不想当小野种。佳惠开始没明白女儿的意思,等到明白过来了,就用双手掩起脸,无声地哭。成发走过来,写了几张纸条,问清楚了事情的原委。原来诺洁这天下午在学校问了几个同学,人家都有爸爸,有一个同学还对她说没有爸爸的孩子就是小野种。成发又问诺洁为啥要问这件事,诺洁就说了左右两个铺子里的人问她爸爸的事。成发知道了原委,气得额头上暴起了青筋,用很粗的黑笔在两张纸上分别写下了一行字,出门就去了左右两家店铺,进门啥也不说,啪的一声就在柜台上拍下一张纸,然后推开门就走。胖女人和瘦老太太好半天也没反应过来,不知道这个哑巴成发抽的是哪根筋。就去看纸上写的字,不偏不向,写的都是:以后不许再问诺洁的爸爸。胖女人和瘦老太太凑在一起,交换看了纸上的字,就不约而同地冲地上呸地吐一口,瘦老太太说:"狗拿耗子多管闲事。"胖女人神神鬼鬼地用胳膊肘捅捅她,脑袋向成发和佳惠的店铺方向扭一扭,把厚厚的嘴唇凑到瘦老太太的耳朵边:"未必是多管闲事,那俩人成天到晚在一起,没准真有点儿啥事呢!"瘦老太太也猛然反应过来,鸡啄米似的点头:"现在的人也真没准,俺家那老不死的,六十多了,还总惦记着找小姐呢!"胖女人一拍大腿:"谁说不是呢?俺家那个缺大德的,狗屁能耐没有,兜比脸都干净,也偷偷摸摸地给骚娘儿们发短信呢!"两个人说着说着发现离了题,又不约而同地把话扯回来,用手向隔壁的店铺指一指,同时疾恶如仇地向地上狠狠地吐一口。

这些事,成发和佳惠当然是不知道的,即便这些话是当着他们面说的,他们也很难领会出话里的意思。也算是好事吧,他们用自己的方式在店铺和外界之间修起了一道墙,这墙让他们远离了繁华和喧嚣,远离了是非和世俗,他们就躲在那道墙后面,安静地做着自己手上的事。

但从这事以后,诺洁就正式提出来下学和上学不要佳惠接送了。女儿的意思,佳惠心里明白,孩子是怕有同学问起"为什么总不见爸爸接送"。这个问题,诺洁没办法回答,佳惠当然也没办法回答,就只能听女儿的,让她自己走。诺洁每天要过四次马路,早晨一次,中午两次,晚上一次。每当诺洁过马路时,佳惠就显得非常紧张,两只手握成拳头,眼巴巴地站在玻璃门后看,直到诺洁平安过了马路,才会长长地出一口气,张开手,手心里已经握出了两团汗。成发看在眼里,就主动向佳惠提出来由他接送诺洁。佳惠很感激地同意了。开始,诺洁也非常高兴,而且过马路时还同意成发拉着她的手。但几天以后的一个中午,还没到上学时间,诺洁忽然自己跑过了马路,没有等成发去送她。下午,佳惠打开装钱的铁盒子时,从里面找到一张纸条,上面写着一行字:妈妈,同学们都笑话我找不到亲爸爸,找了个哑巴冒充爸爸。佳惠看完了纸上的字,心就尖锐地疼了一下,浑身颤抖着,眼泪啪嗒啪嗒地落下来,一滴追着一滴地砸到柜台上。成发走过来,也看了纸上的字,好像当头挨了一闷棍似的,一下跌坐在柜台后的椅子上。两个人谁也没说什么,看着对方发了好一会呆。只有这时,他们才感觉到,原来无法真正地远离外界,外界是把尖锐的锥子,说不定什么时候就会扎穿他们的那堵墙,让他们的心受伤流血。

几天后的傍晚,诺洁就出了事。一个刚从饭店喝多了酒出来的

诺洁斑马线

司机,开着汽车撞倒了诺洁。佳惠当时是眼睁睁地看到女儿被撞倒的,"呀"地发出一声怪异的尖叫,就疯了似的冲出门。成发发现不对,也紧跟着冲出了门。诺洁躺在血泊里,佳惠已经彻底吓傻了,只知道跪在女儿的身边哭。成发弯下腰,抱起诺洁就往旁边的医院跑。一路上,诺洁始终都睁着一双亮晶晶的眼睛,甚至还用双手搂着成发的脖子仰起上身,在成发的耳边说了两个字。成发跑得飞快,感觉到女孩儿嘴里的热气吹到了他的耳朵上,让他的耳朵有一种温暖的酥麻,知道诺洁说了话,但他猜想诺洁说的大概是"叔叔"两个字。其实,诺洁喊的是爸爸。说完了这两个字,诺洁的小脸上就绽出了微笑,眼神黯淡下去,两只胳膊也缓缓垂了下来。成发跑进急救室时,孩子已经停止了呼吸。

诺洁带走了佳惠的魂儿,她常常痴呆似的发愣,手上的活干着干着就会停下来,傻傻地抬起头,透过玻璃门看门前的马路。也许她是在想,还能看见诺洁像从前一样蹦跳着跑进店铺里。成发的心也始终揪着,想劝劝佳惠,却又找不到什么法子,急得他常常用修鞋的铁锤狠狠地去砸撑鞋的铁鞋托,砸得火星四溅,累得满头大汗,才停下手来。佳惠的心思不在活上,不可避免地就出了问题。熨衣服时忽然发起呆,手里的熨斗忘记了移动,把顾客的一条裤子烫煳了。裤子的主人是个蛮横无理的女人,给赔偿不行,偏要一条一模一样的裤子。佳惠心里烦,也发了脾气,一把将裤子扔在地上。那个女人就动了手,一巴掌扇过来。没有打到佳惠,打到的是成发,他见情况不对,急忙拦在了佳惠身前,巴掌落在他的肩头上。那个女人没有停手,另一只巴掌又抡了过来,这次落在成发的左脸上,打得啪的一声响。成发没有动,两只胳膊张开,护住佳惠。那个女人见成发出头,火气更盛,抓起柜台上的一把木尺,劈头盖脸打下来。成发不动,也不还手,就那么等着挨打。直到把木尺打折,那个女人才停下手。成发从地上捡起那条裤子,笑着递上去,又另给了她一笔钱,算作赔偿,总算把事情了结了。

那个女人走后,佳惠看见成发满脸伤痕,肩膀和脖子上都肿起了红道子,额头也渗出了血丝。她跑出门买回了药水,把成发拉到里面的床边,用棉签擦他身上脸上的伤。擦着擦着,佳惠的手就不动了,忽然搂住成发的脖子痛哭起来。成发没有躲开,抬起一只手揽住了佳惠的肩膀。佳惠的泪水落在成发的脸上,又顺着脸颊流到他受伤的肩膀上。这是诺洁走后,佳惠第一次尽情地痛哭。

这以后,佳惠的情绪开始好起来,又能像从前一样安心地干活了。只是面对成发时,佳惠的脸上经常会掠过一缕羞涩的红晕。成发面对佳惠时,也会突然地一阵慌乱,几次铁锤都砸到了手指上。他们似乎都意识到了什么。几天后,佳惠拆掉了那张床,晚上不再住到店铺里,搬进了附近一间出租屋。成发心里清楚这是为什么,但他什么也没说。

日子似乎又恢复了从前的样子,佳惠和成发又躲进了他们安静的世界里,每天一东一西,各忙各的活。成发的老婆还像过去一样,不时就会来店里转一转,要钱、修鞋或者洗衣服。只是每天中午和晚上,佳惠多了一件事,临到放学时,她就会手里举着一面自制的小旗站到路边,保护那些学生过马路。但学生们往往并不听她的指挥,另外她一个人也只能照顾到一边,喊又喊不出,只能看着横穿马路的孩子们干着急。成发也想和佳惠一起站在马路边,但他没有这个勇气,几次想从店铺里走出去,最终还是放弃了。

诺洁斑马线

佳惠是在一天下午发现那张纸条的。多年来,她已经养成了一个习惯,洗顾客的衣服前,总是先把每一个口袋都掏一掏,经常会有人马马虎虎,把什么东西忘在口袋里。佳惠发现了,就会把东西放在柜台下,等顾客来取衣物时,一起交给他们。这些年她发现的东西,钱、单据、身份证、通讯录、银行卡什么的都有。这次她发现的是一张纸条。她本来没想看纸上写了什么,但纸条上的字很少,字写得又很大,随便一搭眼,上面的内容就一览无余了。就是这么匆匆一瞥,让佳惠的心一沉,拿起纸条又仔细看一遍,没有错,纸上确实写的是:亲爱的,今晚六点,金厦303。字明显是一个男人写的,而这张纸条,是从成发老婆的衣服口袋里找到的。

整个下午,佳惠一直有些魂不守舍,在心里翻来覆去地想,要不要把这张纸条交给成发。给呢,怕成发夫妻会因此闹矛盾;不给,又替成发感到委屈。想来想去,她还是决定瞒住这件事,把纸条揉成团,悄悄扔进了柜台下的垃圾袋里。无论如何,这纸条是不能再给成发的老婆了。

纸条扔了,这件事情却不肯轻易从佳惠的心里过去,她不时地就会替成发担心,怕将来他的家庭会出现什么变故。她偷偷看一眼忙碌着的成发,看上去他对此还浑然不觉,根本想不到老婆会背着他干些什么。佳惠就在心里为成发轻轻叹一口气。

佳惠担心的事情还是发生了,好久也不见成发的老婆再来店里,连衣服也不来取,而成发呢,变得越来越沉默,不再和她聊天儿,没事儿时就一个人坐在柜台后发呆。佳惠知道出了问题,但成发不说,她也不知道该如何去问,只能在心里干着急。好几次,她都想劝劝成发,可成发总是低着头,看也不看她,她就只好放弃了这个打

烟囱里的兄弟

算。一连好多天,诺洁大染房里变得更加安静了,是那种无法言说的安静,安静的下面隐藏着的是可怕的变故。店铺里纵横着一条条情绪的经纬,一股股潜流,却隐忍着,无声无息,无形无迹。佳惠常常会感觉到一种压抑,时不时就会悄悄张开口,长长地呼出一口气。

成发住的地方离四马路很远,骑自行车也要近一个小时的路,但多年来成发从来都是早七点来,晚八点走,就连刮风下雨也没有耽误过一点活。成发的生意做得很踏实。这天,整个上午没见成发来店里,佳惠就知道出事了。一个上午,她心烦意乱的,干什么事都不安心,又像诺洁刚离开时一样,不时就抬起头愣愣地去看那扇玻璃门,甚至忘记了要去马路边护着学生们过马路。到吃午饭时,成发终于来了。他是摇晃着走进店门的,裹着一股浓烈的酒气,刚一进门,就扑通一声倒在了中间的过道上。佳惠惊讶得张大嘴巴,连拖带抱费了好大的力气,才把成发搬到店里面的纸板上。床拆掉后,佳惠在原来摆床的地方铺了些纸板,放一些洗衣服的用品。成发躺下了,又挣扎着要起身,佳惠就用两只手按着他的胸脯,不让他起来,轻轻拍拍他的脸,比一个手势,让他睡一觉,说睡醒什么事都会忘记的。成发忽然抓住佳惠的手,把脸埋进她手里,无声地哭起来。佳惠蹲在成发的身边,眼泪也无声地涌出来,一滴一滴落在成发的脸上。不约而同地,两个人紧紧抱在了一起,泪流到了一处。不知过了多久,佳惠的双腿已经蹲得发麻了,从成发的怀抱里抬起头,她发现成发已经睡着了,鼻翼抽动着,脸上还挂着泪痕。佳惠看着成发笑了笑,抬起手轻轻擦干了成发脸上的泪,找来一条毯子盖在成发身上,就安心地去干活儿了。

成发睡了整整一个下午,醒来后情绪好了许多,比画着告诉佳惠老婆已经跟别人跑了。说着,他的脸上忽然露出了笑容,告诉佳惠他把老婆狠狠打了一顿,打得满脸流血。佳惠吃惊地张大嘴巴。成发突然咧开嘴夸张地笑了,比了一个手势告诉佳惠,是刚才在梦里打的。佳惠也跟着笑了,轻轻地推了他一把。

四马路小学放晚学的时间到了,佳惠拿起那面小旗穿过马路站在路边,抬头向马路的对面一看,成发正和她相对站着,手里拿的是自己干活时穿的红围裙。两个人隔着马路比一个手势,就无声地笑了。

从这以后,每当中午和晚上放学时,佳惠和成发就会准时出现在路边,每人手里一面小旗护着学生们过马路。或许是他们的行为引起了重视,有一天,市政部门在诺洁大染房门前的路面上画了斑马线。四马路小学的老师和同学们都亲切地把这处斑马线叫作诺洁斑马线。这是全市第一处有名字的斑马线,不知道在全国是否也是唯一的。

这些事,佳惠和成发都毫不知情,他们只是每天站在斑马线的两端,认真地举起手里的旗子。不时地,他们便会隔着马路,会心地笑一笑。

烟囱里的兄弟

枕　头

一

三十岁生日的那天晚上,我接到了林惠的电话。手机响起来时,我正闭着眼睛,虚张声势地在心里想着,该许个什么样的愿。我并不相信这么干会发生什么奇迹,只不过要制造出一种气氛来,毕竟是生日。但想来想去,我似乎没有什么心愿,也许最大的愿望是我妈别总提起那件事。互相问好后,林惠犹豫了一小会儿,好像攒了攒力气,我以为她会说"生日快乐",想不到她说出的竟然是:"我明天去你那。"这句话吓得我一抖,脑袋里出现了片刻的空白,不知道该怎么回答。等到我想好该说什么时,她已经把电话挂断了。听了十几秒钟的忙音后,我对着话筒说:"不行,不要来。"说得绵软无力,连我自己都无法信服。

我看着桌子上的生日蛋糕发呆,似乎想了很多很多事,其实什么都没想。蛋糕的做工很精美,出自本市最好的蛋糕店——好美康,花了288元。负责订蛋糕的服务小姐是个挺调皮的小姑娘,脑袋摇来摆去地问我写什么字。我告诉她:"祝骆颖生日快乐!"她似乎有些失望,追问了一句:"就这些吗?"我想了想,又加了三个字:"祝亲爱的骆颖生日快乐!"这回她满意了,有些神秘地冲我笑了笑。也许她认为叫啥颖的就一定是个女的,很可能还和我有点什么关系。交了订金,拿到收据,正要推开好美康的玻璃门时,小姑娘在我的背后喊:"落款怎么写?"好像怕我不明白,紧接着又补充了一句,"刚才忘问了,这个蛋糕是谁送给骆颖的?"我没有回头,看着面前的玻璃门答:"是骆颖,骆颖送给骆颖的。"我看见玻璃门上映出了小姑娘张得很大很圆的嘴巴。

蛋糕上插着的蜡烛已经烧掉了一大半,开始往下滴蜡油,我把它们吹灭,看着烛烟一缕缕消散后,才忽然想起来,我该许的愿是:林惠不会来。

蜡烛熄灭后,屋子里有些黑,我故意没开灯,似乎这样勇气就能足一些。躺在床上又想了一会儿后,我在黑暗中给林惠发了一个短信,告诉她最近工作很忙,让她不要来。大约半分钟后,收到了她的回复,她好像根本没看到我的信息,说的是她要乘坐的车次和到站时间,还命令我去接站。把她的信息读了十几遍后,我把刚才发的短信调出来,又发了一次。她的回信很快就到了,这次只有三个字:不可能。

我想着再给她发一个短信,已经写好了内容,正要按发送键时,手机忽然响了起来,吓了我一跳。打来电话的是我妈,听到她的声音,我的心里就一阵紧张。我妈似乎也有些紧张,说话时小心翼翼的。我妈先祝我生日快乐,紧接着又说:"孩儿生日,娘的苦日。"这句话我听过好多遍,每年我过生日时,她都会这么说。每次听她说这话,我都感觉欠她一笔债,想还却又无法还清。我附和着笑了笑,盼着她能立刻挂断电话。我妈又问到我的身体和工作,我一一回答了。我妈停顿了片刻,还是说出了那句话。我妈说:"三十了,也到时候了,我和你爹都盼着抱孙子呢!"有些鬼使神差,我脱口就说了一句:"我已经有女朋友了。"我妈兴奋起来,颠三倒四地问是干什么的、叫什么名字。我告诉她是大学同学,叫林惠。我听见我妈喊着把这个消息告诉了我爹,能想象得出他们二老欣喜若狂的样子。片刻后,我妈又叮嘱一句:"过几天带回来让我们看看。"我说了声好,就匆忙按了挂断键。

我没再给林惠发短信,但也没想好接下来该怎么做。

二

我在出站口等林惠,心里隐隐约约期待着她不会来。

我和林惠已经交往了十年,大学四年,毕业后断断续续又是六年。我承认自己有些喜欢她,但应该不是那种喜欢,在我心里从来没把她当成过女朋友。不是说她不可爱,不吸引我,而是我从来没想过能有一个女朋友。我本来一直觉得,她的想法和我一样,也没把我看成她的男朋友。有一次她在短信里曾经说过:"即使咱们俩一起躺在床上,也不会发生关系。"她的意思是说,我们是那种非常纯洁的男女朋友,友谊已经超越了性的层面。我认可她这个关于床的判断,但出发点显然与她不同。

林惠是那种有些招摇的女孩子,说成风骚也未尝不可,她长得很漂亮,身边从来都不乏追求者。她把很多事都看得很随便。毕业后不久,她在一次电话里告诉我,她上初中时就开始谈恋爱,高中时就已经不是处女了。然后她问我还是不是处男。我不置可否地笑了笑。她也紧接着笑了:"我猜你是处男,被女人处理过的男人。"毕

枕头

业后第二年,林惠结过一次婚,很快就离了。她对我说的理由是性格不合,没有共同语言。从此她没再结婚,不断传来的是她和一些情人的消息,有时候在电话里,有时候是手机短信,也有时候是在QQ上。我不知道她为什么要把自己的这些隐私都告诉我,很可能她需要的只是一个倾诉对象。但对此,我也没提出过什么异议,我想,一直这样也挺好的。一周前,事情突然发生了变化,我正吃午饭时,收到一条林惠的短信,只有三个字:我爱你。我回了三个字:发错了。很快又收到她的短信:我爱你骆颖,这事骗不了我自己。我没太把这话往心里去,林惠这人偶尔就会神神道道的,就像犯了什么病一样。有一次她甚至在短信里说,想要和我上床。这些都不能当真。想不到,她竟然要来看我。毕业后我和她见过三次面,两次是同学聚会,一次是我到她所在的城市出差。三次见面都很正常,符合同学见面的所有礼仪。但这次,我对她一点信心也没有。

我靠在一根柱子后面,看着出站口。林惠乘坐的那趟车已经进站了,查票口前面像潮水似的涌动着一大群人。我的眼睛盯着那一张张晃动的脸,但似乎什么东西都没看到。耳边突然有人很大声地喊了一嗓子,扭过头去,我看到了林惠。她张开两只胳膊,已经扑到了我的眼前,大概是打算先来一个拥抱。我心里一惊,向旁边跳了一步闪开了。林惠有些措手不及,没抱到我,搂住的是那根柱子。她显然想不到会发生这样的事,愣了一下后,挥手打了我一拳:"缺德,你还不如这根柱子勇敢呢!"我没说什么,只是嘿嘿地傻笑了两声,除此之外,我不知道自己还能说什么或者做什么。

她把身上的背包甩给我,小臂伸过来,挽住我的胳膊。背包很沉,我的心也随之沉了一下,她不会是打算要长住下去吧?我的那

147

只胳膊被她半抱在怀里,僵硬得像一截木头。脚步随着她机械地移动,几乎是被她拖着往前走。向前走了几步后,她把嘴巴凑过来,贴着我的耳朵说:"你猜我这次来干什么?"我摇摇头,没说话。她好像很喜欢玩这个游戏,笑了笑,说:"你使劲猜。"我又摇了摇头,盼着她别再这么玩下去。她似乎也失去了兴趣,又把嘴巴凑上来:"和你上床。"

出租车是林惠喊来的,坐进去有一会儿了,我还在想着她刚才说过的话。直到林惠捣一下我的肋骨:"说话呀,咱们去哪?"我才反应过来,"人民街,金厦酒店。"这个地方是我精心选择的,离我的单位和住处都不远不近。让我想不到的是林惠拒绝住酒店,她用眼睛剜着我说:"你不是有房子吗?干吗还把我赶到酒店里去?"我有些尴尬,后悔以前不该把买房子的事告诉她。不想在出租车上和她吵,只得吩咐去我的住处。

三

房子是一年前买的,是我爹和我妈的主意,他们想当爷爷、奶奶的心情太急切了。我妈说:"没有梧桐树,咋能引来金凤凰呢?"还举了个村子里的例子加以说明,"后街的锁柱子,打了半辈子光棍儿,刚盖好三间大瓦房,没几天,媳妇就上门了。"就这样买了房子。虽然我知道有了梧桐树,也不会有金凤凰,但还是不想违背父母的意志,让他们太失望和伤心。有时候,在我妈一次又一次的唠叨后,我甚至动过这样的念头,不行就随便找个女人吧,先对付着和她结婚,以后的事以后再说。只不过是个念头罢了,这样的事怎么能做得出

枕头

来呢？

我住的小区名字起得不错——锦绣山庄,听起来像古时读书人闭门用功的地方。门口没有站保安,守门的是一位和我妈年纪相仿的老大娘,她叫我孩子,我喊她大姨。她真的很像我妈,最关心的也是我的终身大事。有一天晚上进门时,她拦住了我,拉着我的胳膊问:"孩子,大姨咋总没见着你媳妇呢?是两地分居,还是两口子闹别扭了?"我告诉她还没结婚。大姨就很失望地摇摇头:"你这孩子真不让你爹妈省心啊,都这么大岁数了,咋还不结婚生子呢?"碰到别人问我这个问题,我都是笑一笑,很坚决很有气魄地回答说:"先立业,后成家。"我对大姨说:"不急不急。"大姨听我这么说,就很不高兴地皱皱眉头:"傻孩子,你是不知道老人的心情,到我们这个岁数,最盼的就是能见着隔辈人呢!"我何尝不知道父母的心情呢?只是这件事我真的无能为力啊!没多久,大姨就给我介绍了一个对象,我别无选择地拒绝了,难道我还能装模作样地跟人家去约会吗?大姨却不想轻易放弃,每次见到我都缠着催我见面,信誓旦旦地说对方是个不错的姑娘。为此,每当我经过大门口,都像做贼一样,看她不在时,才敢像兔子似的蹿进去。

想不到,这次还是被大姨逮住了,我和林惠正向大门里走时,老人家不知道从哪冒了出来,拦在了我们面前,歪着脑袋看了一会儿林惠,不停地咂着嘴说:"怪不得呢,怪不得呢!"林惠挽着我的胳膊,她有些莫名其妙,不知道老人家是什么意思。我知道大姨的意思,她一定是在想,有了这么漂亮的女朋友,当然不会看上她介绍的姑娘了。我把胳膊从林惠的怀里挣脱出来,喊了一声大姨,说:"这是我的同学,来这儿玩的。"大姨显然不相信我的话,往我的肩膀推了一把:"快回家吧,回家玩去吧!"林惠对这话特别感兴趣,扭过头怪怪地看我一眼,咧开嘴得意地笑了。

四

进屋后,林惠就一头钻进了卫生间,她说无论如何得先洗个澡。我坐在沙发上,听着哗哗的流水声发呆,感觉恍若隔世一般。不知道过了多久后,听到林惠喊我,她让我帮她拿衣服。我愣了愣,没说话,也没动。她等了等,威胁说:"你不帮我拿,我就自己出去拿了。"我犹豫了一下,赶忙答应着,起身打开她背包的拉链。她是个说得出做得到的人。她喊着说:"那件粉色的,吊带连衣裙。"衣服很轻,好像是丝质的,不知道是不是那种情趣内衣。拿着它走到卫生间门口时,我发现自己的腿肚子开始发抖,身上呼啦一下子冒出了一层汗,先把头扭到一边,然后轻轻敲了敲门。一团热气扑了出来,门应该开得很大,而不只是一条缝隙。我感觉到林惠的手伸了过来,拿走了衣服,就赶忙逃跑似的离开了门口。

几分钟后,林惠从卫生间里走了出来。她的脸色有些红,头发上还往下滴着水。我扫了一眼,看见她露出的一大块前胸,就赶忙低下了脑袋。林惠走到客厅中间,站在了沙发前面,我们之间隔着一张玻璃茶几。这茶几是我自己从家具市场上搬回来的,我很喜欢上面的图案,是抽象的那种,像鱼非鱼,似鸟非鸟,几乎每次盯着它看,都会有新的变化。这次,我蓦然发现,看到的竟然是一个裸体的女人。这个玻璃女人像火似的,烫得我的眼睛一疼,我下意识地抬起了头。林惠正笑眯眯地看着我。和她的目光接触的一瞬间,我听到自己身体里有什么东西"咔嚓"响了一声,好像是突然断掉了。她的两只乳房在衣服下若隐若现,裙子很短,露出两条长长的大腿。我急忙把眼睛转到别处。她似乎笑了一声,紧接着喊我,让我看衣服好不好看。

她像模特似的在客厅里来回不停地走,每当转身时,肩膀上的吊带就会滑下来,露出大半个乳房。这是我有生以来第一次如此近如此清晰地看一个女人的身体,我感觉到自己有些兴奋,又责怪这兴奋来得愚蠢而无聊。我像傻子似的发着呆,目光一直注视着她,注视着她的身体,还有她脸上的微笑。但我的目光显然已经穿过了她,穿过了她身后的墙壁,落入了虚空之中。我意识到,她这次来,将会给我带来一次最残酷的折磨。我的嘴里有些发干,喉咙火烧火燎的。用力咽下一口唾沫,我闭上眼睛,吃力地说了一句:"咱们还是先去吃饭吧!"

林惠也许是饿了,同意去吃饭。她从背包里又找出了一件衣服,进了卧室。看来身上的这件连衣裙只是她演出的道具,特意穿给我看的。换衣服时她没关卧室的门,一边还不停地和我说着话,大半个赤裸的身子不时从卧室的门口露出来。进入青春期后,我不止一次做过有关女人的梦,但她们无一例外都穿着衣服。我也梦到过林惠,她也一样穿着衣服。每当从这样的梦中醒来后,我都会躲到没人的地方,用一根针扎自己的大腿,扎过后,再用各种恶毒的话辱骂自己。

五

我住的地方是本市餐饮娱乐的聚集地,有饭店、歌厅、舞厅,也

烟囱里的兄弟

有洗浴中心、按摩房、洗脚屋、咖啡厅,这些地方似乎都是男人们最感兴趣的。我刚买下房子时,单位里不时有人开我的玩笑。有一个叫刘哥的隔几天就说一次,这回可方便了,撒泡尿的工夫也够找个小姐了。同事们听了都起着哄笑,我不想坏了大家的兴致,也跟着一起笑。

我们去了香满楼。这个饭店一般超过四个人才会给安排包间,那样,我和林惠就只能坐进散台里,众目睽睽之下,想来她也不敢有什么太大胆的举动吧!点过菜后,林惠执意要酒。我本来不想要,我不喝,也不让她喝。很多事情都是在酒后发生的。但拗不过她,只得点了两瓶啤酒。林惠撇撇嘴:"两瓶哪够啊?上八瓶,一人四瓶,谁服软谁就是孙子。"

喝下第一瓶啤酒后,林惠开始讲她六年来的经历。这些事情我已经断断续续地听她说过了,这次终于串联到了一起。酒真是个奇特的东西,喝下第三瓶时,我发现自己已经放松了很多,差不多又能像过去一样,和她随随便便地说话了。头开始有些晕,但我不想停下来,甚至还有一种想要大醉一场的冲动。四瓶啤酒都喝光时,林惠的故事讲完了,她的结论是两条:一、人生如梦;二、男人都不是好东西。下完这两个结论,她摇摇晃晃地站起来去洗手间,经过我身边时,很用力地拍了一下我的肩膀:"你还行,不算太坏。"

从香满楼走出来时,我感觉有些醉,林惠醉得更厉害,似乎连走路都费劲了,整个人都拥在我身上。我感觉出她右侧的乳房软乎乎地压在我左肩上,不时还会像水似的荡漾一下。或许是酒起的作用,这次我没有躲开。我在心里暗自想,可能人生中有些事本来就是无法躲开的。我甚至想好了,如果在门口遇见看门的大姨,就主

枕头

动告诉她,我和林惠马上就要结婚了,但这次没有遇到。

上楼梯时,林惠醉得更厉害了,我半拖半抱,把她弄上了楼。进门后,我打算把她扶到沙发上,她却突然一转身,搂住了我的脖子,醉眼中迷离出一股怨恨的光:"你就那么讨厌我吗?"她的脸几乎已经贴在了我的脸上,呼出的气一股股地涌过来,让我充满幻想,也让我无比绝望。我在心里近似乞求地盼着她能放开手,试着挣扎了几下,她反而搂得更紧了。我只得无可奈何地摇了摇头。想不到,她还是不依不饶的:"那你吻我一下。"我真的有种想吻她的冲动,如果这么做了,那将是我的初吻,但这样只能让事情变得更加糟糕。我一动不动,僵立成一根木头。我的意识已经离开了身体,站在另一个地方打量着屋子里正发生的一切。我的意识肯定会认为这幕情景荒诞无比。

不知过了多久,林惠突然一把推开我,向前走几步,倒进了沙发里。我如释重负,长出了一口气,感觉就像逃过了一场劫难,但同时,也有些微的失望。林惠倒扣在沙发上,一只胳膊耷拉下来,手指垂到瓷砖铺的地面上,看来她很快就能睡着。也许刚才喝酒真是个正确的选择,最起码能让她今晚少玩些花样。我把她垂下来的那只胳膊拿上去,从卧室里拿出一条毛巾被给她盖上,怕她翻身掉到地上,又把茶几向沙发靠了靠。干完这些事后,我坐在餐桌旁边的把椅子上点了一支烟。今晚大概就这么过去了,但明天呢,明晚呢?我依旧提心吊胆的。

一支烟吸完,我走过去,在林惠的身边蹲下来,中间隔着那张茶几。这次上面的图案是一群摆着尾巴的蝌蚪,它们正游向几个圆圆的水泡。

153

烟囱里的兄弟

　　我悄悄地小心翼翼地注视着林惠,感觉自己正隐蔽在幽暗的洞穴中,透过某道缝隙,紧张、慌乱、兴奋、绝望地打量着这个充满诱惑又充满危险的世界。有一道光从缝隙间透进来,正照耀着我温暖着我。在今天之前,我的世界里只有黑暗,我已经习惯了这种黑暗。是林惠在坚固的堡垒上硬撬开了一道缝隙,可惜,这道缝隙只能给我瞬间的光明,而无法成为一道门、一个出口。

　　她睡得并不安稳,眉头紧皱,似乎痛苦,又似乎怨恨。痛苦和那些啤酒有关,怨恨的大概是男人,当然也包括我。她有理由怨恨我,就像一条漂泊的船,好不容易找到了心目中的岸,却发现根本无法停靠,船难免会对岸有意见。望着林惠的脸,我突然有一种想吻她一下的冲动。我知道这么干很愚蠢,但忍不住要这样想。我的嘴唇哆嗦着,一阵阵地发麻,几次伸长脖子,靠近她的脸,但一旦靠近,就感觉到她脸上女性的温热后,又飞快地缩了回来。不知为什么,我忽然想起了同事刘哥讲过的一个小笑话:有男女两个导游带着一队游客到长城参观,晚上住宿时因为人太多,两个导游被安排在一个房间里,睡在一张床上。为了避免尴尬,两人在中间摆了一个枕头,结果一夜无事。第二天游长城,女导游围着的丝巾被风吹到墙外,男导游立刻翻过城墙捡回丝巾,交到女导游手上。谁知女导游一巴掌扇了过去:"连长城都能翻得过,昨晚咋连个枕头都搬不动?"我也一样,永远没有力量去对付那只枕头。

　　我像一根弹力十足的橡皮筋,一次次抻长,又一次次缩短,我不想放弃,但也不知道这种反复还能坚持多久。

枕头

六

是我妈的电话结束了这个游戏。突然响起的手机铃声,吓了我一跳,也让我有一种犯罪未遂的释然。我妈显然还惦记着昨晚我说过的那件事,又打来电话详细询问一番。能想得到,从昨晚到今晚,她和我爹一定都像吃了兴奋剂似的坐立不安。很可能,他们已经把这个消息传播到村子的各个角落。我没有勇气收回自己的话,也不忍心这么做,只得顺着编下去。好在,事情虽然是假的,但人是真实的。

我接电话时,林惠突然醒了,嚷着口渴,很大声地喊我给她拿水喝。电话那端的我妈显然听到了林惠的声音,有些得意地笑了笑,似乎她的孙子已经近在咫尺触手可及了。我妈小声地问我,女朋友是不是正和我在一起?我含糊地答应了一声。我妈又赶忙催我:"搂吧,搂吧,快去照顾人家吧!"

林惠刚喝了一口水,就飞快地冲进卫生间,看起来是喝下去的那些酒要上来了。我不放心,也跟了进去,蹲在她旁边,轻轻给她捶背。她吐得酣畅淋漓,那些酒在她的胃里走了一遭后,又全部跑了出来。我知道这样吐过后,酒很容易就会醒,不免有些担心。吐过后,林惠果然一下子就清醒了。刷牙漱口,又洗了个澡,从卫生间出来后,又变得光彩照人了。

洗过澡后,林惠又换上了那件粉色的吊带裙,紧挨着我坐在沙发上。我装作并不在意,过了一会儿后,假意打哈欠,就势向外面靠了靠,躲开她。但她很快又追了过来,依旧紧紧地靠着我。我再次

烟囱里的兄弟

躲开,她再次靠过来。我躲得小心谨慎遮遮掩掩,她追得明目张胆无所顾忌。我已经无路可退了,再躲,就要坐到地上去,只能硬生生地挺着,装出不以为然的样子。虽然隔着几层衣服,我还是能清晰地感觉到她温热潮湿的身体,这身体就像一片可怕的沼泽,而我正在沼泽的边缘无力地挣扎着。

我打开电视机,眼睛盯着屏幕,有一句没一句地和林惠说着话。不管是她的话,还是电视节目,我都说不清具体的内容。不知道说到了哪里,林惠突然把一只胳膊搭在我的肩膀上:"骆颖,想不想说说你自己的事?这么多年,我还从未听你说过呢!"这句话让我不由自主地一抖,感觉到林惠正在竭力把我头顶上的那道缝隙撬得更大。我又有什么能对她讲的呢?有一些事,今生注定只能属于我一个人,但我还得说。我摇摇头笑一笑,假装很轻松地说:"大学四年你知道,毕业后就一直在单位里,平平淡淡简简单单,一直到现在。"但愿这样的搪塞能让她放过我。林惠却很固执,又向我靠了靠,把半个身子压在我身上,抬手摸摸我的脑袋说:"谁让你讲这些?我想知道你的感情生活,你的恋爱史。"我哪里有什么感情生活呢?我的感情世界只是一片空旷的沙漠,恋爱对我来讲更是遥不可及的事情,就像是天上的一块绿洲。但这样的事实却不能对她讲,我只得像过去别人追问时一样告诉她,毕业后交过一个女朋友,后来黄了,可能是受了打击,对这事再没有兴趣。林惠相信了我的话,没说什么,轻轻叹了一口气。

七

夜已经深了,听得见墙上的电子钟嗒嗒走动的声音,时间正在

枕头

一分一秒地过去。我已经开始困了,但尽力睁大眼睛,装作很清醒的样子,但愿林惠坚持不住,能先去睡觉。林惠却好像一点睡意都没有,还在喋喋不休地说,靠在我的身上,时不时就用乳房蹭一下我的肩膀。如果此时有人突然走进屋子,看到这一幕,一定会认为我和她是一对热恋中的情人,或者是新婚不久的夫妻。然而,这一切都只是个假象,是水中月,是镜中花。

林惠终于提出来要去睡觉了,但不是她一个人,而是拉着我,一起向卧室里走。我挣脱开她的手,软弱无力地抵抗:"你先睡,我还不困。"她不同意,有些撒娇地说不困也得上床去,哪怕是睁着眼睛看着她睡。可怕的是,我竟然也有一种和她一起相拥而眠的渴望,这种感觉竟然还出奇地强烈。我在心里骂自己无耻、下作、禽兽、禽兽不如,但两只脚却不由自主地随着她向前走。被她拖到卧室门口时,我一下子醒了过来,意识到自己正在干什么,一阵慌乱中,突然找到了一个借口,假装才想起来似的说,我还没有洗澡,这样怎么睡觉?林惠有些暧昧地笑了笑,放开了我。

走进卫生间后,我迅速在里面把门反锁上,几平方米的卫生间变成了一座临时的监牢,让我终于有了片刻的安全感。如果世上真有这样一座监牢该多好啊,那样我就可以在里面住一辈子,直到胡须花白,直到老死,化成灰烬。这监牢只属于我一个人,我将拒绝所有人来探监,不管是周一还是周日,也不管是我爹我妈、林惠,还是单位的同事和那位看门大姨。

我打开淋浴的喷头,仰起头,看着一条条水丝从上面降落下来,感觉自己就像一株枯萎的禾苗,即便如何浇灌,也终究无法开花抽穗结果。水流过我的身体,就像流过一块干硬荒凉的土地,一块没有一丝缝隙的冰冷的石头。

我想得没错,洗到一半时,林惠果然在外面推门了,推了一下,发现推不动,又改成了敲,她的声音透过水帘传到我的耳朵里,先是催我快些洗,快些上床去。隔了一会儿,又敲门,喊我把门打开。我不动,也不说话。她就开始用脚踹,一下接着一下,每次都好像踹在我的心上,让我的心剧烈地一抖。我只得拿出最后一件武器,隔着门说:"你说过的,咱们是那种很纯洁的男女朋友,即使一起躺在床上,也不会发生关系。"她听了这句话,似乎愣了愣,停顿了片刻,但很快又加大了力气踹门。她说:"少放屁!"说过这三个字,她突然很大声地哭了,哭着,踹着门,她说:"我本来以为你比他们强呢,从来没打过我的歪主意,没用色眯眯的眼睛看过我。但现在我明白了,你们骨子里都是一路货色,他们是想方设法地和我上床,你是想方设法地不和我上床,你们男人都不是好东西,都不得好死!"她这么讲,我还能说什么呢?我不由自主地也流出了泪,泪水和淋下来的水混在一起,淹没了我的脸,我的整个身体,淹没了我已经走过的三十年人生和将来那些未知的岁月。

卫生间外,林惠还在不停地砸门,用脚踹,用拳头擂,用脑袋撞。我感觉自己已经无路可退了,除非马上变成水,那样就能顺着地面上的水漏流下去,溜之大吉。我知道自己马上就要坚持不住了,敲门声已经压迫得我喘不过气来。而打开门后,我就将失去这座监牢,这座安全而坚固的堡垒。我知道,那扇门很快就会倒塌的,因为在外面敲门的不仅是林惠一个人,还有我爹、我妈、我生活过的那个小村子、单位里的同事、那位好心的看门大姨……

我无力应对他们的信任、期盼和爱,也无法逃开他们的关心、焦虑和同情,他们追得我无路可逃。

我的卫生间分成了两部分,里侧的一部分是洗澡用的,安着淋浴器和喷头,外侧是洗漱用的,墙上的一块玻璃支架上摆着牙具和刮胡刀盒。我一直不喜欢那种电动的剃须刀,始终用老式的刮胡刀,简易的刀架安装上刀片,再把脸上涂满肥皂沫,我总觉得这样刮起来显得隆重而正规。我向外走两步,把刮胡刀盒拿起来,打开,拿出一只没有开封的刀片。刀片是我前几天刚买的,老品牌,飞鹰,质量可靠,值得信赖。刀片捏在手里,就即刻感觉到了它吹毛立断的寒气。我把刀片往身体上比了比,隔着几厘米的距离,刀锋的寒气就像冬天的冷风一样,穿透皮肤和肌肉,直达骨骼。此时此刻,或许,只要轻轻地划下去,一切就自然而然地结束了。我将如愿以偿地关闭通往外界的门,留在自己的堡垒和监狱里。但是,我能这么做吗?我有权利这么做吗?我捏着刀片呆立在卫生间里,始终无法回答这两个问题。

砸门声忽然停了下来,紧接着是一阵长时间的沉默。屋子里无比安静,似乎刚才的一切从来都没有发生过。不知过了多长时间,门外的林惠小声说了三个字:对不起。我没有回答。也许,该说对不起的人是我,我做不到像一个男人那样去面对一个女人。林惠的声音有些哽咽,断断续续地说:"你是个好人,我知道自己配不上你。"说完这句话,林惠又沉默了好一会儿,说:"放心吧,我不会再缠着你了,今晚不会,以后也同样不会。"我想说几句什么,但什么也没有说。

我从卫生间里走出来时,林惠正端坐在沙发上,穿的虽然还是那件粉色的吊带裙,但脸上放荡轻薄的表情却一扫而光。头发也显然刚刚梳理过,整齐地披在肩膀上。我们谁也不说话,也不看对方。屋子里静得出奇,时间仿佛已经消失,融化在这种无边的安静里。最后,还是林惠率先打破了沉默,站起身,冲我笑了笑,轻声说:"咱们上床睡觉吧!"

我跟在她的身后走进卧室。林惠向床上指了指:"按规矩,男左女右。"我打开衣柜,给林惠拿了一只枕头,同时,尽量不动声色地把自己的枕头向左边挪了挪,让两只枕头拉开一段距离。林惠忽然笑了笑,问我还有没有另一只枕头。我不明白她的意思,机械地点了点头。林惠跳下床,打开衣柜,从里面抱出一只枕头,竖着放在床的中间,她说:"现在好了,井水不犯河水。"我想起了刘哥讲过的那个笑话,想不到,今晚竟然真实地上演了,而且,男主角是我。

我和林惠并排躺在床上,中间隔着那只枕头。林惠转过身,面对着我说:"骆颖,谢谢你。是你让我明白了,人生不只是欲望和游戏,更重要的还有尊严和情感。真的谢谢你。"我摇摇头,在心里发出一声叹息。林惠说:"骆颖,你能吻我一下吗?就算是,我求你了。"我转过头,在她的额头上轻轻吻了一下。林惠的脸上露出满意的笑容,把身子转过去,很快就进入了梦乡,发出均匀的呼吸声。我却一直也睡不着,感觉今晚的一切都是那么不真实,就像做了一场梦一样……

第二天早晨醒来时,林惠已经走了,我的身边只剩下了那只枕头。林惠躺过的地方,放着一张纸条,上面写着一行字:再见骆颖!从今天起,我会开始新的生活。

把纸条看了三遍后,我抓起那只枕头,用力地扔到了地板上。

舌头

舌　头

一

中巴车一直在爬坡,尾部传来"吭吭"的咳嗽声,隔一会吐出一股黑烟。山势越来越陡。树枝不时刮在车顶上,发出"噼啪"的响声。司机光着膀子,嘴里叼着烟,掉落的烟灰被汗水粘到肩膀和前胸上。售票员是个二十几岁的小姑娘,垮着一张脸,骑坐在条凳上,拧着身子往机盖上摆纸牌,过一会儿就沮丧地叹口气,埋怨自己的命越算越苦。

这是盛夏一个星期日的上午,刚刚十一点钟,天气已经热得像蒸笼,满山的蝉鸣穿透车顶和车窗,回荡在车厢里。车里坐着二十几个乘客,再加上烟臭味、汗臭味和脚臭味,把车厢挤得满满当当。大部分人打起了瞌睡,脑袋像皮球似的在靠背上滚过来滚过去。在车厢过道临时增加的一张塑料凳子上,坐着一个六十几岁的女人。她穿一套黑色土布衣服,戴一顶绿帽子,后背和帽檐上印出一圈圈白色的汗渍,一条蓝围巾从头顶裹下来,在下巴处系了一个疙瘩。粗看之下,她好像一直都在笑,但仔细看看,却发现她根本就没有笑,而是一脸的木然。她始终坐得端端正正,不向旁边看,也不和别人说话。几小时前上车时,她背着一只竹背篓,因为妨碍了后面的

烟囱里的兄弟

乘客,她把它摘下来搂进了怀里。背篓里露出竹笋黄褐色的尖顶,散发出一股新鲜的竹子味。一胖一瘦两个老头隔着她说话,语调拉得很长,慢得像马上要停下来的钟摆。

转过山口,汽车开始下坡,速度跟着快起来。车窗玻璃发出"嗡嗡"的响声,路边的山猛地扑过来,又一下退到后面去。有两只脑袋撞在一起,发出"咣"的一声响。老女人腾出一只手,抓住左侧座位靠背,两只脚也分开了些,尽量保持住身体平衡。

"你老三还在城里颠大勺?"瘦老头矮下身子,把一支烟从她胳膊下送过来,让给胖老头。胖老头不接烟,也不搭腔,秃脑袋歪向另一边,已经扯起了鼾声。瘦老头收回烟,划着火柴点燃,把烟雾吐在前面乘客的后脑勺上。

"今年雨水足,笋子发得旺。"瘦老头眼望前面,话说给老女人。老女人毫无反应,似乎根本没听到他的话。

"大妹子,你这是要进城?"瘦老头等了一会儿,把裤子上的一截烟灰掸掉,向她偏了偏头问。老女人目视前方,仍然毫无反应。瘦老头转过身去,看到一张木然的脸,眼睛不时眨一下,并没有睡着。他顺着她的目光向前面看,汽车已经到达山脚,转过一道慢弯后,土黄色的沙石路变成黑色的沥青路,两边现出大片碧绿的稻田。

"去城里卖笋?"瘦老头弯下腰,把烟头送到脚下,用鞋底碾死,又问。

老女人把挂着靠背的手收回去,重新搂住背篓,仍然没有答话。好多乘客都醒了过来,伸胳膊蹬腿打哈欠,准备吃午饭。正睡着的胖老头放了个响屁,惹起一团笑声,车里炙人的热浪似乎荡开了些。只有老女人没有笑,她似乎根本没察觉到周围发生了什么。

舌头

"山里出来的?"瘦老头用手背碰碰老女人的肩膀问。这个地区说到山,指的就是大黑山,那是个与世隔绝的地方。老女人身体一抖,好像刚从梦里惊醒过来,看一眼瘦老头,疑惑地摇摇脑袋,喉咙里沙哑地"啊"了一声。

"还真是山里的,怪不得听不懂我说话。"瘦老头很响地拍下巴掌,两只脚互相踩着把鞋脱掉,像猴子似的蹲在座位上,一股脚臭味"轰"地蹿起来。老女人坐直身子,恢复了木然的神情。中巴车减低速度,停在一排挂着幌子的白房子前面。乘客们纷纷起身下车。瘦老头用脚找到鞋,趿拉着站起来,拍拍老女人的肩膀说:"大妹子,下去吃饭、放水。"

老女人仍然坐着不动,好像根本不想下去。后面的乘客等得不耐烦,纷纷发出催促声。老女人扭头看了看,终于明白自己挡了别人的路,抱着背篓向外走。两个抹了红嘴唇的小姑娘正等在车门口,拉着乘客们的胳膊往房子走,似乎料定老女人不会花钱吃饭,没有人上来拉她。

天气更热了,公路上方浮动着一片水波般的热浪,空气中一股熔化的沥青味。一条黄狗从路边的水沟里爬上来,讨好地冲人们摇尾巴,舌头吐出老长,"哈哧哈哧"喘粗气。老女人在车旁站了一会,迈步走向几棵白杨树。她把背篓放在树荫里,用手缓慢地拍打衣服,拍过上衣,又拍裤子,一股股灰尘从她身上腾起来。清理过衣服后,她又解开围巾摘下帽子,在膝盖上轻轻拍打。满头白发和一张古铜色的脸露出来,还有两只布满血丝的眼睛。老女人戴上帽子,正正帽檐,重新系好围巾。她的目光越过公路,默默看了一会儿无边无际的稻田,随后弯下身子,把手伸进背篓里,拿出一只红薯。她在一块石头上坐下,用双手捧着红薯,慢慢地吃起来。

瘦老头和胖老头从饭店里走出来,边剔牙边谈论饭菜的优劣。瘦老头看到了老女人,向杨树下指着说:"她也是从山里来的。"胖老头来了兴致,拉着瘦老头向树下走。老女人已经吃完了,仰起头把手上掉的红薯渣倒进嘴里。胖老头笑眯眯地看看她,用山里话向她打招呼。老女人喉咙里咕噜一声,把最后一口红薯咽下去,用山里话应答。两个人言来语往交谈起来,胖老头说得多,老女人说得少。瘦老头听不懂山里话,急得抓耳挠腮,扯住胖老头的胳膊问他们说了什么。胖老头告诉他:"我问她吃过没,她说吃的红薯。我又问她搭车前走了多久山路,她说走了一天一夜。"瘦老头翻翻眼睛说:"你问问她到城里干什么,是不是去卖竹笋?"

胖老头摇摇头,似乎对瘦老头的好奇心无可奈何,随即提出了这个问题。老女人表情木然,双眼直视着远处的稻田,回答了他的问话。胖老头脸上的笑容忽然消失,向后退了两步,似乎被什么东西吓到了。瘦老头催了好半天,他才自言自语般说:"她说,她儿子死了,她要去城里讨一件东西。"瘦老头愣了愣,闭紧了嘴巴不再说话。老女人却主动开了口。

"她又说了什么?"瘦老头等了一会,问胖老头。

"她说,她儿子是个好孩子,性情比大姑娘还温顺,从没害过任何人。"胖老头说。

二

宿舍里热得像火炉,十几分钟前男友进门时就把房门关上了,

舌头

他还打算关窗子,小玉没有同意。男友脸上有些不高兴,松了松衬衫上的领结说:"我没有别的意思,只是不想让别人听到罢了。"男友是个出色的年轻人,从山里出来这些年,一直靠自己的能力在打拼,如今已经是这家工厂生产部的主管助理,管着三个车间,二十几条流水线。很多人,包括小玉自己都说过,这是个非常合适的结婚对象。

男友没有坐在她旁边,而是坐在她对面的床上,他们之间隔着一张白色的铁桌子。往日他可不是这样的,他就像一块牛皮糖似的,一有机会就往她身上贴。他们的每次见面都是一场攻守大战,男友攻,小玉守。小玉守得很辛苦,但也很成功,迄今为止相处一年了,还没有被突破最后一道防线。男友不止一次抱怨她不近人情,都什么年代了,还这样老脑筋。只有小玉自己知道,这件事和她的脑筋无关,她只是有些不甘心,总觉得自己的人生不在这座城市,而是在另外一个什么地方。她不知道自己的远行什么时候能起程,但似乎不和男友发生实质性的关系,就会存在一丝希望。

宿舍里摆着四张上下铺铁床,一共住了八个人。听到男友在外面敲门,姐妹们就找借口跑了出去。二层铺的床板有些低,男友坐下去后,只得歪着脖子。挂在墙上的电风扇出了毛病,转着转着就自己停了下来,就好像是在偷懒。男友抓起晾衣服的铁叉敲打几下,它又慢慢转动起来。

"下夜班不回宿舍,你还出去干什么?"男友把铁叉靠在桌子边,没有看小玉,盯着桌面上一道很长的划痕问。划痕是某件硬物留下来的,从桌子中间开始,画出一道弧线后,被一座石英钟和几只搪瓷缸遮挡住。

烟囱里的兄弟

小玉的目光始终望着窗外,自从出事后,她就有些害怕和男友对视。三楼的窗边长着一棵老槐树,一个多月前,枝头还开满白花,如今花已经落尽了,但楼下的马路边还能看到干枯的花瓣,像雪花似的,散发着一股淡淡的香气。从工厂的后门出去,沿着这条马路向前走几百米,就有一个很大的休闲广场,每天晚上都有好多人在那里唱歌跳舞锻炼身体。事情就发生在广场边的一条林荫路上。小玉为什么要出去呢?其实是因为月亮。那天晚上走出车间时,她看见天上的月亮又圆又亮,似乎在对她发出邀请。她抗拒了一会,到底没能抵挡住那种诱惑,就悄悄从下工的队伍里溜了出去。从小她就有这个毛病,面对风花雪月无力抗拒。但这些话却不能和男友说,说了他也不会理解。

"我夜宵吃多了,撑得睡不着觉,只好出去走走。"夜宵是厂里给夜班工人的一项福利,有时候是面条,有时候是饺子。这个借口站不住脚,却中规中矩。

"我看你也是吃多了撑的,没事找事。"男友看一眼小玉,气哼哼地说。电风扇又停了下来,男友抄起铁叉重重来了一下,打得风扇头歪向另一侧,叶轮又缓缓转动起来。

"真他妈欠打。"男友说。

一只白猫顺着树干爬上来,弓着腰竖着尾巴,沿着一条横伸的树枝走到窗口边,坐下来静静地和小玉对视。猫是门卫张嫂养的,自从张嫂生了孩子后,就顾不上再喂它,它就经常在各间宿舍里窜来窜去讨要食物。小玉看见白猫一只眼睛天蓝色,另一只眼睛却是墨绿色的。这让她疑惑不解,甚至顾不上理会男友的指桑骂槐。她的态度激怒了男友,他忽地从床上站起来,脑袋"咣"地撞在床板上。

舌头

白猫"喵"地叫一声,纵身一跳躲进了茂密的枝叶里。

"那个家伙,你是不是早就认识他?"男友皱着眉头,在地上来回走着问。

小玉回头看一眼男友。他长得又瘦又高,穿着紧绷绷的韩版牛仔裤的两条腿在胯部向两侧分开,让他看上去就像一只扬场用的二齿木叉。她不知道该怎样回答他的问题。那个人突然从树后跳出来抱住她时,她根本没认出他是谁。直到那人逃走时,她才从背影辨认出他是对面那家鞋厂的一名工人。她没有和他说过话,也没有打过交道,同车间的一位姐妹和他认识,她只知道他和男友一样都是山里人。

"我不认识他。"小玉摇摇头说。

"他到底对你干了什么?"男友在地上走了几个来回后问。他的语气不再那么严厉,掺杂进了悲伤和痛苦的成分。小玉知道他会这么问,几天里这句话一直就堵在他喉咙口,今天终于说了出来。好多人关心的其实都是这件事,办案的警察,来采访的记者,同宿舍的姐妹,还有她的父母,都提出了同样的问题。

"没干什么。"小玉平淡地说。一只鸟落在槐树上,听得到鸟叫声,却看不到在哪里。

"没干什么?那警察为什么要把他抓起来?"男友冷冷地哼一声说。

"他抱了我。"

"除了抱,他还干了什么?"

"他还把手伸进了我衣服里。"小玉感觉自己被剥光了,正赤身裸体坐在男友面前。

167

"上衣还是裤子?"男友费力地咽口唾沫又问。

小玉猛然站起来,一巴掌甩在男友脸上,指着房门厉声说:"你他妈给我滚出去!"——这只是她的想象,自从出事后她就失去了这样的勇气,她发现自己还坐在床上,双臂紧紧抱着肩膀,抖动的身体不时撞在通向二层铺的铁梯子上。她听见一个满含屈辱的声音回答说:"是上衣,后背。"

树上突然一阵响动,随即是一声凄厉的鸟叫,白猫嘴里叼着一只鸟飞快地向树下蹿去。

三

小玉从桌子上醒过来时,男友已经不在了。石英钟上的时间是下午三点半,她心里有一些沮丧,这个休息日很快就要过去了。电风扇彻底停了下来,宿舍里仍然非常闷热。她的一条胳膊压麻了,从肘部向下失去了知觉,好像已经不复存在。她抬起另一只手从额头抹下一把汗,甩到漆成红色的地面上。汗水在地上闪着光,好像是一滴滴血。头脑一片空白,想不起自己是怎么睡着的,男友又是什么时候离开的。她只记得自己哭过,然后恍惚中有人在她后背上拍过两下,她觉得那是男友在安慰她,自从他们开始相处起,他一直都很照顾她。如果时间能够倒流,她不知道还会不会再偷跑出去看月亮。

她站起身,把脸凑到挂在床边的一面镜子前。她不属于那种非常漂亮的女孩,但她皮肤白皙,每个细部都很耐看,组合到一起后又增添了几分韵味。左侧脸颊上多了一条浅浅的印痕,看上去像一道痊愈后的伤口,她猜想,刚才睡着时脸大概压在了桌面那道划痕上。用不着担心,这样的痕迹很快就会消失。她对着镜子梳好头发。身上裹了一层黏腻的热汗,把衬衫贴在后背上,男友应该不会再来了,她准备出去洗个澡。

外面比屋里还要热,推开门似乎就撞到一团火。小玉戴了一顶白色的软檐帽,塌下来的帽檐遮住了半边脸。她锁了门,沿着三楼长长的外走廊向前走,炙热的阳光凝结在身边漆成蓝色的栏杆上,跟随着她的脚步在眼前跳动。经过一间间宿舍门口时,她没有听到半点动静,不知道别人都在干些什么。织布机的声音越过眼前一幢灰色的楼房从生产区传过来,就像是无数只鸣叫的苍蝇。自从进入这家纺织厂后,小玉耳边就始终响着这样的声音。

张嫂在门卫室旁的一把藤椅里睡着了,四肢难看地摊开,一件花背心堆在脖颈下,露出两坨肥硕的胸脯,嘴巴张得老大,打着响亮的呼噜。半岁大的婴儿还醒着,正趴在张嫂肚皮上,嘴巴叼着一只奶头,手里抓着另一只。那只白猫蜷缩成一团,睡在藤椅下的阴影里。小玉看一眼张嫂,身体就突然一抖,她不知道自己将来会不会也是这副模样。张哥笑着冲小玉点点头,告诉她来得巧,省得他再打电话了,外面有人正在找她,随后用剩下的那根拇指启动了开门的按钮。张哥原来是厂里的检修工,在一次事故中丢掉了右手的四根手指,老板很仁义,没有赶他走,安排他们夫妻做了门卫。

小玉疑惑地走出大门,不知道谁会来找自己。门外却没有人,工厂的白墙刺痛了她的眼睛。小玉摇摇头,怀疑是张哥搞错了。她穿过马路,打算沿着路边的树荫向浴室走。有一个人突然从树后跳出来,拦在她面前。小玉愣了一下,向后退两步,她想,这大概就是

烟囱里的兄弟

那个要找自己的人。面前站着一个老女人,身穿黑色的土布衣服,头上裹着一条蓝围巾,露出绿色的帽檐,后背上背着一只竹背篓。小玉并不认识这个人。

"你找我?"小玉把帽子向上推了推,让眼睛露出来。

老女人不答话,一直盯着小玉看,脸上似乎在笑,但仔细看看,却发现根本没有笑。

一辆出租车停下来,鸣着喇叭问她们是否乘车。小玉抬起一只手摇了摇,又向树下走了两步。司机嘟囔一句什么,加速离开了,甩下一团呛人的黑烟。小玉看到老女人的嘴瘪下去,随后又鼓起来,看上去是有话要说。小玉就耐心地等着。不知为什么,她想起了自己的母亲。这真的有些奇怪,除了都是老女人,她们没有半点相似之处。

老女人张开了嘴,但只发出一个单音节的"呸"字,一口痰跟着落在小玉左侧脸颊上。有一瞬间,小玉没有搞清楚发生了什么,她愣愣地看着对方,老女人的表情毫无变化,似乎她什么都没有做。那口痰顺着脸颊流到了下巴,小玉才突然醒过来。

"你在干什么?"她胃里泛起一股恶心,抓下帽子把痰擦掉,随手把帽子扔在地上。

老女人嘴里说出几句她听不懂的话,扑上来撕扯她。小玉一只手里提着装洗浴用品的塑料篮子,她抬起另一只胳膊抵挡着,不停地向后退。事情来得莫名其妙,让她觉得非常不真实。

"你是不是认错人了?"小玉问。

她已经退到了树荫外面,阳光像热水似的当头浇下来,让她不由得打了个激灵。穿过这几行树是一条铺着方砖的人行道,然后是水泥墁成的一片空地，紧接着就是一家家临街的门市——饭店、食杂店、理发店、修车铺等等，小玉发现已经有人向这边投来好奇的目光。她心里一阵慌乱，不知道自己该怎么办。

老女人突然停了下来，不再继续向她身上扑，一只手在空中比画着，另一只手伸到小玉面前，嘴里又说了几句什么。小玉知道此时最好的选择就是赶紧离开，否则她就会成为别人的笑柄。她没有半点犹豫，转身穿过树丛，向马路上跑。她跑到路对面时，听到身后传来老女人的喊声。一辆拉货的汽车刚好通过大门，小玉跟着跑进了院子里。她似乎听到张哥问了句什么，但她没顾得上回答。

四

小玉一直在跑，耳边是呼呼的风声，宣传橱窗、一座织女雕塑和一排排厂房不断向身后退过去，直到看见宿舍楼红色的彩钢瓦房顶，她才慢下了步子。她把手压在胸口上，感觉心跳得像一只兔子，好像要撞开胸膛蹦出来。她在路边的一棵树下停了停，用手理理头发，调整一下呼吸，让自己尽量显得若无其事。但她没有去碰左侧的脸颊，那口痰留下的痕迹让皮肤紧绷绷的，好像趴着一只毛毛虫。

离宿舍楼还有二十几米时，小玉看见了男友。他背对着她坐在楼前的花坛上，眼睛看着宿舍楼口。小玉猜想男友正在等自己，但不知道为什么他没有上去敲门，或许他是因为刚才的问话而不好意思，想制造一个不期而遇的假象。听到脚步声，男友转过了头，有些尴尬地冲小玉笑了笑，问她去了哪里。小玉抬了抬手里的塑料篮子，从男友身边擦身而过向楼口走，她听到男友跟在后面的脚步声。

门仍然锁着,宿舍里的姐妹还都没有回。小玉打开房门,那只白猫不知从哪里钻出来,在他们前面进了宿舍。小玉没有招呼男友。他做着赶猫的手势走进宿舍里。白猫在地上跑了几步,弓起身子跳上桌子,"喵"地叫一声,从敞开的窗口逃到了槐树上。

"对不起,我不该问你那些事。"男友低着脑袋,看着脚上的皮鞋说。

小玉没有理他,抓起脸盆出门去水房。和她同车间的一个姐妹正在洗衣服,笑着冲她打招呼,问她为什么没出去玩。小玉勉强冲对方笑了笑,说自己头疼,一直在宿舍里睡觉,端着盆绕到洗脸池的另一侧。她用香皂洗了一遍脸,倒掉盆里的水,感觉痰的痕迹还留在脸上,重新接了水,洗了第二遍。洗衣服的姐妹从水泥隔墙后探出脑袋喊她帮忙。她们抓住床单两端时,那位姐妹兴奋地冲她挤挤眼睛说:"小刘在楼下呢,你是不是该喊人家上来?"小玉不想和她多说下去,平淡地说他已经上来了,正在宿舍里。她手上用力拧床单,想尽快从水房离开,却和对方拧到了一个方向,床单垂下来,险些落到水池边沿。

小玉回到宿舍时,男友正抱着膀子站在屋地上,脸冲着窗口出神。小玉绕过他,把脸盆放在床底下,手巾搭在床侧面的栏杆上。小玉在床边坐下,两只胳膊肘支在桌子上,用双手托住下巴。墙上的电扇转了起来,不知道是不是又挨了男友打。已经是傍晚时分,屋子里稍稍凉了下来,但仍然很闷。

"咱们出去吃饭好不好?"男友走到近前,有些讨好地向她弯下腰。

"刚才在大门外,我碰到一个人,"小玉突然没头没脑地说,她的

舌头

身体正在不停地发抖,"她往我脸上吐口水,又扑上来撕扯我。"

"那个人有没有打伤你?"男友吃了一惊,随后把手放在她肩膀上,关心地问。

小玉摇摇头,把身体向床的另一侧挪了挪,男友就势在她身边坐下来。

"是个啥样的人?她是不是认错了你,或者神经不正常?"男友皱起眉头问。

"我也说不清怎么回事。她是个老女人,可能从山里来的,我听不懂她说的话。张哥说她是特意来找我的。"小玉还在发抖,她感觉自己说出的话都打着战。

"我要出去看看,问问她干吗要这样做。"

男友站起到一半时,被小玉拉住了:"还是算了,咱们犯不着再招惹她。"

男友挣扎一下,有些愤愤不平地重新在床上坐下来,拉住小玉的手说:"张哥当时在干什么?为什么没帮你?他听得懂山里话。"

"我是在马路对面撞见她的,路上车来车往的,张哥大概没有看见。"小玉的手转了个方向,和男友的手握在一起,男友用胳膊搂住她,小玉就势把脑袋靠在他肩膀上。那只白猫又跳进屋子,弓着腰竖起尾巴,无声无息地在桌子上走,身后留下一串梅花形状的泥脚印。男友刚抬起手,它就从桌子上跳了下去,躲进对面的床底下。

"她好像要向我讨什么东西。"小玉若有所思地说。

"她要讨什么东西?"

"我不知道,只是有这么一种感觉,我听不懂她的话。"小玉摇摇头说。

烟囱里的兄弟

身上的抖动平息下来,男友瘦削的肩膀硌疼了她的脸,但她没有把头抬起来。男友的呼吸痒痒地吹在她头顶上,手从她肩膀滑下去,像蛇似的在她后背上游弋。她嗅到一股浓烈的青草味,她知道那是男友的味道,那种味道正像沼泽似的弥漫开来。这让她感觉到了某种危险。从前,她总是尽量避免这种亲昵的举动。远方似乎总有个声音在向她发出召唤,她害怕陷入这种味道里无法自拔。小玉挣扎着抬起头,装作梳理头发,就势离男友远一点。男友没有再贴上来。她似乎听到他轻轻叹息了一声。

男友站起身说:"咱们还是出去吃饭吧!"

五

外面起了一层薄雾,天气闷得很厉害,一大群红蜻蜓在楼前穿梭飞行,就要撞到人时才突然改变方向,擦着人脸颊飞过去。他们走到宿舍楼旁边的阅报栏时,小玉忽然停下了脚步。男友看穿了她的心思,轻轻在她后背拍拍说:"咱们从后门出去,不会遇到那个人的。再说了,有我在,你还怕什么?"

小玉挽起男友的胳膊,继续向前走。

"我还巴不得碰上呢,问问她到底搞什么鬼名堂。"走出十几米后,男友又说。几个男青工迎面走过来,恭敬地向男友问好,男友有些傲慢地点点头,他喜欢在小玉面前展示自己的权威。

纺织厂的后门只是一个小角门,没有门卫把守,在地面上横着两根半人高的弯曲的铁管,拦住车辆,只允许行人通过。男友和小玉侧着身子,一前一后走出门口。通过最后一道转弯时,小玉的心

舌头

里突然有些不安,自从出事以后,她就没再从这里出去过。

后门外是卖菜的市场,也聚集了一些快餐和小吃部,他们商量了一下,准备去一家川菜馆吃酸菜鱼。穿过马路后,小玉突然用力扯了扯男友的手,脑袋向侧后方摆了摆。男友停下脚步,顺着她指示的方向看过去。一个老女人正蹲在不远处工厂的白墙下,面前放着一只竹背篓,手里捧着什么东西在吃。

"就是这个人?我要过去问问她。"男友说。

"还是算了,犯不着再招惹她。"小玉拉住男友的手说。

这时候,那个老女人看到了小玉,把吃到一半的东西放进背篓里,拃挲着两只手跑过来。

"你想干什么?"男友把小玉护在身后,上前一步挡住老女人。

老女人绕着他转圈子,冲小玉伸出一只手,嘴里发出一阵喊声。

"她说什么?"小玉躲在男友身后,紧紧抱住他的胳膊。

"她让你还她东西。"男友说。

"我欠她什么东西?"小玉疑惑地问。

老女人又说了句什么,伸出一只手,想要抓住小玉。

男友抬起胳膊挡住她的手,对小玉说:"舌头,她要的是舌头。"

"什么舌头?你让她把话说清楚,我什么时候欠过她舌头?"小玉的身体又开始发抖。身后的小吃部里伸出了探询的脑袋。远处传来一阵雷声,就像一辆载重汽车"轰隆隆"从天边碾压过去。风起来了,空气中有了一丝雨的味道。

男友用山里话对老女人说了几句。老女人安静了些,不再追着小玉跑,但一只手仍然伸向她,嘴里发出一串音节。小玉看见她的手干瘦黑硬,就像一只风干的鸡爪。

175

"她儿子的舌头。"男友说。

"我没拿过她儿子的舌头,她是不是找错人了?"小玉抖得更厉害,两条腿软得像面条。

男友又和老女人说了几句,随后把目光转向小玉:"她没找错,她儿子就是几天前非礼你的那个流氓,她说你咬掉了他的舌头。"

小玉似乎听到男友叹了口气,她抬起头,看到了他眼神里的责怪和沮丧。观望的人又多了些,还指指点点地说着什么。小玉知道他们认出了自己,那件事发生后本市的报纸采访过她。

"我没见过她儿子的舌头,咱们还是快走吧。"小玉摇晃着男友的胳膊说。

男友犹豫了一下,似乎不打算马上离开,但最后还是听从了小玉的意见,绕过老女人向马路对面跑过去。在马路中间,一辆开得飞快的摩托车鸣着喇叭擦着他们呼啸而过,甩下一串咒骂声。小玉和男友跑到门口时,身后传来老女人的喊声。小玉慌乱地正要进门,被男友扯住了:"咱们和她说清楚,你又没做错什么,没有必要怕她。"

老女人追了上来,嘴里说了几句什么,突然"扑通"一声跪在小玉面前,两只手摊开伸向她。

"她说什么?"小玉问。她的两条腿已经失去了力气,半个身子压在男友身上才勉强没有倒下去。天色渐渐暗下来,风里的雨意越来越浓。小玉知道马路对面有好多人正在向他们看。

"她求你把舌头还给她。"男友说,"她说她儿子已经死了,她不想让他在阴间当哑巴。"

"告诉她,我没拿她儿子的舌头。"小玉说完快步跑进门里。

六

男友赶上来时,小玉正靠在路边的一棵杨树上发抖。天已经黑了,不远处的休闲广场上传来一阵锣鼓声和歌曲声。男友从后面碰碰她,告诉她用不着害怕,那个老女人没有追进门。

"那个人死了?那个人怎么会死呢?"小玉紧紧搂着臂膀,还是止不住发抖,她盼望男友能过来抱住自己。

"她说是伤口感染,他没有要求救治,等到看守发现时,已经得了败血症,再想救也来不及了。"男友漫不经心地说,没有再碰她。

好一会儿他们都不说话。一道闪电划过,随后,一阵雷声从头顶上滚过去。空气中流动着一股油炸臭豆腐的气味,湿漉漉的,有些沉重。

"那个人还吻了你是不是?"男友的声音从黑暗中传来,显得遥远又陌生,"所以你才能咬掉他的舌头。"

"我不知道。"小玉就要哭出来了,她希望男友不要再问下去。

"你好好想想,当时到底发生了什么?他是怎么把舌头放进你嘴里去的?"

"我说了我不知道,我真的记不清了,求求你别再问了行吗?"小玉突然提高声调,歇斯底里地喊着。离她不远的灌木丛里传来一声猫叫,黑暗中现出两团绿莹莹的光亮,那只白猫跃过低矮的树墙跑走了。

"好吧,我送你回宿舍吧!"男友的声音显得很疲惫,就像是刚刚下夜班。

小玉点点头,迈步向宿舍方向走,男友没有追上来,跟在后面一米左右。

在宿舍楼下的花坛边,小玉突然停住了脚,转身对男友说:"在这等一会儿好吗?我马上就下来。"

小玉从楼里跑出来时,手上拿着一只手电筒:"再陪我出去一趟行吗?"

"你要去哪里?拿这东西干什么?"男友疑惑地问,但还是跟在了小玉后面。

"到了你就知道了。"小玉说。她没有把手电筒打开,厂区里有路灯照亮,路上并不黑。他们都不再说话,沿着刚才回来的路向后门方向走。在那两根铁管前面,小玉犹豫了起来,她不知道那个老女人是否还守在外面。白猫从一棵树后闪出来,讨好地发出"喵喵"的叫声,它大概以为他们要去吃消夜。男友绕过她先走出门,回头打着手势说:"来吧,她不在这里。"

小玉和男友沿着马路向前走,那个休闲广场很快出现在眼前,几只高大的照明灯把圆形的广场分割成几部分,做健身操的、打太极拳的、扭秧歌的、跳交谊舞的、唱革命歌曲的,分别占据了一块地盘。虽然雨意越来越浓,但人们似乎并不在意。数不清的昆虫在灯下飞舞,翅膀被灯光涂上一层金黄色,就像着了火一样。

小玉没有向广场上走,而是拐上了旁边一条铺着卵石的林荫路。这条路上没有路灯,也看不到人影,小玉打开了手电筒。一道白色的光柱劈开黑暗,投射到地面上。她在一只石凳前面停下来,辨别了一下方向,又向前走出几步,在路边弯下腰。

"你在这找什么?"男友在她身后问。

舌头

"舌头,那个人的舌头。"小玉用手分开路边的野草说,"我把它吐在这里了。"

白猫不知从哪冒了出来,无声无息地跳上石凳,两只眼睛在黑暗中发出绿莹莹的光芒。

"都过去几天了,还能找得到吗?"男友哼了一声,有些不屑地说。

"我也不知道,找找看吧!这条路上很少有人来。"小玉说。

小玉找完了路右侧,又折回身寻找路左侧。一阵风突然刮过来,几颗巨大的雨滴随后落在地上。广场上的音乐声骤然停止,传来一阵散场的人声。

"下雨了,咱们也走吧,你不可能找得到。"男友催促说。

小玉没有理会他,弯着腰继续向前寻找。她蹲着身子又走出两米多远后,突然停下来喊男友:"你过来看看。"

男友弯下腰凑到小玉身边,看见手电筒的光柱停在了一棵桃树下,树下光秃秃,没有长草,似乎为了方便浇水,周围叠起了一圈矮矮的正方形土坝。一片黑褐色的痕迹像一条怪异的虫子横卧在一条边上。

"这是什么?"男友诧异地问。

"我想可能是血。"小玉说,"当时我吐了一口血,但我不知道里面有没有舌头。"

手电筒的光柱沿着那片黑褐色缓缓向前移动,在树根处停了下来。小玉和男友同时看到了一个东西,那东西同样是黑褐色的,像一块干瘪的木耳贴在树桩的根部。

"这就是那个人的舌头吗?"男友小声问,用随手捡起的一根树

179

枝捅了捅。那东西从树干上掉下来,在地上滚动几下后不动了。好多只大黑蚂蚁从里面钻出来,惊慌地四散奔逃。

"应该是吧!"小玉说。她的声音有些发抖。她感觉那些蚂蚁已经爬到自己身上。

"你想拿它怎么办?把它捡起来吗?"男友又捅了一下问。

"我不知道。"小玉向后退了退,"我想应该把它交给那个老女人。咱们找一找有没有纸,把它包起来。"

男友和小玉同时把手伸向口袋,但谁身上都没有带纸。正在他们犹豫不决时,那只白猫从石凳上跳下地,突然从他们中间的缝隙钻过去,一口把那截舌头叼进了嘴里。小玉似乎听到它得意地笑了一声,随后看见它仰起脑袋,做出了一个吞咽的动作。小玉和男友惊叫一声,同时向猫扑过去。猫一拧身子,躲开他们的手,沿着小路飞快地向前逃跑。小玉和男友在后面紧紧追赶。雨下大了,豆粒大的雨点砸在他们身上。白猫穿过马路,纵身跳上了纺织厂的围墙,顺着墙头跑出一段,又一纵身跳上墙边的一棵柳树,飞快地爬上枝头,又一纵身跳上了女工宿舍的房顶,随后就不见踪影了。

"咱们追不上它了。"男友停下脚步,喘着粗气说,"追上也拿不回那个东西。"

小玉也停了下来,无力地靠在墙上。他们的衣服都已经淋湿了,雨水顺着脑袋和脸颊不停地流下来。男友把小玉拉到后门的入口处,那里用石棉瓦搭起的门廊可以遮挡住一部分雨。

"还是回去吧,时间已经不早了。"停了停,男友碰碰小玉的胳膊说。

"我现在还不想回去。"小玉说,"你陪我走一走好吗?"

"什么时候?在哪里走?"男友疑惑地问。

"就是现在,在雨里走。"小玉的情绪突然一下高涨起来,挽起男友的胳膊,不由分说地把他扯进了雨里。他们沿着马路一直向前走,穿过休闲广场,踏上另一条大街。小玉脱掉了鞋子,赤脚走在大街上,不时故意把脚踩进积水,嘴里发出欢快的笑声。男友几次想问她究竟犯了什么毛病,干吗要在雨里走,但看到她兴高采烈的样子,到底没有问。

雨渐渐小了下来,路灯洒下一片片湿漉漉的灯光。不时有出租车在他们身边减速,询问是否打车,得到否定的回答后,几乎不约而同地骂出一句"有病"。在一个家庭旅馆门前,小玉突然站住脚。这家旅馆名叫红日升,价格便宜,房间条件也不错,纺织厂好多情侣都到这里相会。

"你会不会永远对我好?"小玉定定地看着男友问。

"当然,我会永远对你好。"男友愣了愣,抹一把脸上的雨水说。

"那你还想不想要我?"

"什么?"男友问。

"我说,你还想不想要我?"小玉又问一遍。

"想。"男友费力地咽一口唾沫回答。

烟囱里的兄弟

雅格达

墓碑像一排排牙齿,向山顶咬上去。海马抬起头,一个硕大的屁股像箩筐似的挂在头顶,让他有一种想拍一巴掌的冲动。乳白色的晨雾消失了,天气很不错。海马转回身,目光从松树和柏树的尖顶上掠过去,穿过整座墓园、一大片玉米地、一条公路、另一片玉米地和一个不知名的小村子,到达对面连绵起伏的山岭上。冷眼看去,那些山有几分像老家的四姑娘山。海马想,如果母亲在此处安顿下来,就能够看到这些景色了。

裴果的公开身份是在街边卖炸串的小商贩,每天中午过后,他把安装了玻璃橱窗的手推车固定在第四中学旁边的巷子口,支起油锅,炸鸡柳、牛排、馒头片以及各种青菜,还有臭豆腐。一直到后半夜,浪漫之旅歌厅关了门,几个陪唱小姐挎着坤包慵懒地走出来,他才收起摊子,结束一天的营业。但他还有一个隐秘的身份——作家。这两个字他很少向别人吐露,他更愿意说自己是个写字的。裴果偶尔会投稿,更多的时候,他的小说写在脑袋里。他称之为"走小说"。他习惯了把眼前正发生的事情迅速转化成小说里的片段。换句话说,他是用小说的方式来打量人生和世界的。小说就像一面盾牌、一面滤镜,隔在他和现实之间,让他进退自如,从容不迫。面对生活时,他既是作者,又是读者,可以自如取舍,也可以漠不关心。

雅格达

在裴果的小说里,他的名字叫海马,海是海明威的"海",马是马尔克斯的"马",这两位都是他非常崇拜的作家。为什么不叫马海呢?裴果觉得过于平庸,缺少个性。

墓地管理员是个身材矮胖的女人,上身穿一件绿色皮肤衣,下面套一条黑白相间的紧身裤,看上去就像一棵粗壮的白桦树。她兜售的墓地贵得超乎想象,海马又一次摇了摇头。墓地管理员像关闭一扇门似的合上黑色硬皮本,用下巴向右上方指指:"那边还有一款特惠公墓。"

地势越来越高,方位渐渐向东倾斜,阳光从海马后脑滑到左脸。

"就是这里,剩得不多了,跳楼价,10880元。"

对方的嘴角撇到一边,听口气,如果拒绝此处,就会死无葬身之地。这个墓区显然刚开发不久,过道上杂草还没清除干净。这里位于整个墓园最高处,再向上就是茂密的灌木丛。墓碑低矮简陋,间距小得刚刚放得下一只脚。海马慢慢转回身,景色全部消失了,目光只前进几十米,就撞在一个废弃的采石场的掌子面上。

"给妈找个敞亮点儿的地方。"

海马突然一阵心酸,母亲在病床上说出这句话时,是不是已经预见了死后的处境?自从七年前母亲从老家出来帮他照看孩子起,住得一直紧张局促。先是和他们在单身宿舍住了两年,海马买断工龄后,又挤在一间四十几平方米的小房子里。母亲不过想有一个像样的安身之所。她当然不会想到,在城

烟囱里的兄弟

里,死人住的墓地比活人住的房子还要贵。

"能不能再便宜些?"

海马迅速转回身,脸朝向墓地管理员问。他有些无赖地想,如果人真有灵魂,母亲一定会理解他的难处;如果灵魂并不存在,葬在哪里又有什么区别?风顺着山坡吹下来,灌进他张开的嘴里。

"这已经是最低价了,"墓地管理员说,"人还能老几次?"

听上去是代替母亲在教训他。在本地方言里,"老"就是"死"的意思。海马扫视一遍墓区,一部分墓碑果然已经刻上了字。他旁边一座墓碑上的名字让他感觉很熟悉,但他没能想起在哪里见到过。

裴果签好合同走出公墓大门时,一辆公共汽车刚刚开走,下一趟要半小时后到。他在刺鼻的尾气里呆立片刻,决定步行回去。路两边的玉米叶子已经发黄,草丛里不时有一只蝗虫飞起来,翅膀发出清脆的响声,拖着沉重的肚子滑行一段后,落进玉米地里。裴果身上出了一层黏腻的热汗,边走边把夹克拉链拉开。他想起了人生中另一次步行。那时候,裴果还是十六岁的少年,在本市的粮食学校读二年级。暑假结束时,母亲执意要来城里送他,当时,裴果没有想到一个山里女人对城市有多么好奇,只是因为怪母亲多事而无比心烦。在离校门二十几米远的马路边,裴果再不肯前进半步。母亲一只手搭在额头上,遮挡着迎面照来的阳光,踮起脚向前面打量。母亲身材矮小,脸黄而皱,像蒙着一张牛皮纸。母亲忽然转回头,讨好地笑笑说:"果儿,妈想逛逛城里的公园,听人家说里面有狮子、老

雅格达

虎和大狗熊。"

锐利的往事呼啸而来,裴果感觉到一阵刺痛,他迅速用虚构把自己包裹起来。

海马在前面走,路上的卵石不时硌疼脚底。他还是第一次走进这座公园,没想到里面这么大。母亲离开几米远,跟在他身后,满脸好奇和紧张。她大概正在想象老虎和狮子的模样。在海马小时候,四姑娘山里还有野猪,每年玉米结穗时它们就从山上跑下来,拱开用荆棘扎成的篱笆,冲进田地肆无忌惮地偷吃。从一条栽满黄玫瑰的小路钻出来后,海马彻底迷了路,动物区在哪个方向,他没有半点把握。但他不想问路,他像好多那个年纪的孩子一样自信到了自大的程度。海马所做的就是加快脚步。母亲还没有意识到事情不对,紧紧跟在后面,满脸期待的神色。二十几分钟后,海马又看到了那条生满黄玫瑰的小路。他气急败坏地转回头,母亲正在一棵松树下冲他笑。

"你咋走那么慢?"

他铁青着脸转上另一条路。母亲忙不迭跟上来,几次想说什么,最后却什么也没有说。

那个夏天的午后,天气闷热异常,知了的叫声一直响在耳边。海马不停地走,动物区却始终没有出现。通过一座拱形的石板桥后,他再次看到了那条黄玫瑰小路。母亲扶着桥栏杆,小心地喊他一声:"妈不想看动物了,天不早了,咱还是回去吧!"

海马狠狠瞪了母亲一眼,一言不发地向前走。天凉了下

烟囱里的兄弟

来,知了不再聒噪,听得见身后母亲的脚步声。他不停地向前走,似乎在进行某种疯狂的仪式。第三次看到那条小路时,海马没有再执拗下去,接受了母亲回去的建议。他们顺利走出了公园大门。到达车站时,母亲刚好乘上当天最后一趟火车。寒假来临时,海马回到了老家。有一天,无意中碰到母亲正向几个邻居炫耀她逛公园的经历。母亲站在众人中间,讲述着狮子、老虎和狗熊,邻居们张大嘴巴,羡慕不已。

裴果的手机响起来,他停下脚步,屏幕上显示打来电话的人是裴果。他愣了十几秒钟,怀疑自己还在虚构中,随后想起来,对方是和自己同名的一位作家。

"小裴,你的条件想好了没有?"

对方的声音低沉有力,透出一种宽厚和自信。

"裴老师,我还……还没有……想好。"

裴果突然一阵慌张,就好像偷东西被逮个正着。

"你能不能尽快想一想?这件事不宜拖下去。"

"好的,裴老师,我尽快想。"

"那就这样好吗?明天上午,我等你电话。"

"好。"

裴果听了一会儿忙音,把手机收起来,接着向前走。他已经走了一半路,墓园看不见了,被茂密的玉米遮挡住。

作家裴果第一次打来电话,是在半年前的一个上午。手机响起之前,海马正站在医院手术室门口,注视着墙上的一块牌子,但上面写了什么,他一无所知。两扇淡蓝色的门被推开,一个年轻医生从里面走出来,把一只白钢托盘伸到海马眼前。

"已经晚期了,肚子里长满了癌细胞,除了戴教授,没有人能做这样的手术。"

海马机械地点头,看见托盘里血肉模糊的一团。

"胆囊、胆管、胰腺、远端胃,都切除了,现在解决了吃饭问题,但活不过半年时间。"

医生边说边用一根手指在托盘里翻检,把说到的器官找出来,乳白色橡胶手套上沾满了鲜血。海马看见托盘一侧慢慢聚集了暗红色的血。他突然意识到,那些都是母亲的血,而托盘里的东西,两个小时前还长在母亲身体里。

"恐怕有二斤多。"医生结束了讲解,一只手擎着托盘,掂了掂。

海马不太确定对方是否在笑,医生的脸被口罩遮住了,只能看见一双露在外面的眼睛。他有些担心,这个毛手毛脚的年轻人会不会将托盘打翻,把里面的东西摔到大理石地面上。就是这时候,海马的手机响了。他按了接听键,却忘记了说喂。

"你好,请问是裴果同志吗?"

海马说了一声喂,随后想起来,自己发表作品的笔名叫裴果。

"我是。"

"小裴你好,我刚刚读了你的一篇小说,写得很好啊,真是后生可畏。"

对方的声音变得热情起来。海马似乎看到一个坐在椅子

烟囱里的兄弟

里的老人,满头银发,红光满面,打着手势边说话边兴奋地向上颠屁股。他看到的是戴教授。

"您是哪位?"

对方笑了,笑声震得手机颤动起来:"我也姓裴,笔名也叫裴果,如果没有过分高估自己,你应该读过我的作品。"

海马想起来,文坛上有一位和自己重名的作家,最初他并不知道这个人,等他知道时,已经发表了一些作品。

"裴老师,您好,我读过。"

"那好,那好。我有几个问题想问你,你是哪一年开始写作的?"

海马想了想,给出了答案。作家裴果随即说出开始写作的年份,整整比他早了二十年。

"你是哪一级会员?"

"市级。"

"我是国家级。你得过什么奖项吗?"

"没有。"

"我得过三次国家奖、五次刊物奖,还有一些省市级奖,就不要提了。"

海马机械地应和着,那个年轻医生已经走了,墙壁上的电梯指示灯不时亮起又灭掉,丁零声从紧闭的门里传出来,显得很遥远。海马收回目光,忽然发现自己正拿着手机和什么人通话。

"咱们长话短说,我们俩都叫裴果,又都写小说,很容易让人产生误会,你看能不能协商一下,有一个人改成另外的

雅格达

笔名?"

"好啊!"

海马眼前又出现了那只托盘,声音好像从血肉模糊的中心发出来。

"小裴,我写作的年头比你长一些,成绩也比你略大一些,你看你能不能改一下?"

"好啊!"

"那么,你打算什么时候改?"

"改什么?"

"改笔名啊!怎么,你没搞清我的意思吗?"

手术室门轰然被打开,两个护士把一辆车推出来。海马看见了母亲,脸色蜡黄,双眼紧闭,身上插满管子。海马把手机收起来,忘记了按挂断键。作家裴果在裤兜里喊了一分钟,说一声胡闹后,结束了通话。

裴果回到家时,灵堂已经布置起来,屋子里弥漫着香火味和哀乐声。裴果离开单位那年,母亲卖掉了老家的祖屋,加上他买断工龄的补偿款,买下了这个一室一厅的小房子,让他们勉强在城里有了安身之地。

几个老亲戚都到了,叔伯们在阳台上抽烟,把痰吐进母亲的花盆里。婶子和舅母挤在客厅沙发里叠纸锭,茶几上一堆金元宝、一堆银元宝,都闪闪放光。沙发打开是一张床,裴果没离婚前,母亲晚上就睡在上面。妹妹迎上来,眼圈通红,把一块折成长条的白布扎在裴果腰上。裴果和每个人都打了招呼,他们不仅是长辈,还是他

烟囱里的兄弟

的债主,因为母亲的病,他借遍了所有人的钱。

  这个晚上,照例要守灵。到后半夜,别人都睡着了。裴果坐在沙发上叠纸锭,不时抬头向五斗橱上看一眼——灵堂就布置在那上面,买回来的香质量不太好,稍不注意就会燃到尽头。门一直给母亲留着,屋子里的香味并不浓。裴果有些疑惑,这个时候,母亲的灵魂究竟在家里还是在外面?

  香灰像衰朽的柱子垮塌下去,一部分落进香炉里,另一部分掉在五斗橱台面上。裴果站起身时闻了闻手指,一股锐利的金属味,他在裤子上用力擦几下,点燃三炷新香。烟雾从香头上冒起来,飘过母亲的遗像,消失在天花板上。

  遗像上的照片还是母亲十年前拍摄的。母亲穿着一件碎花衬衫站在老家的院门口。裴果按下快门时,家里的两头猪就在他们身后的猪圈里"哼哧哼哧"地叫着要食吃。前妻站在裴果旁边,提醒母亲抬头挺胸微笑。母亲腰板笔直,笑容灿烂。但现在,母亲已经去世了,前妻也成了别人的老婆。

  裴果重新在沙发上坐下来时,看了眼墙上的挂钟,上面显示的时间是十点三十五分。裴果愣了十几秒钟,随后想起来,那是母亲去世的时刻。这只金杯牌挂钟是父母结婚时的物件,比裴果还要老。昨天上午,母亲在医院咽气时,它也停了下来,时间竟然一分一秒都不差。

  哀乐变成怪异的跑调音,裴果从沙发上站起来,用指甲抠开唱机背面的塑料盖子,换上两节新电池。哀乐却仍然跑调。裴果把一只音箱插头拔下来,随后插上,再拔下另一只。声音恢复了正常,只是音量小了些。坐在沙发另一头的妹妹醒过来,问裴果要不要睡一

雅格达

会儿。裴果摇摇头说不困,但眼皮已经不知不觉地合在一起。

海马抱着脑袋蹲在屋地上,电视开着,小燕子在他头顶瞪着两只大眼睛。白露从卧室里走出来,带起一股化妆品的香风掠过去。跟在她身边的海虎不动声色地在他屁股上踢一脚。母亲站在通向厨房的过道上,两只手像树根似的搅在一起。有那么一刻,她没弄清楚发生了什么事。这一段时间,海马唯一的请求就是不要让母亲知道。白露的手碰到房门把手时,母亲终于察觉到不对,跑上来拉住白露胳膊。

"小露,大半夜的,你带孩子上哪去?"

白露没说话,用另一只手把母亲的手拿掉,打开防盗锁。

"奶奶,我和妈妈要去住大房子,过好日子。"海虎说,满脸的欣喜。

房门打开了,一股凉风吹进来,白露扯着海虎向外面走。

母亲像泥鳅似的挤过去,拦在白露面前,用后背把房门关上。

母亲扭头骂海马:"小瘪犊子,咋惹的你媳妇?麻溜过来认个错。"

海马摇摇头,仍然蹲在地上。

"没用的,"白露说,"这不是吵架拌嘴的事。"

她手上用力,把母亲从门口挪开。母亲抵抗着,但渐渐失去了阵地。

母亲又冲海马骂:"你是死人?咋不过来拦住你媳妇?"

海马又摇摇头,仍然没有动。母亲被搬到一边,房门又打

191

烟囱里的兄弟

开了。母亲徒劳地挣扎一会,突然跪倒在白露脚前,抱住她一条腿。

"小露,妈求你了,看在我这张老脸分上,别走了。"

"你不要这样。"白露用力挣了挣。

母亲跪在地上,身体像藤蔓似的绕到白露前面,挡住房门口。

"你放手。"白露又挣了挣。母亲抱得更紧,身体像刺猬似的蜷缩成一团,不住地发抖。

"你这样真没用的。"白露叹口气说,"我们已经离婚了。"

母亲扭头看海马。海马无力地摆摆手,说:"是真的,妈,让她走吧!"

母亲将手渐渐放开,突然又再次抱紧:"你自己走,把孩子留下。"

"你问问他,养得起孩子吗?"白露说,"是走是留,让海虎自己决定。"

"我要走,跟着妈妈有好玩具,有新衣服,还有小汽车坐。"海虎说。

"你不想爸爸?"母亲看着孙子,可怜巴巴地问。

"我不想,"海虎坚决地摇头,"他根本就不是男人。"

"妈,你起来,让他们走。"海马说。

母亲松开手,但仍然跪在地上。白露和海虎从她身上迈过去,脚步声渐渐消失在楼道里。母亲呆愣片刻,突然栽倒下去,额头"咣"的一声撞在门框上。

裴果睁开眼,周围一阵哀乐声,母亲正在遗像上看着他。

"哥,你刚才说梦话了。"妹妹的嗓子哑了,喉咙里好像裹着一卷砂纸。

窗外已经发白,长辈们正在厕所门口排队。裴果终于明白刚才是在做梦。让他诧异的是,即使在梦里他也能用小说保护自己。在他的小说里,前妻名叫白露,这个名字出自曹禺《日出》里的女主角陈白露。儿子的名字叫海虎,他一直希望孩子将来能有些霸气。

葬礼主持人到了,是一个很稳重的中年人。主持人和裴果握过手,就指挥众人准备起灵的事。

裴果向袋子里装纸锭,这时手机响起来,他正打算接,但对方已经挂断了。裴果看见是前妻的号码,就出屋向楼下走。他们已经说好,前妻早晨会把儿子送过来。裴果走出楼门,儿子正从停在路口的一辆红色小汽车里钻出来。他看见儿子冲车里的人招手,说了一声"白白"。车上有人回应,是前妻的声音,但听不清说的是什么。小汽车鸣了一下喇叭。裴果看不见车里的人,但他觉得这是前妻在向他打招呼,就抬起手挥了挥。小汽车先向前开出一段,又向后倒,接着,划出一道弧线开走了。

海虎跑过来,把手卜拿的东西举到海马眼前:"我爸送的生日礼物,日本产的,索尼牌。"

海马愣了片刻,他在想什么时候给儿子买过这东西,随后明白儿子说的是新爸爸。他看见那是一部淡紫色机器,长宽和厚薄都和手机类似。"不错。"海马说,摸摸儿子的脑袋。

"当然不错,有麦克风,能待机一个礼拜。"

烟囱里的兄弟

  海虎突然板起小脸问:"你打算什么时候给我抚养费?已经半年没给了。"

  "快了,快了。"海马说。他想要拉儿子的手,却被海虎甩开了。他知道前妻并不缺这笔钱,之所以要强调一下,是因为以进为退,免得他节外生枝。

  在屋门口,妹妹拿着一块写着"孝"字的黑布走过来,要戴到海虎胳膊上。海虎一抡胳膊:"姑,你为什么给我戴这东西?"

  "奶奶去世了,咱们想她,所以要戴孝。"妹妹说。

  "咱们想就能把她想活吗?"海虎问。

  主持人走过来,提醒海马起灵时间到,该下楼摔老盆了。

  汽车上了路,主持人坐在前面副驾驶位上。海马打着灵幡坐在后面。妹妹怀里抱着母亲遗像,坐在他左边。坐在他右边的海虎,一路上都在低头摆弄那只游戏机,里面不时传出一个怪异的女声,兴奋地说"come on baby"。

  汽车停在通往殡仪馆的岔路口。裴果把几枚纸钱从车窗扔出去。前面的车堵得看不到尽头。儿子从游戏机上抬起头,兴奋地从另一支送葬车队里认出奔驰、宝马、宾利、路虎、奥迪……儿子又用手指点着数,一辆、两辆、三辆、四辆……数到二十几辆时数错了,又从头开始数。裴果低下头,给母亲送行的车队短得可怜,一只巴掌就可以数过来。二十几分钟后,汽车重新上路。

  殡仪馆热闹得像集市,好多车,好多人。

  走在一排排高大的冷柜之间,裴果忽然想起了小时候。有一天下午,母亲来了兴致,领着他和妹妹玩起捉迷藏。他和妹妹藏了几次,都很快被母亲找出来。轮到母亲藏时,他们却怎么也找不到。裴果和妹妹只好垂头丧气地认输,母亲却笑着从他们眼前的窗帘后面走出来。那时候,父亲还没去世,他们一家总是很快乐。

冷藏库里的温度很低,呼出的气变成一团白雾。海马突然冒出一个念头,此刻,母亲正躲在什么地方和他们捉迷藏。等大家都找不到时,她就会笑着走出来,高高兴兴和他们回家去。那只巨大的铁抽屉被拉出来时,海马下意识地向后退了半步,就好像是给母亲留下足够的空间。一阵白气散去,海马看见母亲神态安详地躺在纸棺里,就像睡熟了一样。他突然有一种强烈的冲动,想要拍拍母亲肩膀,把她从睡梦中唤醒。他努力克制自己,才终于没有这样做。母亲被放在一辆推车上,送进一间写着化妆室的小屋子。主持人用棉签蘸着茶盅里的清水给母亲开光,嘴里念道:

开眼光,看四方;

开鼻光,闻四方;

开耳光,听四方;

开嘴光,吃四方;

开手光,拿四方;

开脚光,走四方。

母亲额头上冒出一层细密的水珠,海马以为母亲是热出了汗,伸出手去抹。巴掌好像触到一块冰,又硬,又冷,无比光滑。

烟囱里的兄弟

这个时候,海马才终于明白,母亲是真的去世了,再也不会活过来。

一阵音乐声突然响起。裴果收回手按到裤子上,让手上的水慢慢渗进纤维里。他扭头寻找声音来源,却发现所有人都在看自己。裴果这才意识到发生了什么,慌乱地掏出手机按了挂断键。

殡仪馆的告别厅供不应求,母亲在东二厅排队到上午十点。

大家等在院子里,抽烟,说话,吐痰。

海马靠在一棵松树上,忽然想起刚才那个电话,虽然只是仓促地扫了一眼,但他还是看清了来电的是作家裴果。他想起了对方第二次打来电话的情景。那是母亲手术后一段最好的时光,可以自己吃东西,坐在病床上看电视,偶尔还能拄着拐杖在地上走几步。有一天上午,母亲突然说要去走廊里转一转。海马劝不住她,只好到护士站借来一架轮椅,推着母亲走出病房。走廊上住满了病人,一部分已经做完手术,另一部分正等着做。

海马推着母亲慢慢向前走,母亲不时和人搭话,询问人家的病情。在一个年纪和母亲相仿的女人床边,母亲让海马停下来。那个女人两天后手术,蜡黄色的脸上满是担忧。母亲劝她不要担心,在自己身上比着说,不过就是在肚皮上割道口子,把里面的坏东西拿出来再缝上,口子长好,就可以出院了。母亲不知道自己得的是癌症,还一直以为是胆囊炎。

雅格达

海马推着母亲来到走廊尽头的窗口前。从九楼的高度望出去,可以看见大半座城市。窗外就是繁华的中央大街,车声和人声不时从窗口传进来。母亲在窗前待了很久,目光始终注视着外面。海马不知道她在想什么,但他知道,眼前所有的这一切,都已经和母亲无关了。海马正打算劝母亲回去,裤兜里的手机响了,母亲扭过头问是不是小露来电话,她一直还在盼着他们破镜重圆。

"小裴你好,你可能还有印象,几个月前我给你打过电话,谈了笔名的事。"

对方的声音亲切热情,非常具有感召力。海马没费多大力气,就想起了作家裴果。随后,他眼前出现了一只白钢托盘,里面血肉模糊的一团。

"裴老师,您好!"

"你好小裴,请你原谅,上次我有些武断了。我知道裴果这个笔名你已经用了几年,轻易不愿割舍,在这一点上我们的心情是一样的。你看这样好不好?如果你答应更改笔名,有什么条件,你只管提出来。比如说经济补偿,或者推荐你发表作品什么的,只要我能办到,就一定尽力满足你的要求。"

眼前的托盘旋转起来,里面的血肉发出呼啸的风声,海马突然泛起一阵恶心,仓促答应一个"好"字。

"那好,我等你电话,你想好条件就打给我。"

海马又说了一个"好"字,胃里的东西已经到了喉咙口,他扔下母亲,冲进几步外的厕所里。

烟囱里的兄弟

"你到底什么时候给我抚养费?"

裴果小腿上挨了重重一下,转回头见儿子正仰脖看着他,满脸的严肃。

"快了,快了。"

"快了是什么时候?"

"马上,马上。"

喇叭里传出母亲追悼会的通知,裴果带着儿子走进东二告别厅。母亲是农村人,省略了单位介绍生平的环节,经历也乏善可陈。仪式非常简单,主持人说了一堆现成的套话,默哀完毕,就开始最后告别。和来宾握手时,裴果裤兜里的手机振动起来,他庆幸已经调成会议模式。他机械地握住伸过来的手,猜想是什么人来电话。耳边传来一阵哭声,他才发现人已经走光了,妹妹正扑在推车上,抓住栏杆不放。裴果和妹夫把她拉开,一名戴大檐帽的工作人员推车走进墙上的一扇小门。

海马绕过告别厅,去前面的商品厅挑选骨灰盒。他看中了一款白玉材质的。母亲喜欢白色,也喜欢玉器。海马问了价格,高得让他咋舌。他正犹豫不决时,身后一个人挤过来,二话不说扔下钱,抱走了一只。销售人员轻慢地看看他,问有一只特价的要不要。那只骨灰盒左下角掉了一块,用胶粘贴后留下一道淡黄色印痕,看上去并不十分明显,价钱却减了一半。海马咬咬牙买了下来,活人住的房子也会修修补补,母亲应该不会介意。

海马抱着骨灰盒向回走时,想起刚才的来电。他拿出手机,上面是一条短信息:小裴,你到底什么意思?逃避能解决问题吗?发信人是作家裴果。

妹妹和妹夫带着海虎等在一个搭着防雨棚的过道上。待会母亲的骨灰会从左边一扇铁门里送出来,放到右边屋子的一座台子上。海马坐在台阶上,淡青色的烟雾从火化间房顶一根黑色烟囱里冒出来,被上面的尖顶分隔成几部分后,迅速消失在天空中。海马不知道,正从里面冒出来的,是不是属于母亲的气体。

有一瞬间,海马走了神,也可能打了个盹。他没有看到母亲的骨灰是如何运过来的,从台阶上站起来时,它们已经放在了台面上。妹妹戴上一副手套,把另一副手套递给他。母亲的骨灰还是热的,好像人的体温,仿佛那些骨头都还活着,只是改变了一种形态而已。海马和妹妹把骨灰捡进一只布袋,系紧袋口放进骨灰盒里。

办理安葬手续时,裴果有些心不在焉,险些签上"海马"两个字,三点水已经写完了,他才反应过来,赶忙改成一竖。墓地就在殡仪馆后面,抱着骨灰盒走在山路上,他想起了自己名字的由来。母亲生下他时,正在山上采野果,手刚伸向一串果子,肚子里突然一阵绞痛。母亲硬挺着坐在一个树桩上。羊水已经破了。母亲咬咬牙,决定自己接生。生到一半时,母亲耗尽了力气,瘫软在地上。她抓起几颗野果放进嘴里,酸甜的汁水迅速弥漫在牙齿间,力气重新回到身上。母亲下山时,一只手抱着初生婴儿,另一只手挎着竹篮,篮子里装着野果。因为这段经历,母亲才给他起名"裴果"。

烟囱里的兄弟

裴果看看手里的骨灰盒,很想和母亲说句话,却想不起该说什么。就在这时候,裴果发现骨灰盒有些不对,他没有看到左下角那道淡黄色的印痕。他停下脚步,把四个角都仔细找一遍,仍然没有看到。难道印痕平白无故消失了?

海马额头上冒出冷汗,身上一阵阵打哆嗦,难道是母亲显灵吗?呆立十几秒钟后,他想到另一种可能。刚才办理手续时,他把骨灰盒放在了窗口前的柜台上,会不会临走时拿错,抱回了另一只盒子?他和妹妹打个招呼,说要去厕所,就快步向山下走。他跑进办事大厅门口时,看见柜台上空空如也。虽然不抱什么希望,但他还是询问了窗口里的办事人员。对方看一眼他抱着的骨灰盒,满脸疑惑地摇摇头。

海马在大厅门口停顿片刻,转身向山上的墓地跑。他猜测有另一个人和他犯了同样的错误,抱走了母亲的骨灰盒。两个骨灰盒款式应该相同,也许就是在商品厅里挤到他前面去的那个人。大概那人当时在他旁边窗口办理手续,同样把骨灰盒放在了台面上。

海马跑上半山坡,看见路两边各有一群人。右侧是给母亲送行的队伍,海马转向左侧。他没有声张,慢慢走到了人群外。昨天,海马曾经在这个墓区向远处眺望过,里面都是高档墓地,价位一律在四万元以上。这家人声势浩大,海马挤进人丛时,没有人注意到他。主持人正在进行装修,跪在地上,把一块红地毯铺在墓穴里。越过前面人的肩膀,海马看见了另一只相同的骨灰盒,辨认出左下角那道淡黄色印痕。那只装着母亲骨灰的盒子,此时正抱在一个男人手里。看上去,对方和他年纪相仿,身高也相差无几,只是要白胖一些。

海马正要上前说明情况,突然又停了下来,他脑袋里猛然闪过一个念头,这个错误会不会是母亲泉下有知的选择?就像挂钟选择在母亲去世那刻停下来一样?安葬在眼前这个墓穴里,她就可以住得宽敞明亮,看到迷人的景色,将来还会享受到优厚的祭拜。海马张开的嘴慢慢合上。透过人缝,他看到了墓碑上的文字:慈母童好珍之墓。海马从人群里退出去,回到东山坡。

安葬仪式同样非常简陋,看到那只装着童好珍老人骨灰的盒子放进墓穴里时,海马在心里说了句对不起。来宾们已经离开,海马和妹妹跪在地上磕头上香。另一面山坡上突然热闹起来,好多人吵嚷着向这边奔来。一只领魂公鸡跑在众人前面,在一座座墓碑间飞起落下。公鸡逃到了几米外的台阶路上,在原地停留片刻,似乎辨别一下方向,突然展开翅膀飞起来,降落到刻着母亲名字的墓碑上。海马看见它金黄色的尾羽和威武的鸡冠。他想,不知道它领的是母亲的魂,还是童好珍老人的魂。

公鸡最终被人抓走了,得到这份礼物的人兴奋地冲裴果点了点头。从地上站起来时,裴果的手机再次响起,又是作家裴果打来电话,语气里透着责难,问他想没想好条件。

"我没有条件,同意改名字。"裴果望着几米外的灌木丛说。

电话里沉默片刻,对方大概没想到他会这么说。

"谢谢你小裴,能不能告诉我,你打算改成什么笔名?以后我会把你的作品找来拜读。"

"海马。"

"海明威和马尔克斯吗?这个名字有野心,有创意。"电话里传来爽朗的笑声。

他看见海马收起了手机,掸一掸膝盖上的灰尘,和妹妹、妹夫、海虎走上了台阶路。他们的身影不断被松柏遮挡住,又不断露出来。他站在一道陡坎边,目送着他们越走越低,越走越远。在一个路口上,妹妹、妹夫和海虎转过弯不见了。海马停了一下,向山上看一眼,随后也消失了。他突然感到一阵如释重负的轻松,好像是放下了背了多年的包袱。他长长舒一口气,张开双臂做几个扩胸动作,风穿透他的身体,向山下吹去。

他的目光突然被不远处的灌木丛吸引住,在一丛椭圆形的绿叶间,他看到一串通红的果子。他走过去把果子摘下来,用手捧着向左侧山坡走。在童好珍老人的墓碑前,他停下脚步,弯下腰把果子放在供品台上。他站起身时,想起了这种野果的名字,老家人都叫它雅格达,那是一句鄂伦春语,意思是相思果。

603 寝室失窃事件

这件事发生在二十世纪八十年代末,那时我们还是二十啷当岁的小生荒子,刚刚结束最后一次野外实习,马马虎虎学会了经纬仪、平板仪、水准仪的用法,用薄膜纸画完了一张巴掌大的地形图,重新回到了学校。距离毕业还有大半年时间,我们都有些迫不及待的意思,好像前面有什么美好前程等着似的。事实上,工作几年后我们才知道,根本就没有。班主任老师——一位五十多岁的老女人——我们私下喊她老太太,已经提前开始依依惜别,不时就会出现在寝室教室里,语重心长地向我们传授社会经验,生怕我们日后吃亏上当。受老太太的影响,同学们的离情别意像化学反应似的被催发出来,各种名义的聚餐、酒局蜂拥而来。我们603寝室的那次会餐,大概就是在这种情况下开始的。

那是六月的一个周末,天气很好,从我们寝室窗口望出去,可以看到几公里外像火炬似的自由大桥桥头。如果把脑袋伸出去向左转一下,还能看到纵贯市区的伊通河。伊通河流入饮马河,饮马河流入松花江,松花江流入黑龙江,最后汇入太平洋。这样一想,心似乎就到了很远的地方。

我们喝的是白酒,五十六度的洮儿河。菜都是从食堂打回来的,炒土豆丝、熘豆腐、白菜炒木耳、西红柿炒鸡蛋……最好的菜是一铁勺牛肉炖土豆。这些菜装在一只只饭盒里,刷牙的搪瓷缸洗一

烟囱里的兄弟

洗,酒就开始喝了。第一口喝进去,一股牙膏味,再喝就没了。那一阵子,我们寝室正集体学习划拳,不喝酒时,也会八匹马、五魁首地比画几下。我们同时学习的还有抽烟。我们觉得,这些都是走上社会必备的技艺。拳一划开,寝室里的气氛迅速热烈起来,每人打完一轮通关,两瓶酒就见了底。我被派出去再买——我年纪最小,跑腿的事自然逃不脱。两瓶酒买回来,又接着喝。这场酒从中午一直喝到傍晚。中途老马来过一次。老马是学生科副科长,一张长脸,对学生特别狠,抓住屁大点把柄,就挺大嗓门儿吵得没完没了。我们给他起的绰号是马大喇叭。马大喇叭这次态度却格外好,把一张大长脸从门外伸进来,用商量的语气问我们能不能小点声。我们给了他一支烟,烟抽完了,烟头从楼上扔下去,我们又开始猜拳行令。酒又喝光了,我已经醉得睁不开眼睛,走路直打晃,这次派出去的是老五。老五是个胖子,对酒精过敏,喝一口酒,脸就红得像淋了猪血;喝第二口,全身都会红起来,就像煮熟的螃蟹。老五自己说,要是再喝第三口,他准保没命。怕闹出人命来,每次喝酒我们都不敢强迫他。老五跑得气喘吁吁,把两瓶酒摆到桌子上。我们又接着喝。这场酒局直到大家酩酊大醉才结束。第二天早晨,我们发现呕吐物像一条河似的,从寝室漫延到走廊,又从走廊流到水房和厕所里。谁也不承认自己是河流的源头。打扫卫生的阿姨骂了一个早晨。

我们为什么要喝那么多酒呢?想起来真有些不可思议。这笔账很好算,我们喝光了六瓶酒,寝室里从老大到老八,一共八个人。除胖子老五之外,老四也没喝。老四不是酒量差,而是心情不好。老四总是心情不好,十天里有八天这样。我们的看法是老四这人有些"格色",拿现在的说法就是另类。他心情好的那两天,也不大和我们在一起,喜欢独来独往,一副忧国忧民的模样,用脾气火爆的老二的话说,像个傻×似的。我们怀疑他有抑郁症的倾向。总而言之吧,八个人里有两个没喝,那么我们六个每人就喝了一斤酒。他奶奶的,那阵子我们有什么愁事,要这么折磨自己呢?

老大嚷起来时,我们刚刚洗漱完毕,脑袋疼得像被铁钳子夹着似的,一说话酒气还浓得刺鼻,起码还有四十度。老大坐在二层铺上,摇晃着手里的夹克衫说,钱丢了,我的钱丢了。

老大是辽西山区人,说话有咬舌音,钱被他说成钱儿——不是常见的那种儿化音,而是要把"钱"字像一块肉似的吞进去的那种感觉。他手里的夹克衫我们都认识,翻领,鸭蛋青色,平时总被他像面旗帜似的挂在床头的铁管上,中专四年,好像没见他穿过别的衣服。我们都停下手头的事,扭头看老大。如果是别人说丢了钱,我们可能会置之不理,甚至还会开他的玩笑。但老大不一样。老大老成持重,不苟言笑,更重要的是,老大节俭又细心,绝对不会出现把钱放在哪里忘记的情况,他说丢了钱,那就一定丢了钱。

我们问老大丢了多少钱,老大的脸像一挂沾满灰尘的门帘,似乎要从二层铺耷拉到地面上,夹克衫的内兜翻出来,像两条牛舌头舔着空气。整整三十块钱,昨天上午刚从邮局取出来,一分都不剩了。老人做着手势说。老大可能急糊涂了,嘴上说三十,其实只伸出两根手指头。不怪他会这样,那时候三十块钱已经不是小数目,稍稍节俭一点,够一个月的生活费。

我们呆立了片刻,随后纷纷启动酒后麻木的人脑展开分析。开始我们认为,偷钱的人是在夜里趁大家酒醉之际进来的,得手后溜之大吉。但那样似乎说不通,离门最近的老五、老七的衣服也在床头挂着,里面的钱却没丢,老大睡在最里面,反而遭了殃。后来,老五拍拍脑门说,昨晚寝室门是上了锁的。老二横他一眼,你咋知道门上了锁?老五说,锁是我亲手上的,我从小有个毛病,不锁门就睡不踏实。他又进一步提出证明,锁门时他以为人都回来了,正睡得迷迷糊糊,老四在外面敲门,他爬起来开的门。这就排除了外人作案的可能,嫌疑人的范围一下子缩小了。我们不约而同拿眼睛盯老五。事情很明显了,喝得酩酊大醉的人不可能起来偷钱,没喝酒的老五嫌疑最大。当然了,这里面还有一个原因,老五性子绵软,我们可以放心大胆地怀疑他。换句话说,即便怀疑错了,老五也不会怎么样。

老五察觉到苗头不对,脸涨得通红,冲我们摆手,哥儿几个,你们干吗直勾勾地盯着我,钱要是我拿的,我还能说出门上锁的事?这不是引火烧身吗?再说了,我有必要偷老大的钱吗?老五的意思不言自明,在我们班里,他是少数几个来自城市的学生,父亲是小干部,母亲是中学教师,都有工资收入,家里经济条件很好,似乎真的没有必要当小偷。

老五咽口唾沫,你们咋不想想?还有别人可能拿钱呢!

除了你,还能有谁?老二瞪着眼睛吼。老二是体育班长,肌肉发达,头脑简单。我不是说所有的体育班长都如此,但老二是这样。他解决问题的方法就是使用暴力,大家私下里叫他土匪。

老五,你不要多想,我们怀疑你也是有根据的,除你之外,大家都喝了酒。老三语气温和地说。老三是团支部书记,善于做思想工作。他已经找好门路,毕业后回乡里当干部,不喊老三时,我们也叫他乡长。

你们再好好想想。老五抹一把脑门上的汗说。

我们想了想,除了老五还是没有第二个人,就又拿眼睛盯着他看。在我们的注视下,老五肥胖的身体缩小了一圈,他摇头、摆手、叹气,最后一跺脚说,你们咋不想想?没喝酒的还有老四呢!

直到这时候,我们才发现自己犯了一个错误,刚才竟然活生生把老四忽略了。也许是老四不在宿舍让我们没想起他来,或者他抑郁寡欢的性格打了马虎眼,还是我们大醉后脑袋短路犯了糊涂?反正我们是把老四忘在了脑后。不过,一旦把老四想起来,我们就越想越觉得他可疑。

老六说,老四住在老大下铺,有拿钱的便利条件。

老三说,总不见老四家里寄钱,但他生活条件不差,这三年多,他光书就买了两纸箱。

老七说,以往的星期天,没见他走这么早,是不是故意躲出去的?

老大说,我想起一件事,我来汇款咱寝室没有人知道,取钱时在邮局门口正好碰上老四。

我想说,老四在校外有不少朋友,经常吃饭聚会,这都需要花钱。但我和老四关系一直不错,实在不忍心伤害他,只好低下脑袋不说话。

老二一拳砸在床上,我现在就去找老四,让他把钱吐出来。

老三摆摆手,这件事不能蛮干,得讲究策略,弄一套方案出来。钱是小事,感情才重要。再说,老四拿钱,也许有什么难处呢?咱们要本着"惩前毖后,治病救人"的原则处理。

烟囱里的兄弟

我们商定好行动方案,决定按兵不动,等老四自己回来。

直到天完全黑下来,老四才回到寝室里。我从手里的《知音》杂志上抬起头,看见他一脸的沮丧。在那之前,"沮丧"这个词我不止一次使用过,但直到那天起,我才真正理解"沮丧"的含义。打个比方说吧,老四好像是把黑夜做成面具,戴了回来。老四进屋后就一头扑倒在床上,一言不发地望着头顶的床板发呆。

大家不停地冲我使眼色打手势,我只好硬着头皮站起身,绕过屋地当中的一堆垃圾向老四走过去。按照事先商定的方案,由我第一个出马,利用我和老四的关系探听口风。我在老四床边的椅子上坐下来时,其他人已经纷纷走了出去。寝室里只剩下我和老四,突然就静了下来,说实话,就好像坟墓一样静。一种窒息的恐慌逼我立刻说话。

老四,你是不是心情不好?我知道自己有些虚伪,但只能按部就班做下去。

老四一动不动,似乎没听到我的话。我提高声音,又问了第二遍。

老四这才开口,驴唇不对马嘴地念出一句诗:黑夜给了我黑色的眼睛,我却用它寻找光明。

老四病得不轻。我对诗从来不感兴趣,但需要耐下性子,把话题引到老大那三十块钱上。

这首诗是不是你写的?

老四没有说话,只是轻轻摇摇头。就在这时候,我看见老四哭了,两行眼泪从他眼角处流下来,亮晶晶地挂在腮帮上,随着摇头又噼里啪啦滚到枕头上。我正想问他怎么了,老四突然又笑起来,笑声像一串炸雷似的骤然响起,震得我耳根发麻。我顿时慌了手脚,从椅子上站起来,劝他要想开一点。老四果然病得不轻,已经到了说哭就哭、说笑就笑的程度了。

我没事。老四的笑声像被刀砍断一般戛然而止,老八,让我一个人待会好吗?

我语无伦次地说了几个"好"字,就拔腿从寝室里逃出去,一直跑到楼梯口才长长出了口气。老四的笑声还响在耳边,同时晃动在眼前的还有他的两道目光。那是什么样的目光啊?又直又硬,像两根钢钎,似乎已经穿透床板,穿透草垫和老大的褥子,穿透宿舍楼的房顶,抵达了漆黑的夜空之中。

老大他们围过来,问我口风探得怎么样。我摇摇头,啥也没探出来,还没等我提钱的事,老四就哭了,哭着哭着又笑,我看他病得不轻。老二一拳捣在老五肩膀上,他妈的,偷钱的人咋还有脸哭呢?老五揉着肩膀往后躲,又不是我偷的,我咋知道?老三咳嗽一声,咱们还是按方案进行吧!

第二步大家一起行动。我们陆续回到寝室里时,老四还像刚才那个姿势躺在床上。我们都尽量不去看他,拿起脸盆到水房洗漱,然后迅速爬上床铺。老五锁上门,老七关掉灯,寝室里先是黑了一下,随后,窗外的月光涌进来,又渐渐亮起来。每晚这个时间我们都不会乖乖睡觉,而是要开卧谈会。会议的议题一般都是女同学,有女朋友的说自己的女朋友,没有女朋友的说别人的女朋友。我们从本班说到外班,从本专业说到外专业,偶尔也会扯到校外去。我们照例闲扯起来,老三甚至还讲了一个小笑话。

老四,昨晚你啥时回来的?老大敲敲床帮,第一个和老四搭话。

熄灯后。好一会儿老四才回答。

老四,最近这阵子看你早出晚归的,是不是有什么事?老六问。

没有事。又是好一会儿老四才回答。

老四,老大昨晚丢了三十块钱,你看没看见?老二憋不住,气哼哼地把话题扯到钱上面。

事先我们商量好了,由老二唱黑脸,他这句话看似粗暴无理,其实暗含玄机,说得通俗些,就是给老四挖好的一个坑。老四不管怎么回答,我们都可以从他语气和用词上抓到证据。比如说吧,如果老四故作惊讶地问,老大丢钱了吗?那就说明他心虚,不敢面对后面的问题。如果老四气愤地反问,老大丢钱我咋会看见?那就代表他心里有鬼,急于逃脱干系。我们不约而同地停下嘴,等着看老四跳进坑里去。令我们没有想到的情况发生了,老四既不惊讶也不气愤,毫无感情色彩地说出三个字:没看见。

老四虽然没按套路出牌,但他对老大丢钱的事漠不关心,几乎可以肯定他就是"偷"钱的人。而且我们都发现了,老四回答问话时每次只用三个字:熄灯后、没有事、没看见,好像多说一个字就会累死似的。这太过分了。

老三上了场,老四,情况是这样的,昨晚临睡前,老五锁了门,今天早晨起来,老大发现钱丢了。也就是说,钱十有八九是咱们寝室的人拿的,你看看有没有什么线索,帮老大分析分析。

没有。这次老四只说了两个字,像两枚钉子似的,哐当钉到寝室的空气里。

别他妈绕圈子了,昨晚我们几个都喝多了,只有你没喝酒,钱还能是谁拿的?老二火了。

你们怀疑我偷了钱？老四似乎这才如梦初醒,但他的语气并不激烈,似乎没有力气为自己辩护。停了停,老四叹口气又说,你们怀疑错了,偷钱的人不是我。

老四,你不要用偷这个字,咱们都是好兄弟,钱虽然装在老大口袋里,但也是咱们大家的钱。只要你承认拿了钱,事情就算过去了。钱要是没花,就掏出来给老大,要是花完了,咱们几个给老大凑一凑,从明天早晨起,谁也不会再提这件事。老三的态度让人无比感动,这么说吧,如果我是老四,听了他的话一定会承认的。但老四只是平淡地说,我没拿。

老四,你要是这样说,别怪我们把事情闹大。老二威胁说。我听到他像火车头似的呼呼喘着粗气,把拳头攥得咯咯响,如果不是商量好了行动方案,老二恐怕就要动武了。

随便。老四说。他的语气显得漠不关心,就好像说的是别人的事,与他毫无关系。

计划的第三步是请老太太出马。当然了,按计划,我们也不会闲着,要联合起来冷落老四,简单地说,就是做到"三不":不和他说话、不对他笑、不向他看。用老三的话说,把老四像座孤城似的围起来,让他感觉到众叛亲离,四面楚歌。围城不能围死,必须网开一面,否则敌人很可能困兽犹斗。我就是打开的那个缺口。表面上我和别人一样冷落老四,但私下里可以和他接触,以便及时掌握他的动向。换句话说,我干的是特务活儿。

第二天傍晚,老太太出面找老四谈了话。上晚自习之前,我们从教室的二楼窗口望出去,看见他俩并排走在不远处的足球场上。他们走完了第一圈,又开始走第二圈。天色渐渐暗下来,听不清他

烟囱里的兄弟

们说什么,但不时能看见老四鼻梁上的眼镜片反射出一缕金黄色的夕阳。走到第三圈的一半时,老四突然停了下来,用手比画着说着什么,好像情绪很激动。老太太大概没想到他会停下,已经走过了几步,又重新回到老四身边,站住脚听他讲。随后,老太太也做着手势,对老四说着什么。老太太和老四站在那里说话时,天色完全黑下来,他们的身影从我们的视线中消失了。

老太太出马的结果仍然是无功而返。这从两方面得到了证明。一个是老太太随后就找老大谈了话,建议老大这件事到此为止,按老太太的意思,再追究下去会影响我们班的安定团结。老大没有接受她的建议,当然也没有接她递过来的三张十元钞票。老大说这不是钱的事,正是为了班级的安定团结,所以才需要继续追究下去。

另一个来自老四。当天晚自习结束后,老四约我去了教学楼后面的槐树林。树林里并不很黑,开得正盛的槐花把树林照亮了,空气中流动着浓浓的香气。我们在一张石桌旁坐下后,老四问,老八,你们真认为老大的钱是我拿的吗?他的语气里充满了疑惑不解,给我的感觉,就好像他一觉睡了几十年,直到此时才终于醒过来,而世界已经变得面目全非,让他无法辨认了。

我点点头说,是啊!

咱们寝室里有八个人,你们为什么单单怀疑我呢?老四问。

老大丢钱的晚上,我们几个都喝醉了,只有你一个人没喝,是清醒的。我不想让问题复杂化,有意绕开了胖子老五。

这是什么逻辑啊?没喝酒就一定偷钱吗?老四像弹簧一样从石凳上跳起来,手掌啪的一声拍到石桌上,很大声地问。落在树上的一只鸟被惊起来,嘎地叫一声飞走了。你们还有没有一些能站得住脚的证据？老四又问。

我一五一十说出了大家的怀疑。

老八,你们这些证据完全是疑邻盗斧,是已经认定我偷了钱,然后才找到的证据,这本身就很荒唐啊！老四哭笑不得地说。

老四,还有一点,昨晚你的表现很不正常。我拿出了撒手锏。

老四突然变得沉默起来,我知道捅到了他的痛处,我们俩都不再说话,石桌下的砖缝里传来蟋蟀欢快的叫声。过了好一会儿,老四才轻轻叹口气,苍白无力地说,老八,不瞒你说,昨晚我和女朋友分手了。我真的没有拿老大的钱,请你和大家解释一下,好吗？

老四的话根本站不住脚。据我所知,他根本就没有什么女朋友,他这么说只能证明他是偷钱者,这谁也帮不了他。我不知道能向大家解释什么,但我真的不想继续和他在树林里待下去,于是就敷衍地点点头。

老四没有和我一起走,他说要在树林里静一静。我回到寝室里汇报完情况,大家一致认为老四就是那个偷钱的人。老三胸有成竹地说,看来咱们的行动已经发挥作用了,老四虽然还在负隅顽抗,但很快就会不攻自破了,下一步咱们需要做的就是把方案坚定不移地执行下去。

事实证明,老三的判断只对了一半,老四的顽强超出了我们的想象。

在大家齐心协力的冷落下,老四变得越来越沮丧不安,在寝室里,他多次试图向我们进行解释和辩白,但遭遇到的都是冰冷的回应。大家已经达成共识,除非老四承认拿了钱,否则就坚决不再理他。在这期间,老四又找我谈了一次话,像老三预料的那样,他的态度已经发生了巨大转变,用近乎乞求的语气问我,老八,你告诉我一句实话,究竟让我怎么做,你们才肯相信我?

我诚恳地告诉他,事情很简单,只要承认拿了老大的钱,一天云彩就全散了。

可我真的没拿钱啊!老四带着哭腔说,你们让我怎么承认呢?

所有证据都表明你确实拿了钱,老四,你哪有什么女朋友?

我真有女朋友啊,那天晚上恰巧分了手。

有女朋友你为什么不对我们说?

有女朋友就必须说出来吗?

别人都说,为什么你不说,这正常吗?如果真有,你就做个证明,找来让我们看看。

已经分手了,还咋找来?

这说明你根本就没有。

你们真的不肯相信我?

换成是你,你会不会相信你自己?

老四叹一口气,无奈地摇摇头。但他并没有放弃抵抗,在一段漫长的时间里,他像一块坚忍不拔的牛皮糖似的,看到我们寝室里的人就固执地贴上去,不管人家听不听,就自顾自地解释他没有偷老大钱的事。后来,他又把这种死缠烂打的战术运用到了整个班级,搞得我们无可奈何,哭笑不得。随着时间的流逝,我们已经放弃了迫使他承认偷钱的打算,但老四还在没完没了地进行解释。我们不堪其扰,看到他第一个反应就是赶紧逃跑,跑不掉的就赶紧说,老四,我相信你,老大的钱不是你拿的。这种状况直到毕业才宣告结束。

603寝室失窃事件

我们毕业时,地矿行业正处于谷底上升阶段。为了更形象地说明这个问题,负责毕业分配的老师讲到这里时,特意用粉笔在黑板上画了一个山谷的形状,又点了一个点,标明上升到的位置。但当时我们并未认识到形势的严峻,我们的注意力都在那个山谷上——老师画得有些随意,让山谷下面分成了两瓣,看上去很像一个屁股。

把行李搬进单位宿舍几天后,我们才终于知道谷底的含义。当时,国家任务已经少得可怜,向市场转型的步子才刚刚迈出去不久,地矿行业的前景黯淡无光。大队长开会时讲的第一句话就是,你们不要找队长,要去找市场。测量分队没活可干,我被派到物探分队跑极,整天背着电线轱辘在大山里转来转去,不时就会因为操作不当被电得手脚发麻。一个月后回到队部里时,除了收获到满腹委屈,便是一张被晒得像冻梨一样黝黑的脸,幸好还有同学们的来信。大家的情况也都差不多,有活干的也是些零星的小任务,这多少算是个安慰吧!

有一封信是老四写来的,他没有表达离别之情,也没有谈论自己的状况,上来就开始谈他没偷老大钱的事,结尾还异想天开地说:老八,你如果相信我,就给我回信吧!我当然不会给他回信,谁有心思想这些鸡毛蒜皮的小事呢?当务之急是找到一个好单位,赶快从火坑里跳出去。挖门盗洞地想尽各种办法,又送了人家一台沈努西冰箱作礼物,半年后,我终于调到了市里的矿管办。到新单位上班一周后,我给老四写了封信,劝他要想开一点,事情已经过去了,就不要再纠缠不休了。老四的回信很快到了,他说不是他纠缠不休,而是我们大家不肯相信他。接下来,他就又开始不厌其烦地进行解释。我再没有给他写信的兴致。寝室里其他人来信说,老四也给他

烟囱里的兄弟

们写了信,同样是上来就说钱的事。此后,老四断断续续又来了三年信,我一封也没有再回过。慢慢地,他的信就销声匿迹了,我觉得他应该已经想开了,我们也都到了恋爱结婚的年龄了。老大已经抢先一步当了爹,其他人也都有了女朋友。

老四消失得很彻底,信没有了,人也不见了。我们班级搞了几次聚会,都没见他来参加。互相打听起来,也没有人知道他的情况,但这也不是什么了不起的事,差不多每个班级里都会有几个这样的人,没准什么时候就突然一下冒出来了。老四是去年出现在大家面前的,算起来,那是我们毕业的第二十五个年头。接到老四电话时,我差不多已经把他忘记了,十几秒钟后才有些夸张地喊出他的名字。老四倒显得很冷静,直截了当地表达了他要出资搞一次同学聚会的想法。

老四考虑得很周到,聚会地点选在一座相对中心的城市。从早晨九点钟起,大家就陆续赶到了富丽华酒店。穿过中间摆着鲜花的玻璃转门,刚一走进大堂,我们几个就被眼前的奢华惊得目瞪口呆。酒店内部的装潢称得上金碧辉煌四个字。触目都是一片金光,一只巨大的顶灯像外星人的飞碟似的挂在天花板上。本城的老六用胳膊肘儿捅捅我,这里是五星级的,有钱老板才敢来的地方,老四这小子看来是发财了。老四去机场接老太太了,先来的同学都会聚在酒店一楼的休闲区。上一次聚会是五年前,同学们的情况都有了些变化。有几个当上了领导,有几个生意已经成了规模。人到中年,该起来的都起来了,没起来的恐怕机会也不大了。我们寝室的老大刚当副院长。老五越来越胖,和我一样也提了正科。变化最大的人是老二,他经营着一家装修公司,手下有四五个装修队。老二秃了顶,脾气也随和了很多,不管别人说什么,他都一个劲地笑,笑着笑着,很突然地说一句,我刚在澳门输了一百万。我们寝室只有老三没有到场。不知为什么,老三这些年一直没混起来,仍然只是个副乡长。两年前,又一次升迁的机会错过后,老三就得了抑郁症,在家养起了病。

老四出现的时候,大家正在兴致勃勃地说狗。在那之前,本来同学们都已经有些百无聊赖了,该说的话都说得差不多了,不该说的当然不便提起。有几个人围成一圈打扑克,另有一些人和自己的手机交流,老五和老七谈起养生之道,争论着一天该吃几个白萝卜。突然一个名叫秦小丽的女生尖叫起来,你们快来看,快来看。多数人无动于衷,有两个懒洋洋地凑过去。秦小丽这人总是喜欢一惊一乍的,看到一只青蛙她也能惊叫起来。小姑娘时这样来一下还可以,四五十岁了还这样,就有些让人发烦了。但这次情况却并非如此。秦小丽手机上的一条新闻说,有一个出门晨练的老人被狗咬死了。我们把秦小丽的手机拿过来,传看了一遍,不止一个人表示不解,怎么可能呢?什么狗这么厉害?很快有人百度出来,那种狗名叫杜高犬,原产地在南美洲。据说一只可以咬死野猪,四只联手就能打败美洲狮。大家啧啧称奇,世界上竟然还有这么厉害的狗。老五摇着肥胖的手说,要说厉害的狗,第一个要数藏獒,顶级藏獒一只能打败七匹狼。老二把秃脑袋晃得像拨浪鼓,你那个只是传说,从来没有人亲眼见到过。最厉害的狗是老美的比特犬,那是真正的斗犬,脑瓜好使,耐力惊人,咬上啥东西就不撒口,一只二十五公斤的比特犬……

正说到这里,老四搀着老太太从旋转门里走了出来。老太太已经七十八岁,身体还很硬朗,可以看书看报上网,只是耳朵有些不灵了,不管对她说什么,她都笑眯眯地冲你点头。老四的变化倒不大,除了后背稍有些驼,体形保持得很好,脸上也不很见老。老大问起他现在的情况,老四推推鼻梁上的眼镜,很低调地摆手,不值一提,在国土局混碗饭吃。秦小丽小声说,能撑起这样的场面,最小也是个科级干部。老七说,我看处级也不止。

酒是中午喝起来的。包房大得像一间小型会议室,五六名服务员倒酒传菜。大家看一眼酒瓶上的标签,又吃惊不小,白酒是五十三度飞天茅台,红酒是张裕黄金冰谷黑钻。菜一端上来,大家又继续吃惊,燕鲍翅、龙虾都有了。老二凑到我耳边说,老四这小子出手真大方,这么一场造下来,还不得个几十万?同学们都不肯动筷子,看着老四,等着他讲话起杯。老四连连摇头,老师在这里坐着呢,我哪能起杯?大家又都看老太太。老太太笑眯眯地看一会我们,终于理解了大家的意图,端着酒杯要站起来,老四按住老太太肩膀,示意她坐着说。

老太太说,网络上那句话怎么说来着?岁月真是把杀猪刀啊!一晃我就快八十了,你们也扔下四十奔五十去了,我希望这种聚会今后多搞一些。你们想想看,就算一年搞一次,咱们还能再见几次面?

大家先是发出一阵笑声,然后热烈鼓掌,心里都有些酸溜溜的。众人把杯子举起来正要喝酒,老太太又开了口。她笑眯眯地看看老四说,对于我来讲,这次最高兴的是看到了他,我要是没记错,已经有二十五年没见到他了。秦小丽冲老太太噘嘴撒娇,您老人家是不是把人家名字忘记了?大家一阵哄笑。说实话,我也有这样的感觉。老太太不知怎么理解了大家的意思,理一理满头的银发说,他我怎么能忘呢?上学时你们都喊他老四对不对?我们一齐鼓掌,冲老太太竖大拇指,但我感觉她还是把老四的名字忘记了。老太太似乎为了证明自己的记忆力,又补充说,我还记得一件事,当初他好像有一道什么坎儿,总也迈不过去是不是?

我们互相看了看,谁也想不起老四迈不过去的是道什么坎儿。不过酒杯已经举起来了,大家说声过电过电,一阵悦耳的叮当声响起,喝下一大口。筷子伸出去时都有些恶狠狠的劲头,就好像打土豪分田地,不吃白不吃。老四脸上始终挂着微笑,不怎么动筷子,酒也喝得浅。第二个讲话的是老大。老大已经有了肚子,站起来时像一只破茧而出的蚕蛹,拱了好一会儿。老大先讲了一阵官场上的套话,最后说,老四开了个好头,下一站就是我那里,我在这提前发出邀请,到时候欢迎同学们都去,谁不去就是瞧不起我。

这杯酒喝下去,气氛就热烈起来,大家纷纷表示要做东。我算了算,从老大起一年一场轮下来,老太太参加完这些聚会,也该有一百岁了。下一个敬酒的是老二。老二端着酒杯刚站起来,腰里的手机就响了。老二走开几步,很大声地喊大哥,问对方听没听说小歪脖子的事。对方大概问哪个小歪脖子。老二说,还有几个小歪脖子?年前在东城一个工程挣了一千万那个小歪脖子呗!前几天还在一起打麻将来着。吸毒,硬生生把自己吸死了。我们听在耳里,都有些"肃然起敬"。老二的祝酒词简洁明了,除了表达出要做东的意思,又额外加了一句,今后同学们要装修只管开口,隔着千里万里,他老二也会派人赶过去。

老四站起来时,喧闹的包房里忽然静下来,连几个服务员都微

烟囱里的兄弟

笑着看向他。老四没端酒杯,双手扶着桌子说,各位同学,刚才老师提起当年我有一道坎儿迈不过去,我想请问一下,在座的还有人能想起来是什么坎吗?大家纷纷摇头,要是能想起来,刚才就想起来了。秦小丽惊叫一声,似乎发现了新大陆,是不是你当初喜欢上了哪个女生,人家死活不同意?

老四微笑着摇头,目光炯炯地扫视大家。我们都有些惭愧地低下头,感觉很对不起人家老四,只有老太太不明所以,心安理得地笑着看他。老四等了等,见没有人再开口,指指老大说,我当年那道坎儿和老大有关,起因就是有一天晚上老大丢了三十块钱。接下去,老四就讲起了老大丢钱的往事。讲到大家对他的怀疑和冷落时,老四的声音哽咽起来。老四说,这些年让我能活下去的有两个人,只有他们知道我没有偷钱。一个是全能的上帝,还有一个就是那个真正偷钱的人。

大家都有些不知所措,看得出来,包房里仍然没有人想起这件事,二十五年的时间,早已经让它变成一粒尘埃,飘散在风中了。但大家都是老于世故的成年人,嘴上应和着一些无关痛痒的废话。

老四举起酒杯说,我今天请同学们到这里来,就是想问大家一句话,时至今日,你们相信我是清白的,没偷过老大钱吗?

这次大家的反应出奇地一致,异口同声地说出了"相信"两个字。秦小丽站起来,对着虚拟中的对手翻翻眼皮,胳膊划出个扇面,指着桌子上的酒菜说,傻瓜才不相信呢,这上面摆的东西得值多少个三十块钱啊?杯子里的酒一饮而尽,酒宴迎来了第一个小高潮。

这场酒一直喝到了晚上,大家都有了醉意,买了返程票的几个先告了辞,剩下的吵吵嚷嚷张罗去 K 歌。到了歌厅又接着喝酒,歌唱得都跑了调,难听得像狼嚎。老四也喝多了,使劲搂着我的脖子,险些把我勒死,嘴巴贴到我耳边喊,老八,你说大家是真相信我,还是假相信我?

我喊着告诉他,这还有假?当然是真相信。

老四说,我咋感觉你们是看在我花钱的分上相信的?

我说,你想多了,你这人最大的毛病就是想得多,不相信友谊。

老四笑笑,就不说话了。

一直闹腾到凌晨时分,大家才依依惜别,拥抱握手抹眼泪,约定下次再见。

聚会回来半个月后,我接到了胖子老五的电话。扯了会儿闲篇后,老五神秘兮兮地问我,知不知道老四被人举报的事?我说,不知道。老五说,不知道你就上网搜搜吧,这事正传得热火朝天呢!用百度,输入老四的名字加"腐败",就全都出来了。聚会那天,老四这小子弄得太张扬了。

放下电话,我按老五说的搜索了一下,果然蹦出一堆条目。我点开其中一个,看到是一个匿名举报帖,里面图文并茂内容翔实,给我们半个月前的聚会来了个现场直播。帖子最后要求老四所在的国土局彻查此事,严惩这种用公款吃喝的腐败现象。

关掉电脑,我给老五打了个电话,问他估计举报的会是什么人。

老五冷笑,还能是谁?肯定是咱们同学,看老四闹腾得太过分来了气,就弄了这么一手。

我又问,你估计结果会怎么样?

老五压低声音说,很难讲,不过最少得撤职,没准还会进去,最近这阵子抓得严,中央都说了,要"老虎""苍蝇"一块打。

我们俩感慨一番,骂了几句那个举报的同学,就把电话挂断了。

事情的发展有些出人意料,大概一周后,老四所在的国土局在网站上公布了调查结果。老四虽然是该局职工,但只是一名普通的工作人员,并无一官半职,经过调查,没发现有贪污受贿的迹象。在他名下有一处房产,不久前刚刚动了迁,补偿了几十万元,老四已经亲口承认,这就是他搞聚会的资金来源。

看完这份公告,我一阵心酸,真想不到,老四为了证明自己清白,会做出这样的事。我决定给他打个电话。在手机通讯录里翻了一阵,却没找到老四的号码,怀疑是一直就没存储过,只好放弃了这个打算。过了一会儿再想想,即使打通了老四的电话,我也不知道该对他说什么。虽然他的事已经在网上流传很广,但如果当面提及,彼此都会感觉尴尬。这么一想,没打电话还是对的。

不承想,两天后的傍晚,老四却主动打来了电话。老四的情绪显得很低落,一上来就主动说出了用拆迁补偿款请客被举报的事。随后说,我现在明白了,你们那天确实是在敷衍我,还是不相信我没有偷钱。

老四,这件事已经过去二十五年了,早就该放下了,你何苦还纠结呢?

老八,不是我纠结,是大家不肯相信我。

不过是三十块钱的事,相不相信又有什么了不起的?

你真的认为这只是钱的事?钱的背后不是还有个理吗?我争的不是钱,而是这个理。

老四,你醒醒吧,这件事除了你,早就没人记得了,你还和谁去讲理?说句不客气的话,你这叫认死理。你为什么不能好好活着,偏偏在这件没有意义的事情上浪费生命?

老四突然沉默下来,喃喃自语般,真的没人记得这件事了吗?

隔了一会儿又说,理都没了,活着还有什么意思?

我正要再劝他几句,电话被挂断了,耳边只剩下一阵忙音。

当天晚上,正在电视前看一档娱乐节目时,我突然想起老四说的最后一句话,不知为什么,心里顿时涌起一种不祥的预感,老四这家伙不会干出什么傻事吧?电视上的节目刚好告一段落,闪出那条卖毛巾的广告,我找出老四的号码,准备给他打个电话。号码已经按完了,正要按通话键,老婆喊我把遥控器递给她。递完遥控器,再次拿起手机时,我突然发现其实没有什么能和老四说的,能劝他的那些话,白天我都已经说完了,实在不知道还能和他说些什么。正在我犹豫不决时,广告结束,节目又开始了,我就把手机放在了茶几上。

烟囱里的兄弟

迷 宫

那场火是4月5日凌晨烧起来的,刚好是清明节。

后来有几家媒体报道,火灾是祭奠引起的。但也有传言,火是四季牛肉店老板故意放的,目的是骗取一笔数目可观的保费。持这种观点的人甚至信誓旦旦地说,公安部门对那个名叫康全礼的四川人进行过调查,只是最终结论不得而知。火灾引起了多家媒体的关注,主要原因不是火烧得有多大,而是在火灾前两天,古城刚刚发生了一起轰动全国的导游伤人事件。大多数媒体认为,两件事有着某种微妙的联系,如果深入挖掘下去,可能会有更多的发现。

以下是《古城早报》对火灾的简报:

据官方通报,2014年4月5日凌晨4点10分左右,云南丽江市古城区束河街道龙泉社区发生火灾。经各方全力扑救,5点30分,明火被全面扑灭。此次火灾共致10间铺面损毁,无人员伤亡。火灾具体原因正在调查中,受灾损失也在核实统计中……

火灾发生的那天凌晨,康全礼是三点钟起床的。伤人事件后,他关了两天门。这两天里,他什么事情也没做,只是躺在床上把自己的人生和全家人的生活都仔细想了想。想到最后,他觉得不论是前者还是后者,都是越想越糊涂。相比起来,还是卖牛肉更踏实些。康全礼就老老实实起了床。

古城游玩的黄金时间是夜晚,街两边的红灯笼亮起来,酒吧里的音乐流淌到石板街上,那种幽远迷幻的美感就出现了。大半个上午,除了一些零星的散客之外,古城不会有大批顾客进来。康全礼在古城做了两年生意,自然也明白这一点。康全礼也没有早起的习惯,实际情况是,在思考人生之前,他先犯了牙疼病,折腾得整夜整夜睡不着觉。让他牙疼的是儿女们的读书问题。因为没有本地户口,孩子不能进入当地小学。几天前,好容易托关系找到一所肯接收的学校,人家又提出要一笔建校基金。他的生意做得还不错,那笔钱数目虽说不小,按他的财力,原本也拿得出来,但正因为生意做得好,他有了野心,半年前,一咬牙一跺脚,拿出所有积蓄,把这间店铺买了下来。没承想,儿女们上学还要花钱。康全礼是个重视教育的人,眼睁睁看着孩子们读不了书,一着急一上火,就犯了牙疼病。

康全礼习惯性地打开橱柜,却没有找到自己的刀。

这事情有些奇怪,那把刀他用了好多年,已经用出了深厚的感情,像他的手似的有了温度,使用起来灵活自如。每天晚上关门前,他都会仔细地清洗干净,用软布擦干,放进橱柜里的一只楠木刀架上。奇怪的是,那个刀架还在,刀却没有了。他疑惑不解地继续向外间走,看见案板上放着一把陌生的新菜刀,这才突然想起,原来用的那把菜刀已经被派出所作为凶器收走了。他暗想,能不能找派出所的老庞走走后门,把刀要回来?但转而又骂自己是榆木疙瘩脑袋,伤人的刀咋可能还用来切肉呢?

烟囱里的兄弟

他感觉腿肚子抽动了一下,紧接着,一阵天旋地转。

他想起了两天前的下午,发生在眼皮底下的那起伤人事件。

那个手里举着三角旗的小伙子走过来时,康全礼正把切好的牛肉装进纸袋里,递给一个顾客。小伙子长相很普通,长脸,皮肤有点黑,两只眼睛不大。事后,康全礼知道他的名字叫顾小丰,还有,十几分钟后,他就要抄起菜刀砍人。但当时,康全礼没看出任何异常来。

顾小丰递上一支烟,说,师傅,我打听一下,你看没看到一男一女两个人?

接下去,顾小丰描述了男人和女人的年龄、长相,还有说话的口音。康全礼听出小伙子是北方人,音节咬得重,话尾巴带儿化音。另外,本地人也不会喊人"师傅",男人要叫"胖金哥",女人要叫"胖金妹"。

康全礼感到有些好笑,古城的游客像流水一样来来去去,即便自己是条警犬,恐怕也很难嗅出这么两个人来,但毕竟抽了人家的烟,有些不好意思,他没有立刻摇头。那种烟他从来没抽过,烟味醇厚绵软,有一股迷人的香气。他低头看了看,烟嘴上写着"长白山"三个字。他想问问对方,那股香气是什么味道,但看到人家满脸焦急的样子,没好意思问出口。

康全礼手托腮帮——右边的后槽牙疼得像挨了针扎,问人是什么时候走丢的。

又假装想了一两分钟,把手里的烟抽完了,他才告诉顾小丰没什么印象。

顾小丰脸上现出失望的神情,但嘴里还是礼貌地说了声谢谢,转身向街上走。刚走到房檐挂着的红灯笼底下,腰里的手机响了。街上人很吵,顾小丰向店里退了两步,接电话。

听话音,康全礼猜到,对面的人可能是顾小丰的女朋友,正闹着要和顾小丰分手。他听到顾小丰说起了房子,继而向对方发出恳求,似乎还提到了什么人的病。最后,康全礼听到一连串的喂,随后看到顾小丰把手机举起来,作势要摔到地上去,但最后没有摔,只是对着空气说了三个字:他妈的。

顾小丰离开后,康全礼看见,那面三角旗忘在了柜台上。他拿起旗子打算送过去,走出铺子时,看到石板街上人头攒动,顾小丰已经不见了。康全礼就摇摇头,把旗子插到柜台上的一只铁制笔筒里。他认出旗上的四个字:龙行天下。

笔筒是两年前在什方街的一个古旧摊上淘来的,花了十八块钱。来古城之前,他在家乡的山村小学里做过一段时间代课教师,用半年的时间,把学生从十五个人教到了两个人,教师生涯也随之结束了。剩下那两个是康全礼自己的孩子,一儿一女,一对双胞胎,当时还不到上学年纪,被他抓去凑数当了学生。老师虽然不当了,但在心理上他还喜欢拿自己当文化人看待,有空时读书看报,摆弄一些和读书写字有关的东西。

康全礼再次看到那个年轻人,是在五六分钟之后。

在那之前,他听到左前方的什方街上传来一阵争吵声。古城里人来人往,经常会发生小摩擦。康全礼不是一个喜欢看热闹的人,他从店铺里探出头,看到一颗颗晃动的后脑勺,就低下头继续切牛肉。他的牛肉既可以现买现切,也可以包装好出售。康全礼把一块牛肉切好,装进塑料包装袋里,拿到真空机下面,嘴里还残留着那支

烟囱里的兄弟

"长白山"的香气。他忽然想到,那有可能是人参的味道。他恍惚在哪本书上看过,长白山里出产老人参,人参们还喜欢成精,不用红绳系住,它们就会在土里四处乱跑。

塑料袋转眼被抽成真空,康全礼把写着价格和日期的标签贴到袋子上。

康全礼做生意规规矩矩,不像有的人,每天开门第一件事就是把生产日期揭下来,换上当天的。抽完真空的袋子变得硬邦邦皱巴巴的,像一块被冻住的湿抹布。康全礼刚把它放在柜台上,就听到一阵脚步声。

他抬起头,看见来人还是刚才那个小导游。

康全礼以为对方是来拿旗子的,就笑着冲柜台上的笔筒指了指。他还想着抽了人家一支烟的事。但那个年轻人没有理会他的提示,两步奔到了切牛肉的案板前面,把菜刀抄在手里,又转身冲了出去。对方的速度实在太快了,就那么一眨眼的工夫,来了又去了,就像一阵风似的。康全礼甚至怀疑自己看花了眼,或者是在做梦。失眠已经困扰了他几天,让他不时把梦和现实搅和到一起,也让他对自己的判断力越来越不敢确定。也许压根就没有什么人进来?但他揉了揉眼睛,发现自己的菜刀不见了,终于明白一切都是真的。那个一口北方话的小导游确实来过了,而且拿走了菜刀。

就在这时候,外面乱了起来。

康全礼走出店铺时,看见石板街上的人流就像是被一条大鱼冲开的河水,突然剧烈地向两边分开,而波浪前头疾速前进的"大鱼",正是那个北方口音的小导游。他手里挥舞着菜刀,飞快地跑过一米阳光酒吧,向着什方街的方向奔去。在他身后,在一片慌乱的惊叫声中,不断有人倒在青石街上。

康全礼傻了几十秒钟的样子,随后,掏出手机打了报警电话。

事后得知,他是第一个把电话打进古城派出所的人。

关于这次导游伤人事件,全国多家媒体都做了报道,从方方面面分析了事情发生的前因后果。《古城晚报》记者更是独辟蹊径,以古城医院创伤科一位年轻护士的视角,记录了伤员救治过程。

根据晚报上的描述,刚从卫校毕业的实习护士丁海蓉对自己要求很严格,一心想迅速成长为一位出色的护士。但古城里具有伤人和自伤倾向的人,似乎故意和她作对,不愿让她茁壮成长。自从她进入医院后,人家就分外小心谨慎,一个月里,医院只来了两个伤患。其中一个还是挨了狗咬,用红药水擦一下,就转到免疫科,打狂犬疫苗去了。

那天中午吃过饭后,丁海蓉先去了趟洗手间。头一天晚上吃的半条烤鱼,让她的肠胃有些不舒服。一楼的女洗手间出了问题,两天了仍然没有修好,丁海蓉就上了二楼。从楼梯下来时,她看到门口进来了三名伤员。

来的是两男一女,分别伤到了头部、胳膊和大腿。

丁海蓉心里有些紧张,也有些小兴奋,把人带进处置室,大声喊来医生后,就飞跑着去取止血纱布。刚跑到走廊上,丁海蓉就看见,又来了三名伤者。她开始以为还是刚才那三个人,但很快又发现不对,这次是两女一男,受伤的部位也不一样。丁海蓉正要把他们带进处置室,门外又跑进来四名伤员。其中一个是十六七岁的男孩,他被伤到了脖子,血正从手指缝里喷出来。

算上前面进来的六个,已经是十个人。走廊里弥漫着一股浓浓的血腥气。

丁海蓉心里越来越恐慌,不知道究竟发生了什么事,她甚至怀疑,是她这段时间对伤员的渴望,造成了这样的结果。她已经开始怨恨自己了。但没等她做深入检讨,外面又拥进来一群伤员。

这次是六个人。

两分钟后,又来了另一批。

处置室和急诊室都放不下了,只能把伤员安置到内科病房里。所有的医生、护士都上了阵。

丁海蓉忙得头昏眼花,睁眼闭眼都是鲜血,耳朵里总是听到医生和护士长喊自己的名字。她最后记住的数字是十八。那个伤员是一位老年妇女,穿着一件时尚的淡蓝色百褶裙,她被伤到了左腿,躺在担架上不停地摇手,询问孙子是否安全。

康全礼看到的最后一篇报道,受伤人数锁定在二十一人。所幸都没有生命危险。

那张报纸上说,事件起因是顾小丰带的团和另一个团在进入旅游局指定的一家购物点时发生了冲突。顾小丰情绪失控,最终导致伤人事件。背后深层次原因,则是导游这个行业压力太大,埋藏着各种各样的隐患。但康全礼觉得,这篇报道的分析未必那么可信。他觉得,顾小丰是因为家里有人生病住院,女友又提出分手,造成了瞬间崩溃。

康全礼看到那张报纸时,事情已经过去了两天,也就是火灾发生的前一天晚上。

他买回了一把新菜刀,但这把刀用起来一直不顺手,切出的牛肉块大小不一,有两次还险些切到手指。他有些瞧不上这把刀,用完了就不把它放进橱柜里,只是随随便便扔在案板上。

康全礼看到的报纸上印着一张古城派出所抓获顾小丰的照片。

小导游低着脑袋,双手背在身后,左右两边各站着一名威严的人民警察。康全礼认出其中一个是老庞。老庞家就住在什方街水井东面的老榕树下。每天早晚上下班,他都会从这条街上经过。走过每间店铺时,老庞都会停一停,和人开上一两句玩笑。一路来去,惹起一条街的笑声。早晨,笑声由东向西,晚上由西向东。老庞和别人说什么康全礼不知道,和他说的是:"你老婆睡觉总打呼噜,弄得我一宿没睡好。"

康全礼开始不明所以,后来琢磨过味来,就假装往怀里掏一把,拇指、食指捏在一起冲老庞比画:"你老婆身上的虱子,拿回家去,物归原主。"

还真是没想到,有朝一日,老庞这家伙能这么威严。

这篇报道看完,女儿在里面问生字。康全礼就把报纸折起来,放在柜台和案板之间的一只酒桶上,转身向屋里走。虽然儿子有两次拿着字典,指出他念错了,但他还是很喜欢给儿女们当老师的感觉。

康全礼急着去当老师,向里间走时膝盖撞在了酒桶上。酒桶已经空了,但还是一阵钻心地疼。

除了牛肉,康全礼的铺子里也卖本地米酒。来古城的好多年轻人喜欢沿着石板街边走边喝,比进酒吧随意,让人醉得价廉物美,而且一路风光。酒装在木制的酒桶里,有人来买时,把桶底的塑料龙头拧开,灌进葫芦形状的塑料瓶子里,一瓶子刚好二斤。

康全礼进的是东大街老梁酒铺的酒。老梁的酒价钱贵些,但从来不掺假,是正宗的米酒。即便当时醉得一塌糊涂,第二天醒来后也不会感觉头疼,可以确保那些"压力山大"的年轻人乘上各种交通工具,回到他们来时的城市,继续各自"痛并快乐着"的生活。

康全礼解答完小女儿的疑惑,回到铺子里时,小梁正把送酒的四轮车停在店铺门前。

小梁是老梁的儿子。这有点像是废话。

小梁把装满酒的木桶从车上抱下来,侧着身子搬进铺子里,胳膊上的肌肉鼓得像两只肥胖的老鼠。收回空桶时,小梁随手把报纸塞进了工装裤口袋里。康全礼看到了,但没说什么,作为一位曾经的人民教师,他认为年轻人喜欢读书看报是好事,应该鼓励才对。

如果那张报纸不被小梁拿走,或许康全礼就会看到古城派出所发布的那则寻人启事。

它就在关于导游伤人事件报道的左下角,用粗线条的黑框圈起来,里面写着寻找"龙行天下"旅行团的一男一女两名游客。寻人启事上印着两张照片,还有详细的体貌特征。男的名叫陈风,今年三十一岁,来自上海某五百强企业。女的名叫杜丽,二十七岁,是重庆一家知名媒体的业务主管。三天前的夜晚,他们在古城失联,至今没有半点消息。

如果康全礼看到这则启事,或许就会想到两天前,导游顾小丰到他店铺里来找人的情景。或许,康全礼还会随之想到,顾小丰做出极端行为,和两名团员失踪不无关系。但除了叹息一声,他显然也帮不上什么忙,只能像两天前一样摇摇脑袋,表示无能为力。正如他说的那样,每天来古城的人那么多,除了能看出是男是女,谁也分辨不清哪位是张三,哪位是李四。

龙行天下旅游团的团员们都还记得,4月3日这天晚上,他们是在古城入口处的水车前面分手的。借着朦胧的红色灯光,导游顾小丰讲解完古城的由来后提醒说,待会自由活动时大家不要往灯光稀疏的地方走,古城的格局是八卦形状,很容易迷路。说到这里,顾小丰来了兴致,随口念出了一首古诗:

> 功盖三分国,名成八阵图。
> 江流石不转,遗恨失吞吴。

顾小丰说,这首诗是诗圣杜甫为诸葛亮写的,描述了西蜀军师传奇的一生,诗中第二句提到的"八阵图",说的就是八卦。通俗地讲,也就是我们小时候玩过的迷宫。当年,诸葛亮在江边用石头摆下这个阵势,弄得东吴陆逊追兵迷失了方向。

"大家眼前的古城就是迷宫,所以,请各位小心一点,不要乱走。万一走失了,请大家给我打电话。"

接下去,顾小丰说出了自己的手机号,一共说了三遍。顾小丰确保每个人都听清楚后,又说:"如果我的手机号大家没记住,也没关系,还可以打110。"

然后,顾小丰才宣布解散。虽然从未丢失过游客,但每次安排古城夜晚的自由活动时,他总是提心吊胆的,就好像要出什么事似的。大家正要散去时,顾小丰突然又想起来,有件事忘记说了,赶紧把喇叭重新打开,喊大家回来,宣布,明早不必早起,下午半天,继续在古城游玩。

陈风回到水车街入口处时,团友们已经不见了踪影。

解散后,他先去了对面的公共厕所。最近这半年来,他的前列腺出了些小问题,总结起来就是七个字:尿频尿急尿不尽。一个男人,出现这样的情况其实挺正常的。但这种现象出现在一个三十一岁的男人身上,就显得不太正常了。他私下里分析过,这毛病和半年来频繁加班有关系。他坐在电脑前面的时间太长了,每天平均下来要超过十八个小时。百度上说,久坐是造成前列腺问题的主要原因之一。

不过,他也没太把前列腺问题当回事。尿的问题算不上什么大问题,只要从源头入手,少喝些水,减少新陈代谢,问题差不多就解决了。但他渐渐发现,另一件事比尿要可怕得多,就是他和老婆的性生活。他发现,自己对那件事越来越提不起兴致了,就连办公室里那几个活泼的小姑娘,他也不愿多看一眼。在确定是前列腺炎之前,他还以为自己已经达到某种境界,克服了男性的弱点呢。过去他多少有些好色,婚前有过几位女友。

从前的陈风,为自己的欲望,既无比豪迈,又忧心忡忡。

最近一段时间,他突然发觉自己变得"不行了",不该想时自然是不想,该想的时候仍然不想。即便勉强做一次,往往也是雷声大雨点小,效果相当不尽如人意。虽然他勉强以工作忙为借口搪塞了过去,但老婆看他的眼神里已经有了别的内容。

陈风悄悄去了医院。医生给他的建议是注意休息。权衡再三后,他决定休年假。

五天前,他对孔副总说出这个想法后,对方从眼镜框上方看了他一会儿,把眼镜摘下来,用手帕擦擦眼镜,又戴上接着看,似乎终于确认,眼前的怪物是他陈风本人。

"你确定要休年假?"

"我确定。"

"你明白这意味着什么吗?"

陈风知道,孔副总是在善意提醒自己。前几天一位副总跳了槽,大家都传言,公司正在进行考察,准备从中层里提拔一位上来做高管。陈风和另外两个人都在考察之列。三个人的资历、能力相差无几,谁胜出都在情理之中。陈风的优势是入职后一直踏实肯干,而且是孔副总一手提拔起来的,关键时刻孔副总会帮着说话。在这样一个重要时刻休年假,基本上就等于退出竞争的行列。但如果连男人都不能继续做,即使做了副总,好像也没什么意义。

这也是陈风最终决定休假的原因。

"我明白,孔总。但这次年假,我真的必须休。"

孔总最后还是同意了,摆摆手,失望地转向别处,再不愿多看陈风一眼。

第二天,陈风就报了云南半月游的旅行团。

年假一共二十天,剩下几天,他打算在家里陪陪老婆和儿子。

儿子已经四岁了,上幼儿园中班,始终是老婆在负责,和他一点也不亲。每次他长时间出差回来,儿子都会把他当成陌生人,躲着不肯让他抱。他勉强抱过去,儿子也会扯着喉咙大哭,不哭时,就往他脸上吐口水。他知道这怪不得儿子。他甚至想不起来,儿子是如何长大的。他要和儿子培养一下感情,去百货大楼顶层新开的游乐场,还有动植物园转一转。

第一天游下来,陈风就意识到自己犯了个错误。

原本以为跟团能省些精力,不用操心行程之类的琐事。没承想,从签下合同时起,他就成了发达的旅游流水线上的一个零件,只能被动地跟随传送带前进。早晨几点起床,几点集合上大巴,几点去景点,在景点游玩多长时间,什么时间进入购物点,在购物点里买什么,什么时间在什么地方吃团队餐,餐桌上都有些什么菜,甚至包括去哪里上卫生间,在哪里照相,在哪里短暂午休……人家都为你安排好了。除了跟住导游的旗子,什么都不需要你做。陈风被这种傻瓜式旅游弄得紧张兮兮。他发现这和在公司上班没什么本质区别。陈风有些后悔当初没有选择自助游。

丽江是此行第二站。这时候的陈风已经想开了,索性做个合格的傻瓜,让起床起床,让吃饭吃饭,让上车上车,让撒尿照相就撒尿照相——尤其撒尿,对于他分外重要——人一旦甘心让自己傻起来,就会找到许多乐趣。

这几天里,前列腺有了明显好转,已经不那么急,也不那么频了。来云南第二天早晨,他观察到了自己的晨勃现象。虽然持续时间不长,强度也大不如前,但毕竟有明显的进步。只是还有些尿不尽,在公厕里站得两腿发酸,才总算结束战斗。

找不到团友,陈风就决定一个人走。

晚上的安排是份意外的惊喜,他要充分享受自由的快乐。

绕过巷口的古榕树,视野一下开阔起来。古城的夜晚和白天大相径庭,就好像来到的不是同一个地方。阳光下乏味的建筑被夜晚涂上了迷人的色彩,音乐声流荡在润滑的石板路上,给人一种如梦如幻的感觉。

陈风不时走进一家店铺。他打算买几件小礼物带回去,送给妻子和儿子。

路过一家蜡染店时,陈风看见门边一个女人的背影有些眼熟。他猜想,对方可能是龙行团的团友。但他没想要进一步确定。一个团三十多人,来自全国各地,在丽江临时组合到一起,大家基本上算是陌生人,彼此性格都不了解,贸然搭讪没准会引起误解,闹得大家都不愉快。

陈风准备走开时,那个背影却转过来,主动和他打招呼:"龙行天下团的吧?我要是没记错,你好像叫陈风吧?"

陈风下意识地点头,随即想起来,从昆明来的大巴上,这个女人就坐在自己前面。

紧接着,陈风又想起了对方的名字——杜丽。每次导游小顾喊她时,他就会联想到汤显祖的《牡丹亭》,总会悄悄在心里加上个"娘"字。杜丽和他一样,也是一个人出游。

两个人相视一笑,同时给彼此的关系定下了基调——只是同行,和艳遇之类无关。

大家都不再是少男少女,自己想要什么,对方想要什么,只看一眼就足够清楚了。

两人的神情都放松了许多,默契地迈开步子向前走。陈风把杜丽的包接过来。他有几分迷恋自己的绅士风度。包很沉,杜丽说除了两块普洱茶饼,剩下的都是刚买的蜡染品,头巾、桌布、衣服、手绢、壁挂饰品,不一而足。

烟囱里的兄弟

"你好像打算把自己买成股东啊。"陈风掂掂提包的重量,开玩笑说。

"没准哪天我真会辞职,来这里开一家蜡染店。"杜丽却没有开玩笑,回答得一本正经。

三天前的早晨,杜丽说出要去旅游的想法后,老公在电话里沉默了好一会儿,似乎在分辨对面是否真是自己的老婆,或者老婆的某根神经有没有搭错,连接到别的什么线路上了。就在半小时前,他们刚在四马路地铁口分手。那时旅游的事还无影无踪,他不明白转眼之间,老婆的小脑袋瓜里怎么突然有了这个想法。

在此之前,他们的生活就像复印机,把周一放在机器上面,周二到周日就会准确无误地从下面钻出来。他们俩都已经是各自公司的中层,事业还处于上升阶段,加班出差都是家常便饭。即使有时公司不做安排,他们自己往往也会主动争取。三年前结婚时,他们按揭买了一套两室一厅的房子,需要按月还贷。另外呢,他们正在计划迎接下一代的到来,自然也需要钱。有人统计过,如今在一线城市把一个孩子从出生养到大学毕业,保守估计也要花费五十万。如果孩子大学毕业后还要出国留学,那就会超过百万。形势严峻,他们只能努力赚钱。老婆和他一样,手里正拿着一个重要项目,一周下来,夫妻俩连见面的次数都很有限。昨晚是他们难得一次同时回家,原本打算接续他们的希望工程,可惜妻子躺在浴盆里就睡着了。等她醒过来时,老公也已经在床上打起了呼噜。努力了几次,发现根本叫不醒,很快,她躺在老公身边又睡了过去。直到闹钟响起,夫妻俩才从睡梦中惊醒,于是,像每天早晨一样,草草吃一口早餐,就赶紧坐进汽车里。丈夫开车把妻子送到地铁口,然后掉转车头融入无边无际的车流之中。他们上班的方向一东一西,这是他们几年来摸索出的最佳方式。

然而,老婆却突然提出要去旅游,这自然让他大感不解。

其实,杜丽自己也没有想到会产生旅游的念头,像每天早晨一样,挤进地铁后她就开始寻找座位。她家在六环以外,工作的地方在二环边上,每天要转三次地铁,每一段路都要坐二十几分钟,所以座位就显得尤其重要。今天杜丽很幸运,刚上车就发现了一个空位置。两边都是女性,不必担心咸猪手,杜丽坐下时心里很舒畅,喘了口气后,就习惯性地从挎包里拿出了一份计划书。对这个项目杜丽格外用心,高副总把项目交给她时对她暗示过,如果这个项目做得出色,不仅会得到一笔可观的奖金,而且可能获得晋升机会。怀孕生子期间,她必须请一段产假,她想着能提前把损失弥补回来。不过,杜丽刚读了两页就突然停了下来。她的手机上收到了一条同事小雅发来的微信。这本来是很平常的一件事,杜丽为人随和低调,在公司里人缘很好,平时同事们看到有意思的段子都会习惯性地随手转发给她。杜丽一律很捧场地点赞,自己看到好玩的东西也会转给别人。平时大家压力都很大,看看段子,笑一笑,也算是一种缓解。今天小雅发来的却不是段子,而是一条新闻。新闻的大致内容是,头天晚上九点多钟,有一位身穿职业装的年轻女性猝死在风雨坛地铁出口的台阶上。这则新闻也并不算奇特,在国际化的大都市里,每时每刻都在生老病死,但小雅随新闻一起传来的还有一张图片,而且跟着一句评论:杜姐,他们都说像高副总。

杜丽用两根手指把图片放大,仔细看了看,也觉得那个猝死的人很像高副总,心当即就怦怦乱跳起来。高副总是杜丽心里的偶像,杜丽从入职这家公司起,就一直在她手下工作。高副总是公司里的传奇,据说当年曾经独自一人打开了欧洲市场。高副总是个工作狂,她干的工作比手下所有人的都要多。让杜丽佩服的是,高副总不管什么时候出现在大家面前,总是一副精力旺盛的样子,似乎浑身上下总有使不完的劲。另外,高副总长得也特别漂亮,即便只是化些淡妆,看上去也超凡脱俗。

杜丽记得昨晚自己离开公司时,高副总确实是在加班。按照往常的情况,高副总回家也要先坐一段地铁,然后在风雨坛口上来,步行十几分钟,穿过一座街心公园回家。但这件事不好找高副总本人求证,否则可能会弄得非常尴尬。正在杜丽犹豫不决时,公司的另一位副总打来电话,明确告知杜丽高副总昨晚出事的消息,随后说,待会公司要组织人去高副总家里,让她回家准备一下,换一身黑衣服。杜丽大脑一片空白,挂断电话之后才反应过来,责怪自己没问问高副总死亡原因。高副总比自己大九岁,一个月前刚过完三十八岁生日,平时没听说有什么病。

杜丽觉得高副总是累死的。

随后,她又自然而然地想到了自己。两年前他们就做好了生育下一代的准备,但直到今天,她的肚子依旧没有动静。去医院检查,老公没什么问题,她内分泌失调引起的月经紊乱是主要原因。医生建议她平时多注意休息,不要过度劳累。她没太当回事。最近一年,她发现脸上出现了黄褐斑,情绪也越来越焦躁,常常会无缘无故地发脾气。高副总的死给她敲响了警钟。她觉得自己真该改变一下了,否则不但孩子不会有,说不定自己哪一天也会出现意外。她开始认真思考起来。到第二个换乘站时,杜丽就决定休假去旅游。

她最初的计划是和老公一起去。因为工作关系,当初他们的婚礼办得匆匆忙忙。

"就当是度蜜月好了。"杜丽说。

但老公坚决反对。即使她说出高副总之死,人生难料,老公仍然不同意。

三天后,杜丽就只好一个人上了路。

导游小顾宣布解散后,她几乎是跟随着直觉走进那家小店的,里面的蜡染让她有一种说不清道不明的亲切感,每一件都让她爱不释手,那些朴实简单的蓝色把她带到了一个从未体验的世界。她觉得,在那片湖水似的蓝色里就有她渴望的生活。

杜丽随着陈风的脚步向前走,两个人之间隔着一肘的距离,既不算近,也不算远,对于他们的关系来讲,刚好恰如其分。她在心里设想着坐在自己的蜡染店里的情景,那些迷人的蓝色挂满墙壁,她坐在一把竹椅里手上捧一本书,呼吸着那令人陶醉的蜡香。一个孩子在脚前玩耍,把胖嘟嘟的手指伸进嘴里。那是她的孩子,是他们夫妻生命的延续。

两个人一度有些沉默,但那种沉默没有尴尬,反而有一种心照不宣的默契。他们甚至没问彼此来自哪里,什么职业,为什么会独自出行。他们迈着不紧不慢的步子经过一家家店铺,不时停下来按动快门,偶尔也会拿过对方的相机,帮对方照一张。走过一家名叫四季牛肉店的店铺后,他们看到了四方街八边形的广场。身穿民族服装的古城居民,手拉手围成一圈边唱边跳,某种奇怪的乐器不时发出一阵低沉如牛吼般的声音。陈风和杜丽站在白色影壁下看了一会儿,绕过古老的四方井离开广场。前面是一个Y形岔路口,古色古香的木制路标指示,向左通向新街,向右通向旧街。两条路上的游客同样熙熙攘攘。他们对视一眼,不约而同地转向了右侧。

地势渐渐高起来,远远望过去,房檐下挂着的红灯笼好像和天上的星星亮在一处。陈风和杜丽在人丛中穿行,不时简单地交流一句。几百米同行过后,他们已经成了配合默契的一对搭档,谁也不去触碰旅行前紧张忙碌的生活,努力帮助对方逃离到古城迷人的夜色里。陈风在一座高大的门楼前停下来,把杜丽的提包放在台阶上,按动快门,拍下了横匾和两侧的对联。

重新上路后,陈风忽然说起了一段往事。

"我这人从小和别的孩子不太一样,人家喜欢动画书,喜欢电脑游戏,我呢,不知道中了什么邪,钻心磨眼地喜欢古诗词。不管在哪里看到,都会兴奋得满脸通红,抄到一个小本子上,一遍又一遍地读。家里有一本《唐诗三百首》,繁体字竖排版,我连蒙带猜地都背了下来。等我上高中时才知道,好多诗都被我搞错了,背诵了不少半边字,还有错别字。上高中后,学校有图书馆,我像得了宝贝似的每周都去借诗集。一本诗借回家里,就每天晚上往日记本上抄。从《古诗十九首》开始,我按着朝代往下抄。当时抄了《陶潜诗集》《李白诗集》《王维诗集》《东坡诗集》《杨万里诗集》。《龚自珍诗集》抄到一半时被我父亲发现了。我用的日记本太多了,引起了他的警惕。开始,他以为我是像别人一样在摆弄那些黄色的手抄本,从抽屉里翻出一本又一本诗集后,才明白事情真相。按他的意思,摆弄那些诗词歌赋比摆弄色情读物还要可怕。父亲指着那一摞日记本大发雷霆,骂我不务正业,把大好的时光浪费在无病呻吟上,这样下去什么学校也考不上。父亲越说越生气,最后划着火柴把我的那些日记本都烧成了灰烬。我伤心欲绝,一连两个月没和父亲说一句话。但后来我还是接受了现实,承认父亲是为了我好。我大学读的是计算机专业,当年非常火爆。"

杜丽轻轻点点头,问:"你现在还喜欢读古诗吗?"

"早就不读了。说来也奇怪,自从父亲一把火烧掉那些日记本后,我就一下子对古诗没了兴趣。回过头来想想,还真得感谢我父亲,要不是他,我恐怕真的考不上大学,只能待在那座小县城里。不过,此时此刻我倒想起了两句古诗:因过竹院逢僧话,偷得浮生半日闲。"

陈风和杜丽边聊边向前走,街道上的游人少了些,周围的嘈杂声像退潮的海水一样渐渐弱下去。经过一座气派的书院式建筑后,前面又是一个Y形岔路口。他们找了一下,没发现路标,向两边分别望一望,仍然是不断蜿蜒向上的红灯笼。他们互相望一眼,再次不约而同地选择了右转弯。走出十几米后,陈风在路边的一棵荔枝树下找到了路名牌,上面写的仍然是"旧街"。

"看来他们这里只有两条街:一条旧街,一条新街。"陈风开玩笑说。

杜丽说:"有三条,还有我们最开始进来的水车路。"

两个人相视一笑,继续向前走。脚下的青石板比之前的宽大了些,也显得更加古老,青石板上的凹槽,光滑如镜面,折射着街两边灯笼的红光。陈风和杜丽都察觉到,鞋底踩到路面上,有一种温润滑腻的感觉,心里也有一种说不出的感动。

"感觉咱们俩走的不是路,而是一段历史。"陈风说。

"上一段路是民国,这一段大概是清朝。"杜丽笑着附和。

"如果真能穿越,你想去哪个朝代?"陈风突然来了兴致,问杜丽。

"唐朝吧,据说他们那时候以胖为美,我到了那里没准就是杨玉环。你呢,想去哪个朝代?"

"我想也是唐朝吧,他们流行诗人,也许到了那儿我就是李白呢!"陈风的脑海里突然闪过小时候读过的一首诗,又接着往下说,"如果穿越后碰到你,我就给你写一首诗:云想衣裳花想容,春风拂槛露华浓。若非群玉山头见,会向瑶台月下逢。"

"这首诗真是你写的?"

"不是我,是李白给杨贵妃写的。"

"第一句挺奇怪的,云想衣裳花想容,是什么意思?"

"大概是夸杨贵妃容貌美如花,衣服像彩云吧。李白是用云和花的视角在说事。"

"李白真会夸人,亏他想得出来。"

"我琢磨他是喝多了,头晕眼花,看杨贵妃就是一团影子,迷迷糊糊就诌出这么一句来。"

一阵微风吹过来,夹杂着一缕淡淡的幽香。两个人都深深吸了口气。街上的行人更少了,但他们都没有停下脚,继续向前走。他们心里忽然升起了一种宁静温馨的感觉,就好像不是在异乡的古城里旅游,而是走在一条隐秘的回家的路上。他们无声地向前走了一会儿,陈风先开口打破了沉默。

"你呢,小时候有过什么爱好?"

迷宫

"大概是上幼儿园的时候,我喜欢过画画,"杜丽歪着脑袋想了想说,"是那种风格夸张的漫画。只要手边有一张纸片,我就会在上面涂满我自己设计的图案。我什么都画,长着五官的课桌,长着胳膊腿的椅子,皱着眉头的粉笔擦,咧开一张大嘴的宠物狗,愁眉苦脸的苹果。当然了,我画得最多的就是人物,爷爷、奶奶、爸爸、妈妈、叔叔、婶婶……每人我都给他们画了一张。他们都说我画得不像,埋怨我把耳朵画大了,眼睛画小了,牙画成了大板牙,鼻子画成了朝天鼻。我告诉他们我画的是漫画,追求一种有些夸张的神似,不是那种呆头呆脑的素描。但他们谁也不懂得欣赏。我不管那一套,照样按自己的想法变着花样地画他们。上小学后,我接触的人一下子多起来,正好画家里人也画腻了,我就开始画老师和同学。那段时间真的太快乐了,每天只要有一点时间,我就会用铅笔在本子上画画。孩子们的看法和大人不一样,好多同学都夸我画得好,还有人自己拿来纸,主动要求我给他们画画。我的虚荣心得到了从未有过的满足,画画的热情也更加高涨了,几天就会用完一本图画本。全班同学都画完了,我又开始画隔壁班的,每当课间时就跑到人家教室门口等着进行观察。我记得,当时我甚至有过一个宏伟的计划,要把全校六个年级二十四个班的男同学女同学都画到本子上。当然了,还有全校所有的男老师、女老师。"

"你的计划挺人的,我还从没听说哪个小学生干成过这样的事。"

"可惜,我最后也没干成。有一天下课间操后,我在教导主任办公室门口进行观察时被发现了。那个姓黄的主任收去了我的图画本,从头到尾把本子仔细翻看了一遍。我当时心里有几分得意,在我的印象里,很少有哪个大人会那么认真地看我的作品。那个本子里画的都是老师,语文老师、数学老师、体育老师、音乐老师……有些是教我的,有些是教别班的。我看见黄主任咧开的嘴巴抿成了一条线,两条细眉毛皱成了一双对号。就在我不知道她会如何评价时,她突然用本子拍打着手心,大声质问我为什么要对老师进行丑化。我当时一下就蒙了,搞不懂她说的是什么意思。她却像突然想起了什么似的,扔下我,气呼呼地走开了。我不知道她怎么回事,拿着我的本子去干什么。上课铃响了,我就赶忙跑回班级。在教室门口,那个黄主任和我们班主任老师拦住了我,再次质问我心里到底是怎么想的,为什么要丑化老师。我怎么解释他们都不听。我又委屈,又生气,坐在地上大哭起来。"

"最后怎么样了?"

杜丽叹口气说:"最后他们找来了家长,我爸我妈好一阵解释,黄主任才总算相信我没有什么恶意。但从那以后,我再也不想画画了,甚至想起曾经画过画的事都会脑袋疼。不过,幸亏我及时遭遇了挫折,否则一直那样画下去,我恐怕会一事无成。后来我考上了一所财经类学校,学的国际贸易。"

前面再次出现一个Y形岔路口,这次他们甚至没有互相征求意见,也没有寻找指示路标,就自然而然地踏上了右边那条路。这条街道似乎又古老了些,空气里弥漫着一股幽远深邃的味道,脚踩在街面上似乎还有些湿滑的感觉。不过,街道两边的房檐下仍然挂着一串串红灯笼,地势依旧在不断升高,远远地向前望过去,就像是一条奇异的隧道。

"现在大概是明朝了吧?"陈风说,"还隔着一个宋朝,我们的目标是唐朝。"

又一个 Y 形岔路口出现在面前时,他们没有立刻上路,而是不约而同地掏出手机看了时间。从最初进入古城时算起,只过去了一个钟头,一轮圆白的月亮和满天的星星显示,今晚是难得的好天。他们再次选择了右转弯,踏上了宋朝的街道。在转向唐朝的街道上之前,他们再次停了下来。

"咱们会不会迷路?"杜丽看一眼陈风问。

"可以肯定地说不会,咱们一路都在右转弯,回去时只要记得始终左转就可以了。"陈风蛮有把握地答。

被他们称为唐朝的这段街道似乎更加久远,也更加宁静,耳边隐约会有水珠滴落的声音,什么地方好像还不时传来若隐若现的梆子声。刚踏上这段路时,他们心里还有些许不安,走出几十米后,那种感觉就迅速消失了。他们的内心都有一种无比恬静舒适的感觉,似乎真的回到了他们一直渴望的朝代里。他们几乎同时向对方伸出一只手,两只手握在一起,相携着向前走。这是他们第一次亲密接触,没有欲望,只有结伴而行的信任。现实中的烦恼已经被甩在身后的路上,此时此刻,只剩下这段宁静无比的街道。他们分外享受这种相携漫步的快乐。他们感觉自己真的是正走向时间的深处。

康全礼打开墙角的大冰柜,里面装着四只陶瓷坛子。他把手伸进其中一只,捞出一块牛肉放在盆子里。这是康家做牛肉的独门秘方,是祖上一辈辈传下来的。在坛子里放上各种特制的调料,把生牛肉放进去腌渍三天三夜,待牛肉充分入味后,放在砂锅里用慢火煮得烂熟,再用吊炉进行烘干。这样做出的牛肉味道与众不同,别人的根本无法相比。每次康全礼动手制作牛肉时,就会想起父亲当年向自己传授技艺的情景,父亲去世之前说过的话也会回响在耳边:"到啥时候都要守好那四只坛子。别人做的牛肉只有一种味道,咱家做的牛肉春夏秋冬有四种味道,所以才敢叫四季牛肉。"

想起父亲,康全礼就停下了手,他忽然记起来,今天已经是清明了,即便不在家乡,每年的这一天他也会给父亲烧几张纸。冥纸几天前就准备好了,一共四摞,都摆在通向里间屋的过道上。康全礼抱着纸走到店外,用粉笔在门前的石板路上画一个开口的圆圈。每次烧纸祭奠父亲,康全礼都选择在自家的店门前。家乡离这几百公里,但他相信父亲能闻出自家牛肉的味道,会及时赶过来的。天还黑得厉害,凌晨的风有些凉,夹裹着昨晚游客留下的味道。火烧起来,一张张土黄色的纸仿佛有人翻动似的,向火光的中心靠拢过去。康全礼有些走神,他想起了一段往事。父亲去世后,他并没有接手经营四季牛肉店,而是在山村小学里当一名老师。那是他一直喜欢的职业。比起卖牛肉,他更愿意当个文化人。但仅仅干了几个月,他班里的孩子就走得没了踪影。他只好放弃当老师的打算,开始像父亲一样制作牛肉。一年后,听一个同乡说丽江古城生意好做,他一咬牙一跺脚,就带着老婆孩子赶了过来。当时全部的家当就是那四只老坛子和一把老竹椅,都是父亲当年给他留下的。这五年里,他完全是白手起家,先租后买,终于在古城站稳了脚跟。

康全礼想,或许自己当初的决定并不正确,这些年虽然挣到了些钱,但孩子的教育成了问题。和钱比起来,孩子读书才是大事。下一步不知道该怎么走,他心里就只能一直苦着。就在他胡思乱想之中,一阵打着旋的风突然在脚前吹起来,把半沓纸吹到了店门边的一把竹椅上。那把竹椅是他平时的专座,平时就摆在店门边靠里些的位置,没有生意上门时,他就坐在上面温习成语和数学题。椅子已经用了好多年,把手被摸得无比光滑,透着皮肤般的红光。燃烧的纸落上去,即刻就烧了起来。康全礼起初没明白发生了什么,他一心以为旋风是父亲光临的象征。等他回过味来时,竹椅子已经变成了火椅子,燃烧的竹片像鞭炮一样发出噼啪的响声,向四面八方炸开。小梁刚送来的两只酒筒随即被引燃了,木制酒筒迅速被烧裂开来,里面的酒忽地一下也烧起来。一间小店转眼就成了一片火海。康全礼眼见没法施救,一把拉下了通向里间的卷帘门。那是他为防盗安装的,没承想起了防火的作用。康全礼绕到后街,敲开自家房门时,火已从牛肉店蔓延到了旁边的茶叶店。空气里弥漫出一股奇异的茶香。好在古城都是前面开店后面住人,中间一律隔着卷帘门。康全礼挨家敲下去,把睡梦中的邻居们喊醒。敲到第三家的银器店时,康全礼明白,这五年的生意彻底算是白做了。

众人抄起家伙,七手八脚地灭火,但火势太大,根本无能为力。还是消防车赶过来把火扑灭了。最后,这场火烧掉了十一家店铺。满脸黑灰的康全礼坐在地上,像孩子似的咧开大嘴哭起来。他完全沉浸在自己的悲伤里,一点也没注意到,从他身后不远的四方街口走来了一男一女两个人。

陈风和杜丽看到火光时,还走在那条幽静的街道上。其间他们看过一次时间,发现还是上次看时的时刻。当时他们心里有些奇怪,但没有深想下去。他们已经迷上了这种悠然的漫步,不想破坏这种难得的氛围。火光最初亮起来时,他们半点都没有留意,一心

烟囱里的兄弟

以为是某种庆祝的仪式。直到火光映红了半边天,远处隐约传来一阵慌乱的喊声时,他们才察觉到不对。他们停下脚步对视一眼,然后不约而同地掉转方向,冲着火光跑过去。跑到四方街的白色影壁墙下时,陈风的手机响起来。妻子带着哭腔的声音从里面传过来,颤抖着问他在哪里。陈风不明所以地回答说在古城。妻子突然失声痛哭起来。杜丽的手机随后也响了,老公告诉她不要动不要挂断电话,自己马上就会赶过来。杜丽心里非常纳闷儿,老公为什么那么紧张?他又是什么时候来云南的?

半小时后,杜丽的老公赶来时,陈风和杜丽才搞明白,原来好多人都在找他们。让他们不解的是,大家早已经认定一个事实,在他们出现在四方街之前,一直走失在迷宫般的古城里。但更让他们觉得不可思议的是,他们走失的时间是4月3日晚上,而他们被发现时,已经是4月5日凌晨。也就是说,他们已经在古城的街道上走了三天。

汉娜小姐

华生大厦三楼建了座室内溜冰场,还不到开放时间,巨大的椭圆形冰面上空空荡荡,如同平静的湖面,冰刀划出的印痕像凝固的波浪,折射出弧形的寒光。裴先生辨认着美食店招牌,一路向前走,寒气翻过漆成淡绿色的水泥边沿,一波波撞在他左侧脸颊和肩膀上,让他恍惚以为自己正走在殡仪馆竖立的冷冻柜之间。

这一年多来,裴先生心里始终空荡荡的。父亲的去世没能让他感到自由,反而失去了某种依靠和屏障。虽然从童年起他就想要摆脱管束,甚至暗自盼望父亲在某天夜里长眠不醒,但那一天真的到来时,他才发觉自己原来更加痛苦。他时常想起父亲。童年时,父亲给他定下的那些规矩,也总是浮现在脑海里——不许打开办公桌左侧抽屉,不许踩踏椅子横称,不许在屋子里吹口哨,不许把水杯放在炕沿上,不许用左手使筷子,不许站在水坑边,不许在睡觉前吃东西,不许把一句话重复两遍以上……这时候,沉甸甸的恐慌感便像阴云一般罩上心头,父亲临终交代的事,也会像烧红的烙铁烫他一下。

裴先生四十六岁,就职于某地级市一家事业单位。他已经觉得自己老了。配合着他的想法,眼睛开始发花,背变驼,头上谢顶,在心里认可了父亲曾经的感叹:"老子英雄,儿子往往都不是好汉。"他把人生的希望寄托在女儿身上。父女俩的冲突日渐增多,交流越来越困难。最近,因为女儿要出国以及新处的男朋友,他们的关系变得越发紧张,常常说不上两句话就会吵起来。裴先生总是不自觉地想起女儿小时候乖巧的模样。他从乡下老家回来,特意拐了个弯,打算和女儿谈一谈。女儿定好了时间和地点,刚刚却用微信告诉他,要先去见一个人,晚一点到。如果是过去,他会立刻问见谁,要多长时间,话到嘴边又咽了回去。女儿已经抗议过多次,不需要他过多干涉自己的事情。

香芒山在最里侧,再向前,就是通往写字楼的电梯间。裴先生想象着女儿乘电梯不断上升,最后站在26层领事馆窗前,鸟瞰这座省会城市的情景,心里不由得涌起一阵自豪感。月薪万元的收入,舒适的办公环境,都是他无法企及的事情。但女儿却不以为然,扬言要过一种自由自在的生活。裴先生搞不清楚那是一种怎样的生活。他让女儿说具体一点。女儿答,游遍世界后宅在家里。他因此得出结论,自由自在只是借口,女儿还是不够成熟,惧怕竞争罢了。所谓的佛系青春,说穿了,就是消极的逃避。

"裴小姐订的座位,3号台鸟巢。"

一个和女儿年龄相仿的服务生躬下身示意裴先生向左转。虽然嘴上早就承认女儿已经长大成人,但"裴小姐"这个称呼还是让他愣了一下。如果在别处听到,他不会把它和女儿画上等号。

3号台在左手边角落里,抽屉形状的卡座外面罩着一根根圆弧形的黑色铁条,看上去不像鸟巢,更像一只鸟笼。让裴先生诧异的是,座位上已经有人了。对方穿一件浅棕色夹克衫,鹰钩鼻子,秃顶,眼窝深陷,额头上三道横纹一道竖纹,酷似隶书体的"王"字,下巴上一圈白胡子,是个外国人。

汉娜小姐

"你好!"

裴先生正踌躇不前,对方主动打招呼,发音蹩脚,勉强能听出来。老外和裴先生的父亲年龄相仿,如果是中国人,该喊叔叔或者大爷。"安扣"像气泡似的在裴先生脑袋里冒了一下,但并没有说出口。他的英语储备大多来源于二十几岁时看过的港台电影,"达令""泰西""梭哈",都是只知发音,不会拼写。(他一度以为"乐色"也是英语,后来才知道是粤语。)裴先生有些不知所措,他从未和外国人打过交道。他怀疑老外坐错了位置,要不然就是服务生搞错了。

一串尖锐的"汪汪"声突然从老外那边传过来。裴先生吃了一惊。他看见一只小狗从老外夹克衫拉链的缝隙间探出头,白色的长毛,两只圆溜溜的黑眼睛,一只同样圆溜溜的黑鼻子。裴先生不知道这狗是什么品种,但感觉它长得和主人有些相像。他害怕狗,不管什么品种的狗都害怕,从小到大不止一次拒绝过女儿养狗的请求。

"没有错,这就是裴小姐订的座位。"那个服务生到电脑上查了一下,很肯定地说。

老外拍拍狗脑袋,把两缕长毛撩到后面去,先是说了一串外国话,然后又说"对不起"。裴先生看到狗的两耳之间扎着一只粉红色的蝴蝶结。他觉得那些外国话应该是对狗说的,不像英语,而"对不起"可能是对他说的,但老外没有抬头看他,更像是在教狗说话,就像有些家长教孩子向别人道歉一样。

"没关系。"

裴先生迟疑片刻后回应,仿佛勉强抓住了从眼前跑过的什么东西。他在左侧靠边的位置上坐下来,心里猜想对方是哪国人,为什么会坐在这里。那条狗没有再叫,从衣服里钻出来,站在老外大腿上,用舌头舔他毛烘烘的手背。裴先生似乎听到了狗舌头上的味蕾和汗毛摩擦发出的"沙沙"声。他犹豫着要不要用英语打声招呼,"哈喽"或者"好肚油肚",但最终还是放弃了,如果对方因此和他说起英语,他会更加难堪。

老外大概只会说"你好"和"对不起"。他们都无法用语言把眼前的情况搞清楚。为了缓解尴尬的气氛,裴先生不时冲狗眨眼睛,舌头卷起来,发出"嗒"的一声响。狗从老外腿上跳下来,冲裴先生摇尾巴,用两排尖利的白牙扯老外衣袖。老外也冲它眨眼睛,舌头发出"嗒"声。狗兴奋起来,踩着座位跑出半个"口"字,来到裴先生身边,又掉头跑向老外,随后,再次跑向裴先生。它就像一个使者,在两人之间折返跑。

裴小姐到来时,裴先生和老外都松了口气。

裴小姐二十二岁,从北方一所大学德语系毕业后,在德领事馆找到了一份十个月的短期工作。德方负责人刚和她谈过话,因为业务量比较大,只要她肯留下来,就可以获得一份长期合同。裴先生非常高兴,但裴小姐却并不积极,她已经向德国的几所大学发出申请,几个月后,这段工作结束时,就要到国外读研究生。裴先生认为读研后还是要回国,同样面临就业问题,到时候未必能找到一份更好的工作。如果真的是去留学,裴先生或许也能接受,问题在于裴小姐还计划先休学一年去新西兰旅游。如今这个时代瞬息万变,浪费一年,就会错过好多机会,而某一个机会抓不住,就可能影响整个人生。几次争吵后,裴先生使出撒手锏,警告女儿不会提供经济援助。女儿丝毫不让步,说根本没打算花他的钱,在新西兰会边打工

汉娜小姐

边旅游,去德国读研就用爷爷给她的遗产。

裴小姐穿了一件藕荷色的长袖连衣裙,多褶的裙边撑起来,就像一只莲蓬头。裴先生没见女儿穿过这条裙子,自从到领事馆上班后,女儿买东西就不再商量请示,都是自作主张。裴夫人觉得这和经济独立无关,要怪女儿新处的男朋友,是那个学韩语的矮个子小杜把女儿带坏了。

裴小姐先和老外来了个大大的拥抱,笑着说了句外语。在裴先生的印象里,女儿还从来没和他这样抱过。女儿是爷爷奶奶带大的,和他们夫妻俩一直不太亲。他听不懂女儿说了什么,不知道她会不会顺势也和他抱一下。女儿只是喊了声"老爸",就在老外旁边坐下来。裴先生感觉自己像个局外人。裴小姐身上有一股潮湿的凉气。外面可能下雨了。但裴先生想不起走进大厦之前是什么天气。刚才老外喊了女儿的名字,不过,应该是她的外国名字。

"这就是爷爷。"裴小姐向他们做介绍。

老外伸过来的正是那只被狗舔过的手。裴先生勉强握了握,想起女儿说起过这个人——德领事馆的副总领事,当初应聘时就是他做主录取的女儿。每次女儿说起这个"爷爷"时,裴先生都会愣一下,以为说的是自己的父亲。此刻也不例外。裴先生想起来,女儿曾经说过有机会要让他们见一面。他不知道自己是否也该喊老外"爷爷"。

裴小姐看到了餐桌后面的狗,兴奋地叫着,绕过裴先生,把狗抱在怀里,一只手摩挲着狗毛,用下巴蹭狗脑袋。狗显然认识裴小姐,热烈地回应,用舌头舔她的脸,假意咬她手指头。裴先生皱了皱眉头。他发觉自己有些嫉妒那条狗。

烟囱里的兄弟

"她是汉娜小姐。"裴小姐把狗举到裴先生眼皮底下,很郑重地介绍,"汉娜,这是爸爸。"

狗呼出的气流喷在裴先生脸上,让他不自觉地向后躲了躲。他以为狗真会喊"爸爸",狗发出的却只是一串"汪汪"声。"汉娜"这个名字有些耳熟,但一时想不起出处了。

一个年长的服务生走过来,问他们要不要点单。裴小姐把菜单推给"爷爷"。老外很认真地看了一会,说出自己想要的东西。服务生听不懂德语,裴小姐当起翻译,告诉他是一杯珍珠奶茶和两块不加奶油的蛋糕。裴先生不知点什么,菜单上只有饮品和甜品,价位高得出奇。他想来一碗米饭、一盘尖椒炒豆腐干,要不然就是一碗炸酱面。

"一杯招牌芒果汁,一块提拉米苏。"

裴小姐见他迟迟做不出决定,于是替他点了两样。她自己要了两杯卡布奇诺、一块杧果牛奶布丁。裴先生想不通女儿为什么要点两杯饮品,不过没有问。裴先生的性格有些沉闷,没有幽默感,不会拉家常,用女儿的话说,"只会讲大道理"。和女儿通电话时,问过天气和吃饭没有,就再也不知道该说什么。

"我请客。"

裴先生正暗自为这一餐的花费心疼,估量着自己钱包里的现金,打算抽空去结账时,裴小姐已经打开手包,若无其事地把一张卡递了过去。看她云淡风轻的样子,就好像包里还有好多张这样的卡,可以源源不断掏出来。

店堂里响起舒缓的音乐声,东西陆续端上来。食物和音乐一样没有国界。汉娜小姐在三个人之间跑来跑去,把脸躲在一个人身

汉娜小姐

后,和另外两个人捉迷藏。裴小姐一直和"爷爷"用德语交谈,不时发出一串笑声。裴先生插不上嘴,准备好要和女儿说的话也没有机会说出来,只得故技重施,冲汉娜眨眼睛,舌头发出"嗒"的声响。汉娜感受到了他的友好,欢快地摇尾巴,用牙齿扯裴小姐和"爷爷"的衣袖,就像是在提醒他们不要冷落了裴先生。它的努力收到了成效,德国"爷爷"对裴先生说起话。

"爷爷说,你可以叫他汉斯。"裴小姐翻译。

裴先生望向那条狗,汉斯、汉娜,听上去像兄妹俩。他脑袋里冒出一个奇怪的念头,觉得这就是他们看上去有些相像的原因。

"我正向爷爷请教在德国的注意事项,爷爷说坐地铁要当心出州界,不要随意和陌生人搭讪,在公共场合,不要把钱包拿在手上。"裴小姐用塑料勺挖了一块布丁,举在眼前看着,漫不经心地说。黄白相间的布丁抖动着,让裴先生担心下一秒钟就会掉下来。

裴先生想,女儿一定已经向汉斯征求过意见,或许正是因为得到支持,才下决心去留学的。他再次感到自己成了局外人,对汉斯也有一丝隐隐的怨恨。他脑海里浮现出有人当街抢劫的情景。这段时间,他一直在关注新闻,知道大批难民拥入欧洲后,欧盟国家的治安状况就开始变差,一些地方相继发生了恐袭事件。

"爷爷想听你说说我爷爷的故事。"

裴小姐绕口令式的表述让裴先生有些发蒙。他恍惚觉得两个爷爷是一个人,都曾经下过乡,也都想听听他如何讲述自己当年的故事,就好像裴先生是位权威人士,可以盖棺论定似的。裴先生抬起头,目光撞上汉斯先生期待的目光,才从恍惚中走出来。目光也同样没有国界。

烟囱里的兄弟

"他是下乡知青,在农村当了二十几年大队书记,后来到镇动检站任站长。一年多前,已经去世了。"

裴先生低下头凑近杯口,但没有喝,芒果汁浓浓的味道就像一堵厚实的墙壁,把他遮挡起来。对父亲的人生,他不知道该如何评价。他曾经非常崇拜父亲。一个冬天的晚上,父亲允许他戴上自己新买的羊剪绒帽子去西房山拿尿盆,每迈出一步,他都兴奋得两腿发抖,忘记了天黑从不敢独自出门这茬儿。人到中年以后,他才渐渐意识到,父亲还可以有另一种人生,而他和哥哥的人生也会随之改写。好几次他都想和父亲说说自己的想法,但从小对父亲的惧怕,让他始终不敢开口。有一次他和母亲说了。母亲愣愣地看了他好一会说:"那样的话,我就不会和你爸结婚,不能给你哥俩当妈了。"母亲一辈子没自己拿过主意,一切听从父亲安排。父亲去世后,他和哥哥一度担心母亲无法一个人生活下去。没想到母亲却活得很好,白天和邻居打小麻将,晚上到广场上扭大秧歌。无法适应的是裴先生自己,一年多来,他心里一直空落落的,悲伤无助的情绪始终纠缠着他。

裴小姐不知道"知青"该如何翻译。裴先生解释了半天,她灵机一动,告诉汉斯先生,自己的爷爷是个类似于五四时期的进步青年。

"他为什么要去农村呢?"汉斯先生还是疑惑不解。

"为了传播知识和文化,'德先生'和'赛先生'。"裴小姐说。

"在城里不能传播吗?"

"农村更需要他。"

裴先生听不懂他们在说什么,暗自想象自己如果出生在城里,人生就会是另一番样子——住楼房,走马路,吃自来水,读城里的小

汉娜小姐

学、初中、高中甚至是大学,然后找一份城里的工作……但也有可能,他压根就不会出生,所谓的人生,也就不会存在。

裴小姐忽然站起身,把一个中等身材、理着平头的年轻人拉进卡座里。先把他和汉斯先生做介绍,随后转向裴先生:"我爸爸。这就是小杜。"

裴先生已经猜出对方是谁,他和妻子看过小杜照片,认为模样一般,身材偏矮。他知道小杜高考是二本,念了一年,家里花钱送进首尔一所不知名的大学,回国后应聘到三星做韩方助理。裴先生夫妻认为他根本配不上女儿。但裴小姐却认准了这个人。为了寻找共同点,还花大价钱报了韩语班。一年的新西兰之旅,也打算和他同行。

小杜身上也有一股雨水的凉意。裴先生想他们刚才大概商量好了如何让小杜出场。裴小姐一直在为男友争名分,几次提出让他们见面,但都被裴先生拒绝了。这个见面方式更像逼宫,强迫裴先生承认小杜这个人。

小杜和汉斯先生握了手。裴先生正犹豫要不要把手伸过去时,小杜却把汉娜抱进了怀里,像裴小姐刚才那样,用手摩挲狗毛,下巴蹭狗脑袋,隔着餐桌冲裴先生点头,喊了声"叔叔"。

"这就是韩国小马吧?实在太漂亮了!我们全家都喜欢狗,家里养了四条边牧。"小杜用中文对汉斯先生说,随后望向裴小姐。这让裴先生觉得,小杜说的"全家"也包括女儿在内。女儿扭过头去不看小杜,小杜有些尴尬地笑了两声。裴先生怀疑两个人闹了别扭。他纳闷儿:明明是狗,为什么要叫小马?女儿解答了他的疑问,小马就是玛尔济斯犬的简称。

烟囱里的兄弟

裴小姐不知道"边牧"怎么翻译,和小杜商量一下,两人一起用英语向汉斯先生做了解释。随后,裴小姐又问小杜"边牧"用韩语怎么说。小杜也是第一次碰到这个问题,想了想说出一个词。汉斯先生用英语问他们在说什么,于是,小杜用英语,裴小姐用德语,不约而同地做出回答。三个人发出一阵笑声,似乎找到了一种最佳的交流方式。

裴小姐指着小杜,用德语和汉斯先生说了句什么。汉斯先生笑着冲小杜跷起大拇指说"Very good"。三个人再次发出一阵笑声。裴先生猜出女儿是在询问汉斯对小杜的看法。他觉得女儿是在表演给他看,向他示威。

接下来的交谈,让裴先生备受煎熬。裴小姐和汉斯先生说德语,和小杜说韩语,他们三个人共同说英语,聊得热火朝天。裴先生插不上嘴,只得和汉娜交流。汉娜有些烦躁地在四个人之间跑来跑去,从一个人腿上跳下,跳到另一个人腿上,就像在不断地穿越国界线,在德国、英国、韩国、中国之间往返,进行沟通和斡旋。它的努力毫无效果,别人都顾不上理它,每次汉娜跑过来时,裴先生就拍它一下,心里有一种同病相怜的感觉。裴先生想,动物和食物、音乐一样,都没有国界,德国狗遇上一条中国狗,只要互相嗅一嗅,就会明白对方在说什么。偶尔,汉斯先生会顾及裴先生,裴小姐就不太情愿地停下谈话,给老爸当翻译。裴先生了解到,他们三个人刚刚交流了养狗的心得:什么时候带狗散步、买什么牌子狗粮、什么品种的狗智商高。裴小姐翻译得敷衍潦草,只是一个大概意思,就很快回到三人交谈里。裴先生觉得,女儿还是在向他示威,对她从小到大不能拥有一条属于自己的狗进行报复。

汉娜小姐

  这时候,汉娜突然做出了一个出人意料的举动,身体猛地一跃,踩着小杜的大腿跳上了餐桌。桌面和座位相差很高,即便有小杜大腿当踏板,也很难想象矮小的汉娜能够跳上去。除了裴先生,另外三个人不约而同地发出一阵惊呼。
  "噢,买尬!"裴小姐说。
  "额的神啊!"小杜说。
  "NO。NO。"汉斯先生说。
  汉娜感受到了大家对它的重视,越发兴奋起来,躲开伸过来的手,像走梅花桩似的在饮品、甜品和两束塑料花之间穿行。在绕到裴先生面前时,光滑的桌面让它摔了跟头,被撞翻的经典芒果汁一部分浇到了提拉米苏上,另一部分沿着桌面流到裴先生穿着牛仔裤的腿上。
  汉斯先生终于捉到了汉娜小姐。
  "对不起,对不起!"
  这次,汉斯先生是对裴先生说的。他满脸愧疚地把汉娜抱在怀里,不断地用另一只手把餐巾纸递过来。裴先生说了几次"没关系",又示意女儿做翻译,汉斯先生这才靠近裴先生坐下来,但脸上还是一副自责的模样,不停地耸肩摊手说"对不起"。汉娜为成功吸引到大家的关注而得意,欢快地摇着尾巴,伸出粉红色的小舌头舔着餐桌边聚集的芒果汁。
  这场风波终于平息下来后,汉斯先生喝了口奶茶,把一小块蛋糕放在手心里喂给汉娜吃,脸上的表情渐渐凝重起来,抚摸着汉娜白色的长毛,眼睛望着裴先生,用德语说起来。裴先生意识到对方是在谈论一个严肃的话题。裴小姐及时当翻译。这次不再是大意,

烟囱里的兄弟

而是逐字逐句都译了出来。遇到不懂的词,就向汉斯先生求证,实在搞不懂时,就请求汉斯先生说英语,她和小杜再商量着翻译成汉语。很显然,她和小杜也是第一次听到这段故事,都被深深吸引住了。汉娜也变得很专注,安静地待在汉斯先生怀里,不时昂起头看一眼主人。

"好多人都以为汉娜是个黏人的小东西,吃饭时和我在一起,工作时和我在一起,走路睡觉时也要和我在一起。其实,不是它离不开我这个主人,而是我离不开它。这里面的缘由,要从好多年前说起。在我还没出生时,我父亲和母亲生活在德国东部一个叫齐陶的地方。那里位于尼斯河左岸,在德国、波兰、捷克交界处,原本是个美丽、安静的小城。父亲和母亲都是老师,在两所不同的学校教书。哥哥、姐姐已经出生了,一家四口每天过得非常快乐。二战爆发后,齐陶率先成了战场,一切就都变了。父亲和母亲为了躲避战乱,举家迁移到慕尼黑南部一个叫罗腾堡的小镇上。那也是个景色优美的地方,但因为逃难过来,即使景色再美,也无法给人快乐的享受。他们租下了罗德先生家破旧的阁楼。阁楼的屋顶已经开裂,夜里透过缝隙能看到天上的星星。父亲、母亲不能再当教师,用仅有的一点积蓄在一楼开了间杂货店,每天的收入只能勉强够买全家人的食物。小镇上不断有难民拥入,有德国人,也有奥地利人。大家都忧心忡忡,不知道什么时候才能回到自己的家乡。我就出生在那间阁楼上。从我出生那一刻起,就成了一个没有故乡的人。那是1943年春天,战火已经蔓延到苏联,还看不到战争要结束的迹象……"

"爷爷,你为什么说自己是个没有故乡的人呢?"裴小姐打断汉斯先生,疑惑地问。小杜也满脸不解。裴先生却理解了汉斯先生的

汉娜小姐

意思。来这里之前,他刚刚回了一次自己出生的地方。高速公路和新开的楼盘,已经让那个名叫白庙子的小村完全变了模样。他没有寻找到一丝记忆中的影子,父亲当年带人修建的那座梯田山,也因为开办采石场被挖成了一口池塘。所谓的故乡,没有给他半点归属感,父亲去世后那种空落落的感觉反而更加强烈了。话又说回来了,白庙子只是他的出生地,是他童年生活的地方。即便它还和从前一样,也和他没有什么实质关系。他的根并不在那里。父亲当年的选择,早已经注定了他和汉斯先生一样,从出生之日起就是个没有故乡的人。

听了汉斯先生的解释,裴小姐和小杜仍然一脸茫然。他们不太理解故乡的含义,他们觉得人生中自由更重要,所谓的归属感,只是狭隘的限制和束缚罢了。但他们没有再纠缠下去,互相对视一眼,就像是对长辈们的迂腐给予谅解和宽容。请汉斯先生接着讲下去。

"两年后,1945年5月,陆、海、空三军元帅才在投降书上签字。不过,因为各种各样的原因,直到我读小学时,我们全家人才得以返回曾经的家乡齐陶。战火已经让那座曾经美丽的小城变得面目全非,就连哥哥姐姐也无法找到儿时的记忆,更不用说出生在异地他乡的我了。我的父亲母亲又开始教书了。我就在母亲的班级上。我父母的关系变得紧张起来。也许很早之前就已经如此了,只是到那时,我才察觉到。他们整天争吵,用各种不堪的语言刺激对方,对我也没有好脸色。我和他们的关系也越来越紧张。不管是在学校,还是回到家里,我的心总是不能安稳。那是一种无法言说的感觉,就好像虽然活着,却没有真正地存在。好多年后读到米兰·昆德拉的书,我才知道那是一种类似于生活在别处的感觉。我知道自己的

烟囱里的兄弟

人生不在那里,但又说不清该在哪里。我的心始终无处安放。"

汉斯先生轻轻叹息一声,把杯子端起来,出神地凝视着。这让裴先生觉得,汉斯先生讲述的往事正从杯底慢慢升起来,渐渐涨满杯口,沿着杯子边沿溢到桌面上。汉娜小姐嘴里发出呜咽声,摇着尾巴,往汉斯先生怀里拱,安慰主人。

"直到高中毕业前夕,我们家旁边搬来了一户新邻居,我才第一次懂得故乡的含义。你们大概猜到了,我爱上了一个姑娘,每天只要看到她心里就感觉踏实安稳,她给了我从未有过的宁静。她也爱上了我,我们同时陷入了美好的初恋之中。有一天傍晚,我和她坐在河边长椅上,夕阳的余晖染红了尼斯河面。她把头靠在我肩膀上,在我耳边轻声说,'自从搬到齐陶后,我就失去了故乡'。我告诉她,我曾经是一个没有故乡的人,但现在终于找到了。她问我的故乡在哪里。我说就在身边,就是她,但愿有一天,我也会让她有一种找到故乡的感觉。她想了想说'但愿如此吧'。那个时候,我就已经知道,她对我的爱和我对她的爱不一样。对我来讲,拥有故乡的感觉这一生中也只有过那么一次。我们相恋了半年,准确地说是六个月零十三天,在那之后,我考上了科隆的一所大学读外交专业,她去柏林学习建筑。我们俩一东一西,相隔五百公里,但只要想到她,就想起我们俩在一起的那些甜蜜细节,我就会有一种回到故乡的感觉。我热切地盼望着假期,我们就可以回到齐陶,回到相恋的地方。但假期来临,我如期回到家里时,看到的却并不是她一个人,走在她旁边的还有一个高大英俊的男生。那是她男朋友海因里希。我失去了深爱的姑娘,同时也失去了故乡。大学毕业后,我主动要求到国外工作。我是在寻找。我以为这个世界上总会有一个地方,有那

汉娜小姐

么一个人,能让我再次找到故乡。四十多年里,我在世界上几十个国家工作过,结过三次婚,有两个儿子两个女儿,但不管在哪里,无论和谁在一起,我都没有找到故乡,我的心始终无依无靠。"

汉斯先生讲到这里停下来,长长呼出一口气。大家一时都沉默不语。餐厅里响起萨克斯的声音,悠扬清亮,缥缈缠绵,正是那首著名的《回家》。裴先生觉得,汉斯先生无依无靠的感觉,就和现在的自己一样。他们都是没有家,也永远回不去家的人。

"但是爷爷,这些事和狗狗有什么关系呢?"裴小姐眨眨眼睛问,有意调节气氛。

"十九年前,我在日本东京当副总领事时,即将回国的丽莎女士留下了一条白色博美。那是我养的第一条狗。我惊奇地发现,每当我把狗抱在怀里时,就会有一种安稳感,仿佛找到了家一样。从那时起,我就开始养狗。狗成了我的故乡。这些年里,我养过八条狗,品种不同,颜色也不一样,但它们都有同一个名字——汉娜。你们一定猜到了,那是我初恋女友的名字。我父母最终离了婚,安葬在不同的墓园里,我和他们的关系不算好。将来,我不知道自己该安葬在什么地方。或许,我会和最后一条汉娜安葬在一起,至于在哪个国家、哪座墓园,都无所谓。"

汉斯先生结束了讲述,目光从两根铁条之间望出去,似乎已经越过溜冰场,穿透大厦墙壁,穿越时空,抵达了某个未知的地方。裴先生的心一阵刺痛,父亲临终的嘱托再次回荡在耳边:"把我葬在老家的梯田山上。"父亲无论如何都不会想到,当年的梯田山已经不复存在,这个遗愿永远无法完成了。他同样不知道该把父亲安葬在什么地方。

烟囱里的兄弟

　　四个人一时都没再说话,低头吃东西。有一种黏稠凝重的气氛流动在餐桌上,仿佛一条看不见的纽带把他们连接在一起,彼此之间的关系似乎发生了某种变化。裴先生忽然意识到一件事,他的故乡其实是父亲。父亲去世后,故乡就不存在了。所以,他心里才会始终空落落的。那父亲的故乡又在哪里呢?是当年离开的城市,还是他曾经奋斗过的那个地方?裴先生无法回答这个问题。

　　汉斯先生用勺子搅着杯底黑色的糯米珍珠,轻轻叹息了一声,转头对裴先生说话。

　　"爷爷问你,有没有养过狗?"裴小姐翻译。

　　裴先生想起了自己养的第一条狗,在他七岁那年夏天,被父亲吊死在家西边的一棵柳树上。据说村子里要过军队,狗叫声会暴露行动目标,而他父亲是大队书记,理应带头打狗。那是一条黑色四眼狗,已经养了两年,只要把手举过头顶,它就会竖起身子用两条后腿走过来,一跳一跳地够你手里的东西。那也是裴先生养的最后一条狗。从那以后,裴先生开始害怕狗,一看到狗就会头皮发麻,浑身不舒服。也是从那时起,裴先生开始在心里盼望某天夜里父亲突然死在睡梦中。但他永远不会把这些事说出来。裴先生不置可否地摇摇头,把汉斯先生的问题应付过去。

　　小杜和裴小姐用韩语说了几句话。裴小姐做了个让他闭嘴的手势,随后用德语和汉斯先生交谈起来。裴先生再次感觉女儿和小杜正在闹别扭,大概小杜急于向女儿解释什么,而女儿却不想听。汉娜在小杜和裴先生之间跑来跑去,似乎知道他们都成了局外人。

　　"叔叔平时工作忙吗?"小杜抱起汉娜,把蝴蝶结摘下来,重新扎好。

汉娜小姐

"还好,不算忙。"

"听说,您喜欢体育?"

"偶尔看看。"

"我在国外时打过篮球,是组织后卫,一次比赛中韧带受伤,就退出了球队。"

"嗯,挺好。"

裴先生话说得干巴巴的,没有去想"挺好"的是小杜打球还是受伤。对眼前这个年轻人,他连敷衍一下都觉得多余。他怀疑女儿和小杜相处,只是为了让他更加痛苦,就像当年他和妻子恋爱是为了让父亲痛苦一样。裴先生和小杜有一句没一句地交谈,他们都想知道另外两个人在聊什么。裴小姐也在关注他们的谈话内容,似乎生怕两个男人发生冲突,或者背着她达成某种协议。她不时转头警告似的看他们一眼。

"爷爷想知道,你们对我出国留学有什么看法?"

裴小姐脸上一副精灵古怪的神情,主动把他们拉了进来。裴先生怀疑汉斯未必真说了这样的话。女儿是想利用汉斯说服他们。小杜应该也不愿让她出国,很可能这就是他们争执的原因。裴先生眼睛看着汉斯先生,话说给女儿听——以后回国找工作的困境,还有恋爱结婚生孩子等许多现实问题。裴小姐脸上的得意慢慢消失,直直地望向小杜,目光里满是威胁和愠怒。

"我同意叔叔的看法。"小杜躲开她的目光低声说。这一刻,裴先生对他竟然产生了一丝好感。裴小姐嘟起嘴,用德语向汉斯先生说了句话。

"你对他说什么?"裴先生怀疑女儿歪曲了自己的意思。

"还能说什么?你绕来绕去想说的不就是一句话吗?不同意我出国。"裴小姐针锋相对。

"你的想法不切实际,所以我才反对。"

"但这是我自己的人生,不需要别人干涉。"

"我是你爸爸,不是别人,我说的话都是为你好。"

"为我好首先就该尊重我。我已经是成年人了,有权决定自己的事情。"

汉娜看出父女俩在争吵,先是往裴小姐怀里拱,又跑过来,往裴先生怀里拱,就像要在他们之间打开一条通道。汉斯先生耸耸肩,脑门上的"王"字也跟着挑起来,和裴小姐说起德语。裴先生看到,在交谈的过程中汉斯不时地摊开双手,脸上露出惊讶的神情。

"你们说了什么?"他们的谈话结束时,裴先生问女儿。

"爷爷说,你的话应该考虑。"裴小姐不情愿地说,"我告诉他,将来可能留在国外,那样就不存在回国找工作的事。爷爷无法理解我的想法。他在世界各地跑,是为了寻找故乡,而我的故乡就在这里,用不着再寻找。他一定是给你面子才这么说的。"

汉斯先生又说了句什么。裴小姐拒绝翻译,把脸转向卡座外面。旁边座位上一对母子正在点餐,母亲看着菜单若有所思,三四岁大的男孩把桌面拍得"啪啪"响,尖叫着要吃冰淇淋。女人一巴掌拍在孩子手背上。店堂里响起刺耳的哭声。

裴先生望向小杜。小杜用英语和汉斯先生交谈了几句,随后说:"爷爷刚才说,'世界上的事情真的很奇怪,找到你这里来寻找故乡,你却扔下故乡,到我来的地方寻找自由'。"

裴先生、汉斯先生、小杜相视一笑。裴小姐依旧黑着脸,似乎和他们都成了敌人。

溜冰场上传来一阵喧闹声,两支冰球队开始了比赛。裴先生的业余时间都在观看各种体育比赛,不是有多喜欢,而是因为中间不会插播广告。父亲在世时不止一次批评他玩物丧志,生活态度不积极。他觉得这是自己反抗父亲统治的最佳方式。他了解很多体育项目的比赛规则,但冰球一直看不懂,球太小,速度太快,很难分辨出有没有打进。

四个人一齐望向溜冰场,脸上都露出会心的笑容,就好像为终于找到一件共同感兴趣的事情而欣喜。体育同样没有国界。汉娜小姐个子矮,看不到发生了什么,烦躁地在四个人之间来回奔跑,过来时半个"口"字,过去时又是半个"口"字。再次跑到左半边的一笔竖时,她突然跳起来,在裴先生手背上咬了一口。这个动作出人意料,以至于四个人——包括被咬的裴先生,都没有明白发生了什么。直到血从两只牙印里流出来,大家才终于确认,裴先生已经被汉娜小姐咬伤了。汉娜小姐也吓坏了,蜷缩成一团往裴小姐腿上靠,转脸又扮出一副无辜的样子,茫然地望向众人,似乎自己只是个旁观者,一切都和她无关。汉斯先生满脸愧疚地向裴先生解释,这还是汉娜第一次攻击人,他要带裴先生去打疫苗,并进行经济赔偿。听到裴小姐翻译的这些话时,裴先生忽然找到了一种平衡感和满足感,就好像对他道歉的是女儿本人一样。他用纸巾把血迹擦掉,微笑着告诉汉斯先生,这只是个小小的意外,用不着放在心上。

这座省会城市裴先生并不熟悉,防疫针是裴小姐带他去打的。小杜想要同去,被裴小姐拒绝了。按裴先生的想法,随便找家社区卫生所就可以了,裴小姐却执意要去大医院。裴先生稍微争辩两句,女儿就发了脾气,责怪他无知者无畏,把生命当成儿戏。

坐在开往医院的出租车里时,裴先生忽然想起来,他看过的一部美国电影《朗读者》,里面的女主人公名字就叫汉娜。电影里汉娜的扮演者名叫温斯莱特,也是《泰坦尼克号》的女主角。裴先生和妻子讨论剧情时,总是把她的名字喊成莱温斯基。裴夫人因此质疑他对拉链门事件格外感兴趣。那个汉娜是纳粹集中营的一名看守,和一个比她小二十一岁的男孩发生了恋情,每天痴迷于躺在他怀里,听他读书。为了掩盖自己既不会读也不会写的事实,竟然不惜被判处终身监禁。裴夫人认为这个故事不太可能发生,怎么会有人好面子到这种程度呢?裴先生却觉得很真实,面子就是尊严,能够支撑人活下去。

手背上的伤口已经不再流血,渐渐肿胀起来,像里面有颗心脏似的,一跳一跳地疼。两个圆形齿痕开始发黑,在手背两侧遥相呼应,就像一双瞪圆的眼睛。裴先生想起了小狗汉娜的眼睛,还有那条被勒死的四眼狗的眼睛,都是这样又黑又圆。

"汉娜不是真的想咬你。"坐在前面的裴小姐没有回头,冲着挡风玻璃说,"它只是想引起大家的注意罢了,就像小孩子哭闹一样。"

"我知道。"

"你不知道。小时候我只要一哭,你就会训斥我,责怪我调皮捣蛋无理取闹。你从来就不知道我心里在想什么,我需要什么。在你眼里,我总是这也不行,那也不行。从小到大,我特别渴望听到你的夸奖,但一次也没有过。在你面前,我总觉得自己很差,差得一无是处。知道我为什么要养狗吗?因为我孤独,心里有话没处去说。"

女儿的声音低下去。裴先生想说什么,最后只是咽了口唾沫。

喉咙里干涩灼热,就像燃烧着的一小片沙漠。他感觉自己正碎裂成一粒粒沙子,无法阻止地向下流淌,渐渐把自己淹没起来。一只金黄色的蜻蜓不知什么时候飞进了车里,用脑袋撞向车窗,试图飞出去。落下来,再次飞起,用力去撞。裴先生搞不清这个时节是否还应该有蜻蜓,或许蜻蜓本来就不存在,一切只是他的幻觉而已。

出租车停在了医院门口。一辆救护车从旁边疾驶过去,车顶上红色的警灯不断闪烁,刺耳的笛声从门口一直响到门诊楼的台阶下,就像拖着一条沉重的尾巴。

烟囱里的兄弟

后　记

　　这是我第一本短篇小说集,收入从 2004 年的处女作《蚂蚁戏》到 2019 年的《汉娜小姐》,共 16 个短篇作品,时间跨度也刚好 16 个年头。这 16 年里,我发表了六十几篇短篇小说,选出这十几篇,是为了能大致看到自己写作变化的脉络。基于这个初衷,虽然有些作品青涩得幼稚,"想到故我今我同为一个人"仍然让我难为情,但我还是厚着脸皮将其列入书中。

　　16 年里,我的生活发生了一些变化,对小说的认识也在不断发生变化。从最初写作时激情澎湃无知无畏下笔如风,到满腹疑虑自我否定,再到后来充满敬畏下笔艰难,我日渐为自己对小说的理解浅薄而惶恐不安。与此同时,小说的构思方法也在发生变化。从开始的模仿借鉴近乎粗暴地介入人物和生活,到努力向人物的内心深处探索,力求展示出人性中习焉不察的隐痛和悲凉,前者向外拓展,后者向内掘进,方向已经完全不同。小说的语言风格也在发生变化,从开始的大量比喻和铺排叙述,到后来的细节推进和情感粘连,看起来已经不太像出自同一人的手笔。

　　写作风格前后的变化,无法用好坏对错来总结,但通过这本小

后记

说集对写作的来路进行回望和总结时,还是可以看到其中的一些得与失。这些年写下来,我失去了一些东西,比如对写作的激情和对生活的热爱,也得到了一些东西,比如叙述时的平静对小说人物的尊敬和对写作的敬畏。在得失之间起任用的,除了岁月累积或许还有个人的气质和性格吧。

我对短篇小说有种近乎痴迷的偏爱,阅读和写作最多的是这种文体,正因为这样,我越来越体会到短篇小说写作的难度。时至今日,虽然已经发表了近百篇短篇小说,但仍然无法找到一篇让我很满意的作品,反倒越来越觉得自己徘徊在小说艺术的门径之外。关于写作有很多事情我说不清楚,不过有一点是肯定的,每次些微的进步,都是在痛苦的自我否定之后开始的。从这个角度上讲,这本集子除了回望和总结,也是告别和开始,告别过去的自己,开始新的自我。